Moonshine

la courte échelle

Les éditions de la courte échelle inc.
5243, boul. Saint-Laurent
Montréal (Québec) H2T 1S4

Révision:
Sophie Sainte-Marie

Conception graphique de la couverture:
Elastik

Mise en pages:
Pige communication

Dépôt légal, 1er trimestre 2007
Bibliothèque nationale du Québec

La courte échelle reconnaît l'aide financière du gouvernement du Canada par l'entremise du Programme d'aide au développement de l'industrie de l'édition pour ses activités d'édition. La courte échelle est aussi inscrite au programme de subvention globale du Conseil des Arts du Canada et reçoit l'appui du gouvernement du Québec par l'intermédiaire de la SODEC.

La courte échelle bénéficie également du Programme de crédit d'impôt pour l'édition de livres — Gestion SODEC — du gouvernement du Québec.

L'auteur tient à remercier le Conseil des arts et des lettres du Québec pour son appui financier.

Catalogage avant publication de Bibliothèque et Archives Canada

Landry, François

Moonshine

(Roman adulte; RA45)

ISBN 978-2-89021-904-5

I. Titre.

PS8573.A535M66 2007 C843'.54 C2006-940840-8
PS9573.A535M66 2007

Imprimé au Canada

À la mémoire de ma mère.

En cherchant l'œil de Dieu, je n'ai vu qu'une orbite
Vaste, noire et sans fond

GÉRARD DE NERVAL

Les Chimères

PREMIER CROISSANT

I

Papa est mort durant la nuit, sans un mot et sans un soupir. Le Dr Kendall est venu dès le lendemain matin constater le décès et remplir les papiers officiels. Il n'y aurait ni service funèbre ni cérémonie religieuse. Papa n'en voulait pas. Il désirait être enterré discrètement sur notre propriété, juste à côté de la tombe de maman et de celle de Ricky, notre chien.

Le docteur nous aida, ma belle-mère et moi, à mettre le corps dans le cercueil et à le porter jusqu'au coffre de notre camionnette, d'où il dépassa un peu. Spider prit place à côté. Quant au Dr Kendall, il en avait fini avec nous et il partit d'un pas traînant s'engouffrer dans sa voiture en nous lançant un bref au revoir. De toute façon, nous n'avions plus besoin de lui. Le cimetière était à quelques minutes. Mais la vieille Higgins roula trop vite et le cercueil, qu'elle n'avait pas attaché croyant la chose inutile, tomba sur la route et s'ouvrit. C'était une simple boîte, au fond, dont le couvercle tenait avec un loquet qui s'était brisé. Spider commença à japper alors que mon père se retrouva à plat ventre, le visage plaqué contre le sol. Juste avant l'arrivée du médecin, nous l'avions vêtu de son plus beau costume, le bleu foncé qu'il aimait tant. Et là, à cause de ma belle-mère, il était tout souillé. Elle nettoya gauchement les dégâts avec un chiffon tandis que je replaçai les cheveux de papa et fermai sa bouche et ses yeux, qui s'étaient ouverts sous le choc.

Nous atteignîmes sans autre incident l'extrémité ouest de notre propriété, là où la rivière est séparée en deux embranchements par une île sur laquelle s'élèvent trois énormes saules. Trois kilomètres en amont, au nord, le chemin de fer de la Nationale pacifique délimite notre domaine ; on entend souvent le sifflement de la locomotive tard dans la nuit. Non loin des saules se trouve un cimetière, ceinturé d'une clôture blanche. La tombe de mon père y était déjà creusée, car la vieille Higgins, qu'on disait guérisseuse et sorcière, avait vu sa mort dans un rêve. Je sais aujourd'hui qu'il n'en est rien et qu'elle l'a plutôt provoquée. Mais, à l'époque, je n'accordais pas d'importance à ses prétendus pouvoirs.

Le cimetière était juste assez grand pour recevoir une personne de plus, et je m'étais fait la promesse que ma belle-mère n'y aurait jamais sa place. C'est ma mère qui avait demandé à être enterrée là. Elle adorait l'île qu'elle surnommait le « diamant vert ». Moi aussi, j'adorais l'endroit. J'allais jadis sous les arbres dessiner, lire et surveiller les moutons. La clôture blanche, qui avait jauni avec le temps, avait été construite pour éviter qu'ils viennent brouter le peu d'herbe qui poussait autour de la tombe de maman. Aujourd'hui, elle était inutile ; seul le pont construit par mon grand-père pour permettre l'accès aux véhicules de ferme et aux troupeaux semblait servir encore à quelque chose.

Aucun mot ne fut prononcé. Nous déposâmes lentement le cercueil dans la fosse et j'aidai ma belle-mère à remblayer. Puis je posai sur la terre fraîchement remuée une gerbe de *black-eyed Susan*, les fleurs préférées de maman, que j'avais cueillies en attendant le médecin. J'allais parfois fleurir ainsi le cimetière.

La besogne terminée, la vieille Higgins s'accroupit dans un coin, releva sa robe et pissa longuement. Je la regardai, dégoûté. Le jet d'urine forma une flaque qui ruissela jusqu'à la clôture. Elle s'essuya en frottant les plis de sa robe entre ses jambes. Sous ses éternelles jupes bigarrées qui provenaient des Antilles, elle ne portait rien. C'était plus pratique, selon elle. Quand elle avait envie, elle se soulageait par terre, dans le potager, dans la porcherie, partout, à l'exception de la maison. On aurait dit un animal qui marque son territoire. Ça devait exciter mon père, cette absence de sous-vêtements, car je les ai surpris à maintes reprises en train de forniquer dans l'étable ou en plein air. Elle était toujours prête pour la chose, d'ailleurs. Elle n'en était jamais rassasiée. Je me demande encore ce qui a attiré mon père vers une femme pareille. Elle devait l'avoir ensorcelé.

— À quoi penses-tu, nabot ? me lança-t-elle.

Elle me regardait de ses yeux méfiants, sournois, où se terrait une haine si profonde que je n'en voyais pas le fond.

— À rien.

— Alors assez rêvassé, l'artiste ! Il est temps d'y aller ! Les cochons n'attendront pas, eux !

Spider sauta de nouveau dans le coffre. Il m'observa un instant de ses yeux noirs derrière lesquels habitait je ne sais quel démon, et grogna. Dieu que je détestais ce chien ! J'ouvris la porte côté passager et aperçus, sur la rive opposée, notre voisin, George

Manley. On le voyait souvent dans les parages ; il aimait la vue de l'île, sur laquelle il avait des prétentions à cause d'une vieille histoire qui remontait au temps de mon grand-père. Son nez aquilin et son éternel chapeau noir enfoncé jusqu'aux sourcils avaient amené ma belle-mère à le surnommer le « corbeau ». Elle disait de lui qu'il était charognard et prétendait que Manley, chasseur et taxidermiste à ses heures, ne tuait pas ses proies, mais les ramassait à l'état de charognes qu'il raboutait et empaillait par la suite. C'est vrai qu'il ne naturalisait que le fruit de sa chasse, sauf que j'avais vu la qualité de son travail lors d'une exposition, et l'affirmation de la vieille Higgins ne tenait pas. Enfin, Manley était avant tout un agriculteur et le propriétaire d'un vaste troupeau de vaches laitières. Sa femme étant morte il y a plusieurs années, il avait élevé seul ses deux fils, partis depuis travailler en ville. C'était un être profondément solitaire qui semblait rejeté, comme moi. Voilà pourquoi je sentais passer entre nous un courant de sympathie. De l'autre côté de la rivière, il m'adressa un bref signe de la main auquel je répondis.

Si on ne se parlait pas, on se saluait souvent. Ce n'était pas le cas de ma belle-mère. Un jour, elle avait surpris Manley sur notre île et envoyé à ses trousses Spider qui l'avait mordu. Certains racontaient que l'homme s'était retrouvé à l'hôpital, d'autres qu'il avait subi une morsure superficielle. Je n'ai appris que beaucoup plus tard ce qui s'était produit exactement. Enfin, depuis, le « corbeau » se promenait toujours avec son fusil de chasse quand il se trouvait sur la bande de terre qui longeait la nôtre. Il avait gardé une dent contre la vieille Higgins et son chien. Bref, ces trois-là ne s'aimaient pas. Dès que Spider le flaira, il jappa. L'apercevant, ma belle-mère s'écria :

— Saleté de corbeau ! Que je te reprenne à traverser la rivière ! J'espère que tu as eu ta leçon, *Raubvogel** !

Elle se tourna vers moi :

— Qu'est-ce qui te prend, toi, à saluer les charognards ?

Je montai dans la camionnette sans un mot. Ma belle-mère se mit au volant et démarra en trombe pendant que Spider continuait de japper à l'arrière.

---

* Rapace, en allemand.

II

Le retour à la ferme fut calme. À l'intérieur de notre camionnette Ford, un modèle datant de 1967 que nous avions acquis dix ans plus tôt, je regardais défiler le paysage de notre domaine entrecoupé de plaines vallonnées et d'étendues boisées. Les rebords normalement verdoyants du chemin, et en particulier les *black-eyed Susan*, étaient recouverts d'une poussière lunaire à cause de la sécheresse qui durait depuis trois semaines. Nous habitions le Montana, près de la frontière du Dakota du Nord, et notre région, comme tout le Midwest des États-Unis d'ailleurs, était sujette à de longues périodes sans pluie et à de brusques écarts de température avec lesquels nous avions appris à vivre.

Malgré le calme dans l'habitacle, je savais que la mort de mon père laisserait la voie libre aux sévices de ma belle-mère qui en profiterait pour se moquer davantage de mon handicap.

Je suis né pied-bot et, à l'époque dont je parle, je supportais ma difformité depuis dix-huit ans. Ma véritable mère est morte quand j'en avais six. J'ai peu de souvenirs d'elle. En revanche, ils sont tous beaux : cheveux cuivrés qui s'ébouriffent à la moindre secousse de vent, éternel sourire, yeux gracieux, mains fines, caresses… Oh ! ses caresses ! Le reste est constitué de trous et d'absences, de tous ces rendez-vous perdus par la mémoire qui créent cet indicible vide intérieur. Et quand je me sens glisser au bord de ce vide, j'agrippe la médaille en argent de saint Michel qu'elle m'a offerte avant de mourir. « Rappelle-toi, David, que saint Michel a jeté Satan hors du paradis. Conserve-la et elle te protégera. » Ma mère était très pieuse ; mon père, lui, a perdu la foi quand elle est morte. C'est lui qui m'a élevé, et cela, avec toute l'affection qu'un homme de sa condition peut donner à un fils. Mais le travail à la ferme étant dur, je savais qu'il aurait préféré avoir un garçon robuste et en santé pour l'aider. Or, affecté du tubercule monstrueux qui terminait ma jambe gauche, je n'étais pas en mesure d'accomplir le travail qui, peut-être, lui aurait évité sa maladie. C'est du moins ce que je croyais.

Quand j'eus seize ans, Saras Higgins entra dans notre vie. Papa l'avait rencontrée à la foire agricole de Falmouth, une ville située à une demi-heure de voiture de notre propriété, où nous faisions la plupart de nos achats et où se trouvait le bureau du shérif responsable de la région, Bob Cohard. Le jour où mon père l'emmena à la maison, je sus immédiatement qu'elle me détesterait quand ses yeux sournois scrutèrent l'ensemble de ma personne pour finalement fixer mon pied bot. Déjà, je traînais derrière moi les quolibets de mes camarades d'école, et aucune fille ne m'avait jamais regardé sans pousser un gloussement dédaigneux. Mais le regard que me jeta ma future belle-mère lors de cette première rencontre sembla symboliser l'essence même de toutes les humiliations que j'avais pu essuyer jusqu'à maintenant.

Très active, la Higgins avait une santé et une force de cheval, mais elle était laide avec son visage de fouine au nez si mince et si pointu qu'il ressemblait à une lame de couteau ; et ses yeux glauques, fichés de chaque côté du nez comme deux pois soudain sortis de leur cosse, étaient porcins. Mon père fut sans aucun doute attiré par son énergie, qu'il jugea capable de contrebalancer mon infirmité. Ils se marièrent et elle emménagea chez nous, vendant la ferme de son ancien mari, Peter Higgins, pour investir dans notre propriété. À l'époque, nous faisions l'élevage combiné du porc et du mouton, même si nous concentrions surtout nos efforts dans l'élevage des ovins. Nous possédions en effet un troupeau de plus de deux cent cinquante têtes, constitué d'une race croisée d'oxford et de southdown dont nous étions très fiers. Grâce à l'investissement de ma belle-mère, nous pûmes augmenter la quantité et la qualité du cheptel. L'année qui suivit fut exceptionnellement rentable et créa dans notre nouvelle famille un état d'euphorie.

Cela ne dura pas. Par une chaude journée de juillet, nous perdîmes près de la moitié du troupeau. Lors d'un orage d'une rare violence, les bêtes se réfugièrent sous les saules de l'île. Et la foudre tomba là et en électrocuta plus de cent cinquante. Le phénomène est si rarissime qu'il ne figurait pas sur notre contrat d'assurance. On refusa de nous couvrir et nous ne pûmes vendre ni la viande, ni la laine qui sentait le roussi et la chair putride. La vieille Higgins convainquit alors mon père de vendre le reste du troupeau et de mettre tous nos efforts dans la production porcine.

Mon père s'occupait de la porcherie plus que moi, ma tâche consistant surtout à surveiller les moutons.

En vérité, je déteste le porc. Cet animal aux yeux fouineurs qui ne pense qu'à manger et à se rouler dans la boue est totalement dépourvu de grâce et de respect de lui-même. Tout, chez lui, respire le grotesque et l'indécence. Quand on le regarde, on ne peut manquer cette espèce de continuel sourire qu'il affiche et qui paraît vous narguer. Cela lui donne d'ailleurs une moue arrogante qui renforce le ridicule de son museau en forme de prise de courant, capable de renifler les surfaces planes mieux que n'importe quel autre animal, symbole parfait de son indécrottable goinfrerie. Non, vraiment, cette erreur de la nature bannie par plusieurs civilisations m'a toujours fait horreur. Je m'ennuie de mes moutons. Je voudrais caresser leur tête et sentir mes doigts s'enfoncer dans leur toison. Il me coûtait de les voir partir pour l'abattage. J'aurais aimé ne les élever que pour leur laine.

Bien que je ne fusse pour rien dans l'événement qui avait décimé le troupeau, ma belle-mère, qui m'avait toléré jusque-là, commença à m'accabler de reproches. Pour elle, je portais malheur, comme si la botte spéciale de mon pied infirme avait caché le sabot du diable. Et, des reproches sur ma façon de travailler, elle en vint aux injures et aux coups. Au début, mon père me défendait mais, à la longue — et je mettrai cela sur le compte de sa maladie —, il devint paresseux. Je me retirais alors dans ma chambre, n'en sortant plus que par nécessité. Et, pour tenter de conjurer le malheur qui m'opprimait, je dessinais. J'étais loin d'en être à mes premières esquisses. Les longues heures passées à surveiller les moutons avec Ricky m'avaient permis de développer mon talent, et mon père, un fermier pourtant sans grande instruction, m'avait encouragé dans ce sens en m'achetant des livres sur le dessin, sur la peinture et sur des maîtres tels que Raphaël et Géricault. Ces manuels coûtaient cher et plusieurs devaient être commandés, mais mon père ne portait pas attention à cette dépense. Ainsi, je développai grâce à son encouragement une passion pour les toiles lumineuses des impressionnistes et pour le « ténébrisme » espagnol du dix-septième siècle, celui de Ribera, entre autres, pour qui j'eus le coup de foudre en tombant sur le tableau du *Pied-bot*, illustrant cet enfant qui sourit malgré sa difformité. Je réalisai à ce moment que l'art était sans préjugés et pouvait produire du beau avec du laid. Cela m'inspira et je devins fébrile dans ma production. Je m'en tenais néanmoins surtout au dessin, pratiquant peu la peinture dont le matériel, très coûteux par comparaison aux manuels que mon père m'achetait déjà, ne se trouvait qu'à Billings, située à une heure de route de notre propriété. Enfin, c'est au cours de cette période de fébrilité artistique où je vivais replié sur moi-même que mon père commença à sortir et qu'il rencontra Saras Higgins.

Saras Tenet Higgins. Elle écrivait toujours son prénom avec un « s » à la fin et non un « h ». J'ai longtemps pensé que, parce qu'elle avait vécu dans les Antilles, elle voulait donner à son nom une consonance espagnole. J'en compris la vraie raison seulement plus tard. Elle était veuve quand elle connut mon père ; son ancien mari, Peter Higgins, avait été emporté par une crise d'apoplexie cinq ans plus tôt. Née en Louisiane, elle se vantait d'avoir des origines allemandes du côté de sa grand-mère maternelle. Elle parlait la langue, bien que ce que j'en entendis se limitât souvent à des jurons et à des expressions péjoratives. Elle maîtrisait aussi l'espagnol, le français, le latin et le créole pour avoir passé une bonne partie de sa vie dans les Antilles avant de s'établir ici, il y a une vingtaine d'années. De là lui venaient son teint basané, presque indien, et ses grandes jupes bigarrées. Elle portait également des bracelets de pacotille qui produisaient un bruit de maracas quand elle gesticulait. De tous ces bijoux grotesques, le plus visible était un gros médaillon qui pendait constamment à son cou.

Ma belle-mère conservait des liens avec les Antilles d'où elle recevait des lettres et des paquets, qu'elle gardait secrètement dans son atelier. Elle avait également rapporté de ses voyages des objets exotiques, et surtout des herbes avec lesquelles elle produisait des potions médicinales qui lui donnaient la réputation d'être un peu sorcière. En emménageant chez nous, elle avait entreposé tout cela au sous-sol, où son atelier était doté d'une porte qui fermait à clé et où il était formellement interdit d'entrer. C'est là, entre autres, qu'elle fabriquait son *moonshine* selon une recette jamaïcaine, un vrai tord-boyaux créé à partir de pommes de terre et de sucre, qui se situait entre le rhum et le whisky. Cet alcool, très populaire dans la région, avait la réputation de soûler profondément et d'avoir des effets semblables à ceux de l'absinthe, du moins certaines cuvées. Son commerce interlope était si florissant que des gens venaient même du Canada pour en acheter et réussissaient à le passer en douce à la frontière. À le dire franchement, Saras Higgins était une *bootlegger*.

Enfin, contrairement à ce qu'elle pensait au sujet de l'électrocution des moutons, ce n'est pas moi mais elle qui portait malheur, car, juste après nous être lancés dans la production porcine, mon père eut sa première crise d'angine et dut s'aliter. Alors commença-t-elle à me frapper, n'ayant jamais osé devant lui. Et elle était douée d'une force extraordinaire qui donnait peu de chance à quiconque l'affrontait. Nous étions dans la porcherie la première fois que c'est arrivé. J'étais en train de remplir les auges quand j'échappai un sac de céréales dont le contenu se répandit à travers la pièce. Elle me traita de maladroit et me gifla avec une vigueur inouïe. À l'index droit, elle possédait un ongle fort long, de couleur brique, qu'elle manucurait méticuleusement. Très résistant, il laissa une égratignure profonde sur ma joue.

Sur le coup, je ne répliquai pas, trop surpris qu'elle m'eût touché. Les yeux remplis de larmes sous la force de l'impact, je la regardai et articulai :

— Ne me touchez plus, vieille salope. Jamais !

— *Verdammt** !* répliqua-t-elle en s'approchant assez près pour m'envoyer son haleine acide en pleine figure et en esquissant un sourire en coin. Tu crois peut-être que j'ai peur de toi ?

Et, sans que je m'y attende, elle me balança son poing dans l'estomac, ricanant comme une folle pendant que j'essayais de retrouver mon souffle. Dès que ma respiration me le permit, je voulus lui rendre la pareille, mais elle intercepta mon poing et me tordit le bras. Là encore, je ne désespérais pas d'avoir le dessus sur elle et, quand elle me lâcha pour retourner vaquer à ses affaires en pensant que j'avais eu ma leçon, je tentai de la frapper par-derrière. Mon poing n'atteignit

---

* Maudit !

pas sa cible, car son horrible chien bondit et me saisit le poignet, qu'il mordit sous les encouragements de la vieille Higgins.

En venant vivre chez nous, elle avait amené son Spider, un mélange de berger allemand et de bouledogue, une créature horrible, un bâtard immonde qui lui obéissait au doigt et à l'œil, et que je me suis mis à détester autant qu'elle, sinon plus. Il devait son nom à la tache blanche sur sa poitrine où se trouvait un ovale noir à partir duquel se déployaient huit prolongements vaporeux qui esquissaient l'image frappante d'une araignée aux pattes velues. Sa tête couleur charbon possédait des yeux rouges étincelants et des oreilles pointues pareilles à celles d'un chat, qui avaient la particularité de bouger dans toutes les directions et qui rappelaient les cornes d'un démon quand elles se figeaient, droites, sur son crâne. Son museau plissé donnait la curieuse impression qu'à la naissance on l'avait frappé contre un mur et qu'il en avait conservé des séquelles. Il s'arrêtait net, tel un rondin de bois coupé en deux, et de longues canines inférieures émergeaient de la gueule comme les défenses d'un sanglier. Voilà sans doute pourquoi, avec ces caractéristiques de suidés, lui et la vieille Higgins se plaisaient tant en compagnie des cochons.

Il grognait à mes moindres déplacements, allant jusqu'à mordiller le talon de mon pied infirme quand je marchais, ce qui entraînait le rire puissant de la vieille Higgins qui s'écriait : « *Verflixt*[1] *!* Il sait presser les fainéants, mon Spider ! » ou encore : « Il connaît ton point faible, *dreckiger Klumpfuß*[2] *!* »

Ricky battit en retraite, la queue entre les pattes,

1. Sapristi ! ou Sacrebleu !

2. Sale pied-bot !

la première fois qu'il le vit. Par la suite, il devait se réfugier contre mes jambes ou celles de mon père chaque fois que le monstre canin apparaissait. Pauvre Ricky ! Un border collie si intelligent ! Habitué à côtoyer les moutons et à être obéi d'eux, comment le blâmer de n'avoir pu supporter la présence d'un tel démon, d'une taille trois fois supérieure à la sienne. Il est mort tellement vite, mon chien. Pourtant, il n'avait que cinq ans ! De lui et papa, j'ai esquissé plusieurs portraits que je regarde quand je m'ennuie d'eux. Il n'y a que maman, dont je n'ai pas osé reproduire la beauté à partir de ses photographies, qui manque à ce tableau. Mais, souvent, je prends l'une des rares photos que nous avons d'elle et j'effleure du bout des doigts les traits de son visage en me disant : « Tiens, c'est toi, juste ici, cette joue qui se creuse, ces grands yeux bruns, ce nez un peu relevé… » Je m'étonnais en effet de ne pas ressembler à mon père, si grand et si fort, alors que j'étais petit et maigrelet. Il est vrai qu'on n'est pas toujours le portrait fidèle de ses parents. J'ai ainsi, comme bien des adolescents, fantasmé sur le fait que j'avais été adopté. En réalité, je souffrais surtout de ne pas ressembler aux jeunes de mon âge à cause de mon handicap et d'être rejeté par eux. Alors j'inventais un scénario abracadabrant dans lequel, nouveau-né déformé, petit monstre délaissé de tous et agonisant sur le bord du chemin, j'étais récupéré par mes parents. Parfois, j'imaginais mon père stérile et ma mère qui avait une aventure avec un autre homme dans le but d'avoir un enfant. Mais cela était invraisemblable. Ma mère était trop pieuse.

Plusieurs fois, j'eus envie de quitter la ferme, sauf que je ne me décidai pas à abandonner mon père, particulièrement quand il tomba malade. Au demeurant, avec mon infirmité, où aurais-je pu aller ? Et puis la moitié de la ferme m'appartenait selon les dernières volontés de mon père qui avait eu la prudence de les dicter devant un avocat. Malheureusement, il laissait l'autre partie à sa nouvelle femme. Ainsi, me confia-t-il peu de temps avant de mourir, elle et moi n'aurions pas le choix de nous entendre. Il était convaincu que la vieille Higgins était bonne et que nous finirions par devenir amis…

Il était naïf.

III

Après l'enterrement de mon père, il ne se passa pas une journée sans que ma belle-mère et son chien s'acharnent sur moi. Elle voulait me rendre la vie intolérable pour que j'en vienne à quitter la ferme, j'en suis sûr. À moins qu'elle ne désirât me pousser à la dernière des extrémités : le suicide. Comme j'étais pour elle un bon à rien et un lâche, elle s'imaginait sans doute que je choisirais toujours la fuite, quelle que fût sa forme, devant ses menaces et ses mauvais traitements. Elle se trompait.

Une semaine après le décès de mon père, j'étais à la porcherie en train de remplir les auges quand je l'entendis arriver, suivie de son affreux Spider. Elle m'observa un moment et glapit :

— *Herrgottsakrament* !* Ce n'est pas comme ça qu'on s'y prend, nigaud de nabot !

Elle m'arracha des mains le sac de céréales. Je voulus partir, mais elle plaça sa jambe en travers de mon pied bot et je tombai à la renverse. Elle hurla de rire. Quand je fus de nouveau debout, elle m'attrapa par les épaules et me poussa contre le mur, me regardant de ses yeux porcins et me crachant en pleine figure :

---

* Sacré bon Dieu ! ou Sacrement !

— Reste ici et regarde-moi, sale nabot !

Spider vint se placer devant moi pour me couper toute retraite. Et, puisque je le fixais lui plutôt qu'elle, il jappa. Je tournai la tête vers ma belle-mère et, aussitôt, il s'arrêta. Cette bête malfaisante était d'une intelligence diabolique !

La vieille Higgins se mit à nourrir les cochons d'une façon qui n'était en rien différente de la mienne, si ce n'est sa rapidité. Enfin, elle finit le sac et vint me le jeter au visage.

— C'est comme ça qu'on fait, patte folle !

— Merci de me l'avoir montré. Je ne vous savais pas si douée pour l'enseignement.

Cette ironie la rendit livide. Elle s'écria :

— Hé ! Tu as entendu ça, Spider ? *Herr Klumpfuß macht Späßchen* !*

Aussitôt, son affreuse bête grogna alors qu'elle esquissait, en la regardant, un sourire en coin. Elle commença à s'échauffer :

— C'est qu'on va lui montrer, hein, mon Spider, comment on fait de l'humour, nous ! On va lui enseigner les bonnes manières, à ce nabot !

Elle saisit une grande lanière de cuir qui servait à maintenir fermée la porte à deux battants de la remise où était entreposée la nourriture des porcs.

— Déshabille-toi ! hurla-t-elle. Je vais te montrer, moi !

Je ne réagis pas, troublé par la perspective d'être humilié de la sorte, et elle fit signe à son chien qui se rua sur moi et me mordit les mollets. J'attrapai une pelle pour me défendre, mais la vieille Higgins m'atteignit

---

* Monsieur le pied-bot fait de l'humour !

avec la lanière de cuir et la douleur fut si forte que j'en échappai mon arme de fortune. En moins de deux, je me retrouvai sur le dos pendant qu'elle s'installait sur mon ventre en m'écrasant de son poids. À ce moment-là, Spider mâchouillait mes chaussures et tirait dessus pour les enlever, à croire qu'il avait compris l'ordre que m'avait donné sa maîtresse !

— Tu vas apprendre une fois pour toutes qui est le maître ici en goûtant à ça ! grogna-t-elle en me désignant la lanière de cuir.

Elle m'agrippa par la chemise pour me remettre debout et la déchira.

— Assez, Spider ! lança-t-elle à son démon qui s'acharnait encore sur mes chaussures. Maintenant, finis de te déshabiller, toi, *schmutziger Knirps*[1] *!* Et au complet !

Devant mon refus de lui obéir, elle empoigna mon pantalon par la taille, en fit sauter la braguette et le descendit jusqu'à mes genoux.

— Vous n'avez pas le droit ! criai-je. Arrêtez !

— Je n'ai pas le droit ? *Jesuskind*[2] *!* Tu vas voir si je n'ai pas le droit, dit-elle en baissant de force mon caleçon.

Par pudeur, je plaçai les mains sur mon sexe.

— Que cherches-tu à cacher ? ricana-t-elle en prenant du recul. Il y a là quelque chose d'impressionnant ?

Au moment où je tentais de remonter mon pantalon, la lanière siffla et frappa ma chair nue. Sans les vêtements, la douleur avait doublé et je hurlai. Gardant une main sur mon sexe pour le protéger, je cherchais

1. Sale nabot !

2. Enfant Jésus !

de l'autre à parer les coups. Peine perdue ! La vieille Higgins s'acharnait sur ce bras. Je me retournai contre le mur pour cacher mon corps le plus possible. La scélérate en profita pour me lacérer le dos et les fesses. Enfin, après ce qui me parut une éternité, elle s'arrêta et je m'écroulai sur le sol.

Je me recroquevillai sur le côté en raison de mes blessures. J'avais gardé les mains sur ma virilité pour la protéger. Ma belle-mère me poussa du pied.

— Allez, montre ce que tu cherches tant à cacher !

En poussant plus fort, elle parvint à me retourner. Je sentis aussitôt la brûlure de mes plaies au contact de la poussière. Elle posa un genou sur ma poitrine et réussit à retirer mes mains.

— *Verflixt!* s'écria-t-elle. C'est qu'il est monté comme un âne, le petit bonhomme ! Qui aurait cru ça ?

Alors, contre toute attente, elle me caressa, un acte qui, dès l'instant, représenta pour moi la pire des humiliations. Je ne voulais pas être en érection, mais, avec ses taquineries, je le fus bientôt ; et là, elle commença à me masturber.

— C'est que tu aimes ça, hein, mon salaud ?

Je détestais ça ! J'étais complètement dégoûté par son geste. Et je le fus encore plus quand elle releva sa robe et s'empala d'un coup. Je tentais de la repousser quand elle saisit mes poignets et les rabattit sur le sol. Elle bougea des reins furieusement, les grognements de son chien devinrent de longs jappements aigus qui excitèrent les cochons qui se mirent à couiner, donnant le plus affreux des concerts alors que je venais en elle, foudroyé par un orgasme dont la puissance me surprit. Simultanément, je me sentis très mal, si honteux et écœuré d'avoir joui en elle que je commençai à pleurer. Elle resta plantée sur moi et prit plusieurs secondes à retrouver son souffle.

— C'est que tu es bon, *mein Schwein** ! dit-elle finalement.

Elle se retira, puis poursuivit en ajustant sa robe :

— Après tout, on va peut-être finir par s'entendre, toi et moi.

Elle quitta la porcherie en compagnie de son bâtard, me laissant penaud, dans un état de malaise indescriptible.

* Mon cochon.

IV

Le soir du viol, elle insista pour que je mange avec elle. Depuis la mort de mon père, j'avais pris l'habitude de me servir et d'aller dans ma chambre, une attitude contre laquelle elle ne protestait pas, car elle aimait de son côté demeurer seule en compagnie de son chien, auquel elle faisait exécuter des tours, tout en riant et en s'enivrant. J'entendais souvent leur manège d'en haut.

Elle insista donc pour que je reste à table et elle me remplit un verre de son *moonshine*.

— Bois. Tu es un homme maintenant ! Et un homme doit boire !

Je redoutais le goût de son alcool et, plus encore, son effet.

— Allez ! Faut-il que j'aille chercher la lanière de cuir, *schmutziger Knirps ?*

Je bus pour échapper à une nouvelle humiliation et en finir rapidement avec ce repas. Je me brûlai les lèvres ; ensuite, c'est mon estomac qui parut s'enflammer quand je pris une réelle gorgée. Je toussai à plusieurs reprises.

— Ah, ah ! ricana-t-elle. Il est bon, *nicht wahr* ?* Il

* Hein ?

vient de sortir de l'alambic ! Tu vas vite t'habituer, comme ton père.

Elle me servit elle-même à manger, ses bracelets de pacotille produisant un cliquetis familier pendant qu'elle s'activait au-dessus de la cuisinière. Quand elle se rassit, je vis sa jupe bigarrée traîner en partie sur le sol ; Spider fourra son museau en dessous, sans doute frustré de ne pas être la vedette ce soir et retrouvant là, assurément, les odeurs excitantes de l'après-midi, car je doutais qu'elle se fût lavée.

— Mange ! ordonna-t-elle. Tu as maigri dernièrement et tu dois prendre des forces.

— Je n'ai pas faim.

— *Appetit kommt bein essen*[1] *!* répliqua-t-elle.

Je commençai à manger. Elle avait préparé un ragoût antillais qui n'était pas mauvais, car elle avait un don pour la cuisine. Sauf que j'avais peu d'appétit... De son côté, elle se goinfrait. Entre deux bouchées, elle me dévisageait avec appétence, un sourire au bord des lèvres, essuyant parfois d'une main les filets de sauce qui dégoulinaient sur son menton. Elle était immonde. Elle n'avait plus aucune manière depuis que nous étions tous deux seuls.

— Tu m'as donné bien du plaisir cet après-midi, *kleiner Scheißkerl*[2]. Je n'aurais jamais cru ça !

Moi non plus, et j'étais loin d'en être fier. Ça me rappelait Toulouse-Lautrec, estropié comme moi et surnommé dans les lupanars de l'époque le « portemanteau ».

— *Herrgottsakrament !* continua ma belle-mère en

1. L'appétit vient en mangeant !

2. Petit salaud.

se tapant la cuisse. Le fils, d'au moins dix pouces inférieur en grandeur, est mieux monté que le père !

Je l'excitais vraiment ? Voilà qui était nouveau puisqu'elle m'avait toujours détesté. Puis, semblant avoir deviné mes pensées, elle s'exclama :

— Tu ne m'excites pas du tout, nabot, mets-toi bien ça dans le crâne ! Mais ta verge, *dein großer und unglaublicher Schwanz*[1], c'est une autre histoire ! Elle me fait du bien !

Je voyais peu la différence, et la perspective d'être violé une fois de plus me révulsait. À croire que je n'étais plus pour elle qu'un pénis et l'instrument de son plaisir.

— À ta virilité ! lança-t-elle justement en levant son verre. *Dein unglaublicher Schwanz !*

Elle vida son verre d'un trait et se servit une deuxième assiette. Je la regardai manger comme un porc et siffler son alcool.

— Finis ton verre ! ordonna-t-elle. *Schnell*[2] *!* Que je t'en verse un autre !

Je bus et m'étouffai une fois de plus.

— Une queue d'homme, dit ma belle-mère avec son sourire en coin, mais pas encore complètement un homme ! Est-ce qu'on va réussir à le dresser, mon Spider ?

Le chien, étrangement calme jusque-là, sortit de sous ses jupes et commença à japper.

— *Was ? Was*[3] *?* minauda-t-elle, tu es jaloux ? Ne t'inquiète pas, mon joli, c'est toi que je préfère !

---

1. Ta grosse et incroyable queue.
2. Vite !
3. Quoi ? Quoi ?

Elle avala une bouchée et m'observa.

— Malheureusement, ta queue ne vaut pas la sienne !

Ma répulsion à son égard s'accrut et je me demandai si elle n'avait pas été jusqu'à forniquer avec l'un des gros mâles que nous gardions pour la reproduction. Cette dernière perspective me donna une réelle nausée.

— Ha, ha, ha ! Si j'avais pensé trouver ce que j'ai aperçu sous ce pantalon, j'en aurais profité bien avant !

Décidément, c'était devenu une idée fixe, et je vis les problèmes que ce viol avait engendrés. Pour ma belle-mère, il ne s'agissait pas d'un fait banal qui n'aurait pas de suite, mais d'une chose qu'elle entendait répéter, avec ou sans mon consentement. Je n'étais plus celui qu'elle tolérait avec peine et dont elle voulait se débarrasser : j'étais maintenant sa propriété.

— C'est dommage, ce pied. Il est si dégueulasse ! Tu as déjà pensé à l'amputation ?

Je restai muet.

— *Blödmann*[1] *!* Réponds quand je te parle !

— Oui, répondis-je d'une voix lasse dans laquelle les effets du *moonshine* se manifestaient. À onze ans, j'ai demandé au Dr Kendall…

— Ah, Kendall ! siffla-t-elle. Ce minable… Continue !

— Je l'ai supplié de m'amputer le pied, afin qu'on m'installe une prothèse.

— Alors ?

— Il m'a dit que le bon Dieu m'avait créé ainsi et qu'il ne fallait pas toucher à son œuvre. Il a ajouté que de toute façon papa n'avait pas les moyens.

— Ah, ah ! railla-t-elle. Cette vieille éponge a toujours

1. Imbécile !

manqué de couilles ! *Der Idiot*[1] *!* C'est à l'œuvre du diable qu'il n'a pas voulu toucher, pas à celle du « bon Dieu » !

— N'empêche qu'il aurait pu m'envoyer chez un spécialiste qui…

— Un spécialiste ? ironisa la vieille Higgins en exécutant de la main un geste désinvolte qui fit cliqueter ses bracelets de pacotille. Ton père n'avait pas assez d'argent, Kendall avait raison là-dessus. Compte-toi chanceux que Peter Herrington soit un bon cordonnier qui a su te fabriquer des bottes spéciales et te les ajuster avec les années.

Elle but une longue rasade de son *moonshine* à même la bouteille. Puis, voyant que mon verre était vide, elle me le remplit à ras bord.

— Moi je pourrais t'amputer, petit nabot. Il faudrait pour cela que tu vides une demi-bouteille comme celle-ci en deux minutes. Ensuite, avec une machette antillaise bien aiguisée et rougie à la flamme, zoooouuu !

— Va pour cette nuit même ! la provoquai-je.

— Hé, hé ! Un instant, mon joli ! Je n'ai pas envie de me retrouver en prison pour…

Elle s'interrompit et ajouta prudemment :

— … pour négligence à l'endroit de mon beau-fils ! Mais je pourrais intercéder en ta faveur auprès de ce minable Kendall. Il semblait tellement aux abois quand j'ai arrêté un moment ma fabrication de *moonshine* afin de marier ton père ! Maintenant, *jetzt ja*[2], il me lèche les pieds pour la moindre goutte d'alcool ! Ah ! pourquoi tous les médecins que j'ai connus sont-ils de misérables

1. L'idiot !

2. Maintenant oui.

éponges ? Sans doute que nos bobos les écœurent et qu'ils doivent compenser quelque part... bien que Kendall soit un cas spécial, lui. Oui, très spécial.

Elle but encore une longue rasade. Mon verre était toujours intact.

— Bois ! ordonna-t-elle. Bois ! Et je verrai ce que je peux faire pour toi, *kleiner Knirps !*

Elle bluffait. C'était à son avantage que ma condition ne change pas. J'étais ainsi moins mobile et plus malléable. Bref, une parfaite victime. Je bus, désirant en finir avec elle, avec ce repas, avec cette conversation, tandis qu'elle allait quérir dans l'armoire une autre bouteille. J'y vis le signe qu'elle souhaitait prolonger notre entretien.

— Je n'ai jamais aimé les moutons, me dit-elle sur le ton de la confidence en revenant à la table. Je me demande pourquoi j'ai investi une partie de mon argent dans cette entreprise ridicule ! Le porc, au moins, c'est un animal fort, solide, qui mange !

Elle vida son verre. Ses bracelets de pacotille retentirent. Puis elle le redéposa sur la table. Ses bracelets cliquetèrent de nouveau.

— Le mouton est un délicat qui « broute » ! ajouta-t-elle, la bouche en cul-de-poule.

Elle me dévisagea. Ses yeux flamboyaient de chaque côté de son nez en forme de lame de couteau. Il avait pris des couleurs, ce nez. On aurait juré que le feu de ses yeux rougissait un fer de lance prêt à me traverser le front.

— Aux temps anciens, souffla-t-elle d'une haleine chaude et acide, les chiens et les pourceaux dévoraient les condamnés à mort.

— Je sais.

La flamme de ses yeux s'aviva.

— Vraiment ?

Elle n'était pas ignare, la vieille Higgins. Ses connaissances étaient impressionnantes, surtout dans les langues. Je compris soudain qu'il n'y aurait jamais d'entente possible entre nous, car nous étions à l'image des animaux qui avaient notre préférence : elle aimait les porcs ; moi, les moutons. C'était inconciliable. Enfin, le *moonshine* m'avait assoupi et je voulais rompre ce tête-à-tête. Je craignais seulement qu'elle veuille m'entraîner dans son lit ou, pire, me rejoindre dans le mien. Je désirais être seul, ne plus la voir. J'avais besoin d'une nuit complète le plus loin d'elle possible.

— Je vais me coucher, annonçai-je en me levant.

— *Nicht, nicht* !* Attends !

Je restai debout, médusé. Sa voix n'avait rien d'un ordre, mais tout d'une supplique.

— Je veux voir ça encore une fois, ajouta-t-elle. Après, tu pourras y aller... Approche.

Je voulus me retirer comme elle se levait sauf que, dans sa maladresse, elle fut plus rapide : elle s'accrocha à un pied de la table et se retrouva à genoux devant moi, agrippant la ceinture de mon pantalon pour éviter de s'écraser la figure sur le parquet. Je n'osai plus bouger pour ne pas la contrarier car, même soûle, je la savais redoutable. Elle descendit ma braguette. Le malaise que j'avais éprouvé dans la porcherie réapparut, beaucoup plus fort. Je tentai de remonter ma fermeture éclair, mais elle me repoussa d'un air agacé et parvint à sortir mon sexe de mon pantalon.

---

* Non, non !

— Oh, dit-elle, oui, oui, oh ! *So ein Schwanz* !*

Elle se mit à renifler.

— Tu ne t'es pas lavé, mon cochon. Ça me plaît.

Au contraire ! C'était la première chose que j'avais faite en rentrant à la maison. Heureusement, malgré ses tentatives pour m'exciter, je n'eus pas d'érection cette fois et je réussis à me dégager, gagnant vivement ma chambre alors que j'entendais son rire retentir derrière moi. Je fermai ma porte et tirai le loquet, surpris de lui avoir échappé si facilement. Puis, revenant de ma stupeur, je me déshabillai et tombai sur mon lit où, sous l'effet de l'alcool, je m'endormis lourdement.

* Quelle queue !

V

Le lendemain matin, le soleil entrait dans ma chambre en dessinant sur le parquet un rectangle de lumière jaune dans lequel on voyait danser la poussière. J'étirai mon bras jusqu'à ce qu'il pénètre le faisceau lumineux. Il était chaud et, en m'amusant à essayer d'attraper les particules qui s'y agitaient, je me rendis compte que je souffrais d'un sérieux mal de tête.

Soudain, la porte s'ouvrit avec fracas, laissant apparaître ma belle-mère sur le seuil... nue ! Le loquet n'avait pas résisté à la force du monstre. Un monstre, oui ! Devant moi, deux énormes mamelles chutaient vers un ventre raviné, comme liquéfié, qui cachait tout le mont de Vénus tandis qu'au milieu de cette cascade de chairs molles scintillait, saugrenu, le gros médaillon dont elle ne se séparait jamais.

— Alors, je te plais ? demanda-t-elle avec une moue aguicheuse, jouant à la fois la vamp et la putain.

Horrifié, je serrai les draps à m'en tordre les doigts. Saras Higgins dandinait maintenant les hanches et s'avançait vers le lit, atteignant les limites du grotesque et ses seins défiant les lois de la pesanteur. Elle arracha mes couvertures qui virevoltèrent dans les airs. J'aurais voulu fuir, mais enfiler mes bottes spéciales demandait du temps, et son ignoble chien se tenait dans le cadre de la porte, bloquant toute issue.

Ma belle-mère déchira mon caleçon et l'envoya tournoyer à travers la pièce. Il atterrit devant Spider qui s'en empara et le tailla en pièces pendant qu'elle s'installait sur moi, ses affreuses mamelles reposant sur ma poitrine et son médaillon pendant juste au-dessus de mon nez. Je le voyais pour la première fois de près, ce médaillon. Des lettres regroupées en carré brillaient au centre et semblaient signifier quelque chose que je n'arrivais pas à déchiffrer.

— Qu'est-ce qui se passe, mon joli ? dit ma belle-mère en plantant ses yeux de vieille tapineuse dans les miens et en commençant à me caresser.

Elle esquissa simultanément une grimace si racoleuse qu'elle ressembla un instant à quelque star hollywoodienne sur le déclin.

— Ton engin est fatigué ? ajouta-t-elle avec son sourire en coin qui m'agaçait plus que tout. Pourtant, les garçons de ton âge sont censés avoir des réveils brutaux !

Elle se retourna pour me faire une fellation, me présentant son fessier et envoyant valser dans son dos le médaillon qui la gênait quand des coups de klaxon retentirent dans la cour. Elle bondit hors du lit et regarda à la fenêtre :

— *Scheiße* !* grogna-t-elle. Je l'avais complètement oublié, celui-là !

Elle ouvrit la fenêtre et j'entendis claquer la porte d'une voiture.

— Hé ! Saras ! résonna la voix du vieux Mike Wiseman. Tu n'es pas encore debout ?

---

* Merde !

— Je ne t'attendais pas si tôt. J'arrive !

Elle me regarda.

— J'ai dit à ce vieil idiot de passer chercher sa demi-douzaine de bouteilles et je ne m'en souvenais plus. Reste là, j'en ai pour une minute.

Elle fila s'habiller dans sa chambre, suivie de Spider. Il n'était absolument pas question de l'attendre ! Je m'apprêtais à sortir du lit quand elle repassa devant ma porte. Elle s'arrêta brusquement.

— Je t'ai ordonné de ne pas bouger, *kleiner Idiot !*

— Il faut que j'aille uriner, trouvai-je comme excuse.

— Ah, c'est qu'il est futé ! Surveille-le, Spider. Je ne veux pas qu'il quitte son lit !

— J'ai trop envie, prétextai-je.

— Eh bien, fais ça dans les couvertures, je les laverai plus tard.

La porte d'entrée de la maison grinça.

— Hé ! Ho ! Saras ! glapit la voix de Wiseman. Tu es là ou quoi, vieille garce ?

— Oui, je viens ! cria-t-elle. *Eine Minute* !*

Avant de me quitter elle ajouta en murmurant entre ses dents :

— Quand je reviendrai, il vaudrait mieux que tu sois dur. Sinon, gare à toi !

Puis elle disparut dans le corridor en criant une série de « Je viens ! » complètement ironiques dans les circonstances. De son côté, Spider demeura sagement dans le chambranle de la porte, me fixant d'un regard torve derrière lequel semblait s'amuser un démon de la pire espèce.

Je le testai en feignant de me lever. Il s'avança et

---

* Une minute !

montra ses crocs luisants. Je posai un pied sur le parquet. Il fonça sur moi en aboyant. Je me rejetai en arrière et ne bougeai plus. Il retourna à sa place. Avec un pareil geôlier et la vieille Higgins en rut qui me voulait en érection à son retour, la situation n'était guère reluisante. À contrecœur, je commençai à me toucher. Mais le grotesque de la situation et le mauvais œil du chien me paralysaient, d'autant que la gueule de Spider paraissait esquisser un sourire qui disait : « Tu peux toujours y aller, petit con, ça m'étonnerait que tu réussisses. » Il était jaloux, le salaud ! J'ouvris le tiroir de ma table de chevet. Mon geôlier ne réagit pas, comme s'il savait ce que j'allais y chercher. J'en retirai un *Playboy* que je me mis à feuilleter, sans résultat. Ma belle-mère revint sur ces entrefaites. Elle écarta Spider d'un coup de pied et le cabot geignit d'un air soumis.

— Alors, mon bel étalon a retrouvé sa vigueur ?

Elle était grotesque. Elle retira sa robe en arrivant à côté du lit. C'était comme une coquille qui se brise en laissant apparaître une amande pourrie.

— Non ? Eh bien, je vais t'y aider, moi !

VI

C'est à la suite de ce dernier viol que je décidai d'élaborer un plan pour me débarrasser d'elle. Dans mon esprit, porter plainte à la police n'était pas une solution. Au contraire, c'était aller au-devant d'une nouvelle humiliation. De plus, le viol d'un homme par une femme est très difficile à prouver. Et puis, si on ne me croyait pas, la vieille Higgins ne serait pas incarcérée et elle se vengerait.

Comme je ne pouvais la confronter physiquement à cause de son incroyable force, plusieurs jours passèrent avant que je trouve le moyen de l'effacer de ma vie ; les agressions continuèrent. Je souffrais de fréquentes érections qui survenaient à tout moment dans la journée et dont ma belle-mère tirait profit chaque fois. Souvent, elles étaient si insupportables que je me soulageais moi-même. Malgré mon âge, le phénomène était anormal et j'en découvris plus tard la raison, non sans m'être demandé auparavant si le *moonshine* y était pour quelque chose ou si, viscéralement, je n'avais pas commencé à prendre plaisir à ces abus. Cette idée, à elle seule, renforça mon désir d'éliminer la scélérate qui avait été jusqu'à suggérer, sans que je parvienne à savoir si elle était sérieuse ou pas, que Spider participe à nos ébats ainsi que Sidney, un de nos gros mâles reproducteurs.

Le moyen, il me vint de façon inattendue. Je découvris un matin sous le lavabo de la salle de bains les médicaments de mon père. Ma belle-mère avait dû les oublier là en effectuant le ménage de la pharmacie. Dans une boîte, il y avait des comprimés de tranquillisant que je pensai aussitôt à écraser et à dissoudre dans son *moonshine* afin de l'endormir pour de bon. Je profitai de ce qu'elle fût partie faire une livraison chez un client pour réduire en poudre une quarantaine de pilules que je versai dans une bouteille de *moonshine.* Quand je l'agitai, une brume opalescente se forma, comme l'intérieur d'une boule de cristal qui se brouille avant de révéler les secrets de l'avenir. Peu importe, l'alcool de ma belle-mère n'était jamais complètement translucide. Elle ne verrait donc rien. Je traçai un « x » à peine visible sur le goulot pour pouvoir l'identifier et la plaçai en avant des autres dans l'armoire.

L'après-midi, je m'amusai à la dessiner en train de forniquer avec Spider, leur faisant à tous deux des figures grimaçantes où leurs langues s'entremêlaient, visqueuses. Ensuite, je la représentai avec moi et, dans ces étreintes, j'avais le dessus sur elle et je l'étranglais. C'était réconfortant. Finalement, je la montrai à l'agonie dans son lit. Elle avait bu la bouteille que je lui avais préparée. Spider était couché à ses côtés et moi, je regardais la scène en retrait. Je devais avoir une quinzaine de croquis répandus pêle-mêle sur le parquet quand je l'entendis rentrer. Elle monta à l'étage. J'eus juste le temps de tout mettre sous mon lit avant qu'elle pénètre dans ma chambre.

— Le vieux Barney Maxfield est malade, m'annonça-t-elle. Je vais chez lui ce soir pour lui donner un remède. Tu devras t'occuper de la porcherie seul et fais attention à Sidney, il est malade et agressif. J'ai averti le vétérinaire. Il sera là demain.

Voyant mon air coupable, elle demanda :

— Que faisais-tu ?

— Je lisais.

— Où est ton livre ?

— Je viens de le remettre dans ma bibliothèque.

— *Kleiner Lügner* !* Que faisais-tu en vérité ?

Mon mensonge ne la convainquant pas, j'eus l'étourderie de penser qu'en lui disant la vérité cela paraîtrait sur mon visage et qu'elle me laisserait tranquille.

— Je dessinais, répondis-je.

— Où sont tes dessins ?

Je n'avais pas songé une minute qu'elle voudrait en savoir davantage ! Si elle voyait mes croquis… J'essayai un nouveau mensonge :

— Je… je me touchais.

— Tu te branlais ? lança-t-elle en me croyant cette fois tout à fait. *Verdammt !* Tu n'en as pas eu assez dernièrement ? Apprends à conserver ce qui m'appartient désormais ! ajouta-t-elle en mettant sa main entre mes deux jambes et en m'agrippant les parties génitales.

— Je rentrerai tard.

Ça voulait dire qu'elle finirait la soirée dans un bar, sans doute le West and Wings. Elle ne boirait donc pas en revenant à la maison et mon plan tombait à l'eau. Pour cette fois du moins.

Ce soir-là, confiant que ce n'était que partie remise, je dormis d'un sommeil de plomb. Je me réveillai cependant au milieu de la nuit. Ma belle-mère était à

---

* Petit menteur !

genoux à côté de mon lit, complètement soûle. Elle avait rabattu les couvertures et fixait mon sexe qu'elle avait dégagé du caleçon, chantonnant un air enfantin en caressant le haut de ma cuisse :

— C'est à moi, ce beau joujou, à moi toute seule.

Son haleine fétide frappait le creux de mon ventre et remontait jusqu'à mon visage. Je détournai la tête, dégoûté. Je vis Spider, calmement assis dans le chambranle de la porte. L'immonde bête vicieuse était désormais le témoin fidèle des agressions que je subissais. La vieille Higgins arrêta son fredonnement pour prendre ma verge dans sa bouche. Je me dégageai, feignant de me retourner dans mon sommeil. J'espérais la décourager, mais sa tête s'insinua entre mes cuisses où elle poursuivit son manège. À la fin, j'avais une forte érection et je ne pouvais plus faire semblant de dormir. Je lui demandai d'arrêter.

— Arrêter ? s'étonna-t-elle comme elle s'installait entre mes jambes et allongeait le bras pour m'agripper d'une main ferme. *Im Gegenteil**, je veux te voir venir devant moi !

Elle commença à me masturber en plongeant une main sous sa robe. Encore une fois, j'aurais aimé ne pas jouir, mais j'éjaculai abondamment dans un mélange de plaisir et de souffrance qui me laissa pantois — tellement que je pensai un instant avoir éjaculé du sang. Cela la remplit de joie et elle continua à s'agiter jusqu'à l'orgasme. Après, elle s'écroula sur moi et s'endormit aussitôt. Je réussis à me dégager tant bien que mal, sauf qu'elle grogna, plaça son bras autour de moi et murmura :

* Au contraire.

— Tout doux, *mein Schwein*, tout doux.

Puis elle se rendormit pour de bon.

Je restai éveillé toute la nuit. La situation était intolérable. Ma belle-mère avait franchi une étape en s'endormant dans mon lit. Bientôt, elle exigerait que je la rejoigne dans le sien ou viendrait dans le mien tous les soirs, ce qui pour moi atteindrait les dernières limites de l'horreur. Ainsi, allongé à côté de mon bourreau qui grognait dans son sommeil, je révisai tous les scénarios que j'avais imaginés pour l'amener demain à boire au complet la bouteille que je lui avais préparée. De plus, je songeai de façon sérieuse au moyen de m'en sortir après le fait. J'y avais réfléchi jusque-là de façon secondaire, tant l'urgence de me débarrasser d'elle, peu importent les conséquences, avait pris le dessus sur tout.

Couvrir mon crime devenait une nécessité. Si je ne faisais rien, il y aurait procès et tout le monde irait me voir dans le box des accusés. Je devrais raconter en détail les coups, les viols, la préméditation de mon geste, le passage à l'acte… J'imaginais déjà le *district attorney* en train de s'écrier : « Vous essayez de me faire croire que vous n'étiez pas capable de vous défendre, vous, un homme, contre une femme ? » Ou encore : « Expliquez-moi comment elle s'y prenait pour vous violer sans que vous soyez préalablement en érection et *donc* consentant ? » J'irais d'humiliation en humiliation…

Cela pourrait être évité si, par exemple, on ne retrouvait pas le corps de ma belle-mère. L'absence de cadavre, c'était la clé de mon salut. À partir de cette idée, j'imaginai qu'une rencontre de nuit dans un endroit désert entre ma belle-mère et un de ses clients avait mal tourné pour elle. La chose n'avait rien d'improbable. Dans le milieu clandestin où elle travaillait, elle côtoyait des individus louches et violents. Mais ce n'était que le début de mon idée. Et, comme je passai une nuit blanche, elle fit beaucoup de chemin jusqu'au matin.

VII

Le lendemain, le monstre dormait toujours à mes côtés, et son ronflement remplissait toute la pièce. J'eus la chance de voir les rayons du soleil former sur le parquet un mince filet incarnat qui se mit à grossir à vue d'œil, passant de l'orangé au jaune doré. Ma belle-mère se réveilla une fois la chambre entièrement illuminée, tourna sa tête d'un côté, puis de l'autre, en se demandant ce qu'elle faisait dans mon lit. Elle était si soûle la veille qu'elle ne devait pas se souvenir de grand-chose. Embarrassée, s'il était possible qu'elle éprouvât un tel sentiment, elle me quitta sans dire un mot.

Cette sortie précipitée me soulagea. J'avais eu peur qu'elle soit prise de l'envie de remettre ça en se réveillant. Je me levai à mon tour.

La journée se passa sans incident ; nous travaillâmes chacun de notre côté. Durant les pauses, elle se montrait toutefois d'une gentillesse inhabituelle. Son regard était plus doux et son fameux sourire en coin qui m'avait toujours agacé me rappela un instant, bizarrement, celui de la *Joconde*. La comparaison peut sembler absurde et même grotesque. Mais, parfois, de la laideur ressortent des éléments de beauté, comme dans le *Pied-bot* de Ribera, ou les intérieurs délabrés de Whistler. Ici, le souci d'attacher ses cheveux alors qu'elle avait l'habitude de les laisser relâchés trahissait un besoin de plaire, bien que ce dernier trait de coquetterie provoquât chez moi une réaction contraire. En effet, je remarquai que son front, désormais dégagé, possédait une courbure qui le faisait ressembler au mien ! De découvrir ainsi un trait physique qui nous rapprochait, même de façon éloignée, augmenta mon désir de l'occire. Sa soudaine amabilité ne changea donc rien à mon plan. Si elle contrôlait mon corps, elle n'aurait pas mon esprit.

Le soir, nous nous installâmes à table éreintés. La journée avait failli mal tourner avec l'arrivée du vétérinaire. Sidney, le gros mâle reproducteur, avait développé une pneumonie. L'examen se passa sans anicroche, car nous avions mis dans son auge des pelures de pommes de terre dont il raffolait et se goinfrait.

Quand vint le temps de lui faire une injection, par une sorte d'intuition animale, il aperçut la seringue et détala. Commença alors une affolante poursuite. Le gros mâle avait l'habitude de la bataille et ne tolérait personne dans son enclos. Dans la force de l'âge, couvert sur ses flancs d'une croûte de boue durcie par le soleil — il s'était vautré le matin dans la fange de l'enclos extérieur avec les truies et les gorets —, il grognait méchamment, les poils de son dos hérissés. Après nous avoir échappé plusieurs fois, il s'arrêta et nous fixa de ses petits yeux rose pâle, prêt à charger. Ses canines inférieures, sciées quatre mois plus tôt, avaient repoussé au point de dépasser de son groin et elles étaient de nouveau dangereuses.

De son côté, le vétérinaire avait perdu patience et

remballait ses affaires en nous signalant qu'il repasserait tôt le lendemain. Ma belle-mère se fâcha et lui ordonna de rester. Le cochon profita de sa distraction pour la charger, mais je réussis à le renverser sur le côté et à m'étendre entre ses quatre pattes, le plus loin possible de sa gueule dont je redoutais la morsure. Ma belle-mère l'immobilisa en posant son pied au travers de son cou. Mon geste, qui ne manquait pas de témérité, la surprit, et une ombre de respect passa sur son visage. J'avais cependant agi par calcul pour les besoins de mon plan : si elle avait été blessée, elle n'aurait peut-être pas été assez en forme pour boire la bouteille que je lui avais préparée.

À ma grande joie, au repas du soir, elle l'avait déjà sortie et déposée sur la table pendant qu'elle réchauffait des restes. Déterminé à donner suite au scénario que j'avais mis au point, je l'arrêtai de la main quand elle vint pour me verser à boire.

— Non, dis-je. Si je suis un homme, je veux ma propre bouteille.

Ma requête la surprit, mais ne la choqua pas.

— Ma propre bouteille, répéta-t-elle avec une pointe d'ironie comme elle allait en quérir une autre dans l'armoire.

— Eh bien, la voilà, *deine eigene Flasche**.

Elle était plus amusée que fâchée. Je m'affirmais et cela suscitait son respect. Quant à moi, je déchantai quand j'aperçus le mince « x » sur le goulot de la bouteille qu'elle venait de me donner ! Comment était-ce possible ? Je l'avais pourtant placée devant toutes les autres dans l'armoire ! Soudain, je me rappelai qu'en

* Ta propre bouteille.

entrant ma belle-mère était descendue au sous-sol ; elle avait dû, avant de remonter, agripper une bouteille en bas, dans son atelier, qu'elle avait déposée sur la table sans que je la voie.

— Qu'est-ce qu'il y a ? demanda-t-elle en constatant le malaise sur ma figure.

— Au fond, c'est ridicule : nous devrions partager la première bouteille.

— *Im Gegenteil !* dit-elle. Tu voulais la tienne : tu vas la boire, maintenant, et jusqu'au bout !

Elle l'ouvrit et me versa un verre. Puis elle me servit une généreuse portion de ragoût antillais. Je commençai à manger, sachant que l'absorption de la nourriture retarde les effets de l'alcool dans l'organisme. Il me fallait gagner du temps.

— Tu ne bois pas ? s'enquit-elle au bout d'un instant.

On aurait juré qu'elle m'avait percé à jour et que, voulant me rendre victime de ma machination, elle retournait le fer dans la plaie. J'avalai une timide gorgée de la décoction. Cela ne sembla pas la satisfaire.

— Si c'est ça un homme, railla-t-elle, ça, c'est une femme ! ajouta-t-elle en vidant son verre d'un trait.

Je bus une plus grosse gorgée, tentant d'échapper à son sarcasme, à sa possible suspicion, voulant éviter une terrible raclée si elle découvrait le pot aux roses ou une mort certaine si je ne trouvais pas un moyen de m'en sortir.

— Ça vaut bien la peine d'avoir ta propre bouteille !

J'avalai plusieurs bouchées, bus le reste de mon verre, puis mangeai encore. Ma belle-mère me servit une autre assiette, surprise par mon appétit. Mais, en me versant de nouveau à boire, je fis exprès d'échapper ma bouteille. Elle roula hors de la table et fut attrapée *in extremis* par la vieille Higgins qui la reposa sur la table. Du *moonshine* s'était répandu sur le parquet et avait formé une flaque. Je me crus perdu quand Spider, qui avait pris l'habitude de se réfugier sous les jupes de sa maîtresse chaque fois que nous avions un repas ensemble, sortit sa tête et lapa avidement l'alcool.

— *Herrgottsakrament!* Tu ne boiras que lorsque je t'en donnerai la permission ! hurla ma belle-mère en frappant le chien qui déguerpit vers le salon, où elle le poursuivit.

L'occasion était inespérée. Je substituai les bouteilles et en profitai pour remplir mon verre de *moonshine* ordinaire. J'exécutai ces gestes avec vivacité, le concert de jurons ayant cours dans le salon couvrant mon manège, et son arrêt subit me signalant le moment du repli. Ma belle-mère revint à la table, rouge de colère. Elle me dévisagea.

— Ça n'arrivera plus, dis-je en buvant une longue gorgée sans m'étouffer.

Son visage se radoucit.

— Ah, ce pauvre Spider ! soupira-t-elle en se versant mélancoliquement un verre du *moonshine* que je lui avais préparé et en le vidant d'un trait — à ma plus grande satisfaction. Ce n'est pas sa faute, c'est moi qui lui ai appris ces mauvaises habitudes. Enfin, des bonnes aussi. Il lèche mieux qu'un homme, si tu veux savoir ; en tout cas mieux que ton père. Pour toi, je l'ignore, tu ne me l'as jamais fait. Enfin, mon Spider, c'est sa queue qui cause problème ; il est maladroit, c'est douloureux et il faut que je sois en grand manque pour me soumettre à ça. C'est comme pour Sidney ; avec lui, ça demande beaucoup d'acrobaties.

Cette confidence me la rendit plus odieuse encore et me conforta dans mon action. J'avais mis mon organe non seulement là où mon père avait mis le sien, mais où chien, cochon et bien d'autres choses sans doute avaient mis le leur. J'étais dégoûté.

Elle avait jusque-là peu mangé, se contentant de boire en me parlant de choses diverses. Elle engouffra soudain plusieurs bouchées de ragoût. Puis siffla un autre verre. La bouteille était maintenant à moitié vide. J'aurais cru la voir s'écrouler bien avant, mais elle était une solide pocharde. Je pus m'en rendre compte quand elle se leva d'un bond et s'avança vers moi sans vaciller. Tant d'assurance me décontenança, plus que son affreuse bouche en cul-de-poule quand elle me réclama un baiser ! Mon mélange empoisonné lui faisait perdre sa fierté : elle qui s'était toujours servie, la voilà qui demandait ! Voyant combien elle avait encore de force et qu'il était crucial qu'elle finisse la bouteille jusqu'à la dernière goutte, je l'embrassai pour gagner du temps et ne pas la contrarier.

Elle retourna s'asseoir et se versa un autre verre. En le portant à ses lèvres, elle s'arrêta. Au moindre geste inhabituel, j'avais un pincement au cœur et je pensais être démasqué. C'était ridicule. Ces appréhensions cachaient mon impatience de la voir s'écrouler. Elle s'était arrêtée pour me dire simplement, avec son sourire en coin :

— Ce soir, *mein Süßer**, je sens que toi et moi, on va se payer du bon temps !

Elle fit cul sec une fois de plus. À chaque verre

---

* Mon petit chou.

qu'elle avalait, je sentais un bien-être m'envahir, renforcé par les tranquillisants que j'avais absorbés plus tôt malgré moi, et je regardais la vieille Higgins en savourant chaque seconde de son anéantissement prochain. Je m'amusais de son inconscience.

— *Verflixt !* s'exclama-t-elle, la tête me tourne ! Mais je me sens si bien ! Cet alcool est trop bon : j'ai dû modifier ma recette sans m'en apercevoir. Tu n'en veux pas ?

— J'ai ma propre bouteille, rappelez-vous.

— C'est vrai, c'est vrai…

Puis, toute perdue, elle ajouta :

— Où est mon toutou ? *Mein kleiner Hund* ?*

Elle ne se souvenait plus de l'avoir battu mais, quand la mémoire lui revint, elle appela Spider d'une voix douce, susurrée, que je ne l'avais jamais entendue utiliser :

— Spider, mon chien. Viens, mon chien-chien.

Ma décoction semblait la faire retomber en enfance. Sa voix ressemblait maintenant à celle d'une petite fille. Finalement, Spider arriva.

— Tu en veux, du lolo, mon gros ? Je vais t'en donner, du lolo…

Cette fois, on aurait dit que je n'existais plus, et le spectacle se révéla fascinant. Elle mit le goulot de la bouteille dans la gueule de son chien qui le téta goulûment comme si c'était un biberon.

Réalisant tout à coup que ma belle-mère se soustrayait ainsi à son destin, je bondis et lui arrachai la bouteille.

— Ne gaspillez pas un si bon alcool ! m'écriai-je,

---

* Mon petit chien.

décontenancé juste après par l'audace de mon geste et sentant mon cœur battre à tout rompre.

Spider montra les dents. Quant à ma belle-mère, elle resta un moment interloquée, puis elle rit.

— Du si bon alcool, grimaça-t-elle avec un sourire qui se voulait complice. Eh bien, *prost** !

Elle me reprit la bouteille des mains et en but une si longue rasade qu'elle l'eût sûrement terminée si elle n'avait pas manqué de souffle. Puis elle releva sa robe jusqu'au nombril et versa du *moonshine* sur son pubis. Je n'intervins pas. L'alcool devait lui brûler le sexe, et elle ferma les yeux. Elle ouvrit les jambes et regarda son chien qui gémissait, comme si ma présence le gênait. Je me trompais, il attendait son signal.

— Allez, Spider, lèche, lèche ! Montre-lui ce que tu sais faire !

L'animal se précipita dans son entrejambe et lécha avidement. Elle prenait une gorgée, laissait ensuite couler un peu de *moonshine* sur son pubis et le chien léchait davantage. La bouteille se termina ainsi.

Je ne sais si la vieille Higgins voulait m'impressionner, plaire à son chien ou à elle seule en me donnant notamment un rôle de voyeur mais, pour la première fois, je la vis vaciller sur sa chaise.

Réalisant l'étendue de son ivresse, elle se leva d'un coup après un long bâillement. Elle faillit tomber et ordonna que je l'aide à la mener à son lit. Ce ne fut pas une tâche facile, surtout pour monter l'escalier. Derrière, Spider nous suivait piteusement, ressentant lui aussi l'effet de l'alcool et des tranquillisants.

---

* Santé !

Une fois couchée, elle se mit à parler de façon incohérente. Même si sa voix était parfois pâteuse, elle parvenait encore à articuler les mots avec beaucoup de vigueur.

— La tête me tourne, disait-elle entre autres, la tête me tourne !

Soudain, elle se dressa sur son séant avec une telle énergie que je sursautai.

— Quelque chose ne va pas, grogna-t-elle en me regardant avec des yeux vitreux. Mon alcool ne m'a jamais fait un tel effet ! *Es ist nicht normal* !*

Elle continuait de se maintenir sur son séant. Les bras arqués derrière son dos formaient une arche dont la solidité semblait à toute épreuve. C'était comme si elle avait pu se soutenir ainsi pour la nuit des temps, et cette seule image ou impression était en elle-même effrayante.

— Appelle le Dr Kendall.

Devant sa vivacité, je me demandais maintenant si j'avais utilisé assez de tranquillisants. En réalité, elle aurait dû être plongée depuis longtemps dans un état comateux.

— Aide-moi à sortir du lit.

Je restai immobile, fasciné, mais résolu. Alors la vérité lui apparut.

— *Schmutziger Knirps !* articula-t-elle en me dévisageant avec des yeux si écarquillés et si vitreux que je m'y entrevis comme un démon sortant d'une boîte à surprise. Tu m'as droguée !

Elle s'élança hors du lit, mais elle surestima ses forces et s'écroula. Un bruit affreux, une sorte de

---

* Ce n'est pas normal !

craquement, retentit : sa cheville droite s'était complètement retournée en heurtant le parquet. Malgré cette blessure, elle se mit à ramper vers moi.

— Tu ne m'auras pas, *verdammter Klumpfuß*[1] *!* souffla-t-elle en martelant de son poing le parquet à chaque avancée. Je ne mourrai pas ! Car j'ai la force ! Tu m'entends ? Celle que m'a transmise ma mère, ma grand-mère, mon arrière-grand-mère et toutes celles qui m'ont précédée ! *Großmutter Schlangenköchin !* cria-t-elle. *Hilf mir*[2] *!*

Elle s'arrêta, ayant presque atteint la porte, tandis que j'avais reculé dans le corridor. Elle se contentait maintenant de frapper le parquet en répétant qu'elle avait la force, ses bracelets de pacotille produisant simultanément un cliquetis ridicule. On aurait dit un Raspoutine en jupon qui se refuse à mourir. J'eus la chair de poule quand elle articula lentement ces paroles :

— *Wehe aus der Tiefe der Hölle ! Teufelsgeist ! Quer durch die Eingeweide der Erde ! Bis zu mir hin ! Ja ! Ja ! Bis zu mir hin*[3] *!*

C'était la première fois que je l'entendais parler allemand si longtemps. J'aurais pu croire qu'elle délirait, mais elle prononçait les mots trop distinctement, comme s'il s'agissait d'une incantation ou d'une prière. Cela semblait d'ailleurs lui donner des forces, car elle s'assit et me regarda droit dans les yeux. Je frissonnai de nouveau.

— *Talipes varus*[4] *!* Tu ne verras pas le soleil se

---

1. Maudit pied-bot !

2. Grand-mère, cuisinière de serpents ! Aide-moi !

3. Souffle des profondeurs de l'enfer ! Esprit de Lucifer ! À travers les entrailles de la terre ! Jusque vers moi ! Oui, oui, jusque vers moi !

4. Pied-bot ! en latin.

lever. Spider ! Attaque ! Amène-moi *dieser schmutzige Dreikäsehoch*[1] que je puisse l'étrangler de mes propres mains !

Le chien, qui jusque-là était demeuré calme à côté du lit, s'avança vers moi en vacillant. Il semblait supporter ma décoction avec moins d'énergie que sa maîtresse. Je le tassai d'un simple coup de pied. Il rebondit sur le mur et s'affaissa tel un vieux sac d'os. Je m'approchai de ma belle-mère, décidé à lui servir la même médecine.

Assise, la tête penchée vers l'avant et les cheveux cachant le haut de sa figure, elle ne bougeait plus. Était-elle morte dans cette étrange posture ? Je tirai sur sa chevelure et deux yeux vitreux, bulbeux, haineux, me fixèrent. Elle attrapa mon bras et s'apprêtait à me mordre. Je lui balançai mon genou au visage et elle s'écroula sur le dos. Redoutant qu'elle ne se redresse par quelque magie dont elle avait le secret, je lui assénai un, deux, trois, quatre, cinq coups de pied dans les côtes. L'avais-je enfin tuée ? Je la poussai du talon. Aucune réaction. Je pris son pouls : son cœur battait toujours ! Lent, mais régulier et fort encore. Tout à coup, elle toussa et recommença à respirer, par saccades, puis en émettant une série de bruits de bouche. Ses yeux s'ouvrirent et elle me regarda.

— *Warum*[2] *?* soupira-t-elle. *Warum ?*

Son visage avait complètement changé, et son ton assuré avait fait place à l'angoisse.

— On commençait pourtant à bien s'entendre, tous les deux. Ne t'ai-je pas donné du plaisir ?

---

1. Ce sale avorton.

2. Pourquoi ? Pourquoi ?

— Du plaisir ? m'écriai-je. Ces viols successifs sont censés m'en avoir donné !

Elle changea aussitôt de sujet en essayant de me faire peur :

— Il est encore temps d'appeler Kendall. Sinon, tu vas avoir des problèmes avec le shérif…

— Ça m'est égal, rétorquai-je. Je préfère cent fois la prison plutôt que de passer une journée de plus avec vous. Sauf que le problème de la justice ne se pose pas. J'ai pensé à tout : on ne retrouvera jamais votre cadavre et on ne me soupçonnera pas !

— Non, je ne te crois pas aussi méchant, continua-t-elle sans se démonter. *Du nicht*[1]. Je sais que j'ai été injuste envers toi, mais… Appelle le médecin, *bitte*[2]. Je ne te toucherai plus. Je te respecterai… Je travaillerai comme deux ! *Ehrenwort*[3] *!* Nous réussirons ensemble à faire quelque chose de cette ferme ! La ferme de mon mari, ne l'oublie pas !

Je ne me laissai pas attendrir. Si elle survivait, elle se vengerait.

— Et puis, je peux t'aider pour ton pied bot… J'ai de l'argent ! *Viel Geld*[4] *!* Dans mon coffre-fort, en bas. J'ai de quoi te payer une opération et une prothèse !

Un coffre-fort ? J'étais sûr qu'elle bluffait et je demeurai de glace. Alors elle s'écria :

— Ce n'est pas une question d'argent, David. Je… je ressens pour toi quelque chose qui n'est pas que

1. Pas toi.
2. S'il te plaît.
3. C'est vrai !
4. Beaucoup d'argent !

physique ! Ça te paraîtra invraisemblable, mais je… je t'aime ! *Ich liebe dich*[1] !

C'était pitoyable et pénible. Je répliquai :

— Et moi, je vous hais ! Vous êtes une femme moche, horrible, dégoûtante !

Son visage se pétrifia, et une larme s'écoula de ses yeux vitreux. Je détournai le regard, agacé. Puis je la dévisageai de nouveau :

— Je ne désirais pas vous faire souffrir, vous deviez vous endormir, simplement. Mais vous en avez décidé autrement et vous vous obstinez maintenant à survivre ! Alors je dois m'obstiner, moi aussi. Je vous le dis et redis : vous allez mourir ! Mourir !

Or, plus j'affirmais cela, moins j'en étais sûr. Elle parlait d'une voix pâteuse certes, quoique forte. Et j'étais effrayé de constater qu'elle était à ce point consciente. Seule son inertie me rassurait. De toute évidence, elle utilisait l'énergie qui lui restait pour me parler et essayer de me convaincre de la laisser en vie. Elle était couchée sur le dos, sa cheville tordue et les jambes parfaitement immobiles. Quant à ses mains, elles ne remuaient pas non plus, hormis ses doigts, si exsangues qu'ils rappelaient des boudins blancs et filandreux. Par moments, je les voyais s'animer faiblement, comme s'ils constituaient autant de petits baromètres par lesquels elle mesurait l'étendue de sa torpeur. Elle d'habitude si active, qu'elle devait se sentir impuissante !

Puis elle sembla avoir pris une importante résolution, et sa physionomie changea : sa mâchoire se crispa et ses traits devinrent rebelles. Elle revenait à sa nature

---

1. Je t'aime !

première, telle que je la connaissais. Les suppliques et l'attendrissement de tantôt avaient disparu.

— *Verteufelter Klumpfuß*!* gémit-elle. Tu ne t'en tireras pas aussi facilement ! Va-t'en ! Je ne veux plus te voir ! Si je dois mourir, je veux mourir seule ! Va-t'en !

J'hésitais à la quitter, craignant qu'elle trouve assez d'énergie pour se lever et appeler à l'aide. Mais je me rassurai : nos voisins étaient à plus d'un kilomètre et demi à la ronde et nous n'avions qu'un téléphone, situé au rez-de-chaussée. Je descendis, réalisant que je devais trouver un moyen de l'achever alors qu'elle était encore à ma merci, car je ne donnais pas cher de ma peau si elle sortait de l'état de faiblesse dans lequel je l'avais plongée. Dans la cuisine, je me versai un verre de *moonshine* et bus une gorgée pour avoir plus de courage. Je réfléchis à un moyen. Le fusil de chasse de mon père ? La saigner comme un porc avec un couteau ? Je songeai alors à la masse. Je courus la chercher dans la grange.

Quand je regagnai la chambre, elle paraissait dormir. Sa respiration, lente et profonde, donnait l'impression qu'elle allait s'arrêter. Mais, toujours, elle reprenait. Je m'approchai. Spider s'était traîné à ses côtés. Il grogna et montra ses dents, sauf qu'il ne bougea pas. Je levai la masse. Conscient du danger, il lécha le visage de sa maîtresse. La vieille Higgins ouvrit les yeux. Elle faisait donc semblant de dormir !

J'abattis la masse de toutes mes forces. Son crâne se fendit tel un melon, et le sang éclaboussa Spider. Puis se répandit ce qui ressemblait au liquide d'un

---

* Satané pied-bot !

fruit qui a trop longtemps mûri. Spider me fixait maintenant d'un air débile et absent. J'aurais pu lui porter un coup fatal, mais l'étrange silence qui régnait dans la pièce depuis que ma belle-mère avait cessé de respirer me paralysa. Mes doigts lâchèrent la masse, qui percuta le parquet en produisant une sourde vibration.

Je quittai la pièce, fermant la porte derrière moi comme pour cacher l'horreur de mon geste. Puis je m'écroulai dans mon lit où je dormis jusqu'au lendemain.

PLEINE LUNE

VIII

Au matin, je me levai d'un bond, le cœur serré. Pensant que j'avais fait un cauchemar, je courus à la chambre et trouvai la porte fermée, un mauvais signe qui diminua l'espérance saugrenue qui m'avait habité. J'ouvris. Une odeur abominable me saisit à la gorge : je l'avais bien tuée et, déjà, elle se décomposait ! Je réprimai une nausée et avançai vers le cadavre. La tête ressemblait plus que jamais à un fruit pourri vidé de son contenu et la cheville droite était si retournée qu'on aurait dit que le pied voulait partir et laisser là un corps avec lequel il n'avait plus rien à voir. Tout à coup, une partie du visage s'effondra avec un bruit de succion ; l'œil droit tressaillit et la paupière s'ouvrit, pendant que la bouche, agitée par un nerf agonisant, formait le fameux sourire en coin duquel ressortaient deux dents jaunâtres.

Épouvanté, je reculai, butai contre la masse restée sur le parquet et tombai sur le derrière. C'est là que je vis Spider. Je l'avais complètement oublié ! Caché sous le lit, l'odeur de la mort semblait l'avoir enivré ou rendu fou. Il bondit. J'attrapai la masse et le frappai sur le côté de la tête juste avant qu'il n'agrippe ma gorge. Il roula sur le flanc et se figea. Je me relevai. Ses paupières étaient mi-closes et un mince filet de sang s'écoulait de sa gueule. Je lui envoyai un coup de pied au ventre. Il ne réagit pas. Je me penchai pour écouter son cœur : il ne battait plus. J'étais également débarrassé de ce salopard, et je n'en revenais pas de la facilité avec laquelle j'y étais arrivé !

Tout de suite, je passai à l'action. J'enroulai le cadavre de la vieille Higgins dans une couverture et le tirai jusqu'à la porcherie où je le dissimulai dans un enclos vide. Je cachai ensuite la camionnette dans la grange au cas où quelqu'un arriverait. Puis, je revins m'occuper de Spider. En l'agrippant par le collier, je remarquai une chose étrange. Je me penchai et lus, écrit sur le cuir avec une calligraphie incertaine par endroits : « *DM killed me help SH.* » La scélérate ! Elle avait profité du moment où je l'avais laissée seule pour graver cela. Mais qu'espérait-elle ? Que son chien coure chez le shérif porter ce message ? Le mot « *help* » montrait qu'elle avait gardé l'espoir que je ne l'achève pas jusqu'à ce que d'éventuels secours arrivent alors que le verbe « *kill* », employé au passé, semblait plutôt destiné à causer ma perte. Quoi qu'il en fût, Spider ne s'était pas échappé. Il avait au contraire cherché à se venger de moi *personnellement*, une réaction plus humaine qu'animale. Je regardai de nouveau le message tracé sur le collier. Avec quoi l'avait-elle donc écrit ?

Je traînai Spider dans un enclos vide situé à côté de celui où reposait sa maîtresse et retournai dans la chambre laver le parquet. Cela fait, je descendis au sous-sol quérir une hache et mon couteau de chasse. Quand je fus dehors, mon cœur fit deux tours : la voiture du shérif s'engageait dans l'allée. Je déposai mes choses sur une des chaises de la véranda et allai l'accueillir avec le plus de naturel possible. La grosse cylindrée stoppa à quelques mètres de moi en soulevant un nuage de poussière.

Bob Cohard s'extirpa de sa Chevrolet Malibu avec peine. C'était un gros homme, qui devait peser près de cent trente-cinq kilos et dont le ventre sortait constamment de sa chemise. Dans la soixantaine, il portait des favoris grisonnants et ses joues retombaient, flasques, de chaque côté de son menton en lui donnant un air de bouledogue. Un autre policier, que je n'avais jamais vu, sortit de la voiture. Il était grand et pourvu d'une mâchoire en forme de tiroir-caisse. Sous son chapeau, ses cheveux courts accentuaient l'aspect triangulaire de sa figure dont le crâne paraissait se terminer en pointe. Il portait des verres fumés ronds aux reflets métallisés pas plus gros que deux pièces de vingt-cinq sous. Pour une raison quelconque, peut-être à cause de la pâleur de son teint, j'imaginais ses yeux bleu acier. Ceux de Bob Cohard étaient d'un brun proche de la mélasse.

— Salut, David ! me lança Cohard en retirant ses lunettes fumées. Je suis vraiment désolé pour ton père. C'était un chic type. Malheureusement, je n'ai pas pu passer avant. Je voulais t'offrir mes condoléances.

Il me serra la main.

— Lui, c'est Albert Enright, poursuivit-il en désignant d'un mouvement de tête l'autre policier. Il vient du New Jersey pour remplacer Peter qui nous a quittés pour Milwaukee. Il va rester un bout de temps. Et qui sait ? Peut-être qu'il va trouver notre patelin tellement intéressant qu'il va décider de s'y installer. Pas vrai, Ab ? ajouta-t-il avec un sourire de singe qui découvrit toutes ses dents.

— C'est possible, Bob, répondit-il en retirant ses lunettes fumées et en me serrant la main. C'est possible.

Si je ne m'étais pas trompé sur la couleur de ses yeux, je n'appréciai pas le contact de sa main : elle était froide alors que la mienne était moite sous l'effet de la peur qui m'animait. Et ce fut comme si un mauvais courant passa à ce moment-là entre nous et que l'homme flaira mon inquiétude. Ma plus grande crainte était qu'ils demandent à entrer dans la maison pour boire un verre d'eau ou utiliser les toilettes. Je me méfiais de l'odeur de putréfaction qui semblait s'y attarder encore. Ne risquait-elle pas d'éveiller leurs soupçons ?

— À ce que je vois, Saras est absente, reprit Cohard.

Je remerciai le ciel d'avoir eu l'idée de mettre la camionnette dans la grange.

— Elle est sortie faire une livraison, dis-je.

Le shérif connaissait le trafic de ma belle-mère et il fermait les yeux, parce que c'était une amie et que lui aussi achetait de son *moonshine* à l'occasion.

— Ah ? grogna-t-il, déçu. J'aurais aimé lui parler. Je repasserai.

— Dois-je lui faire un message ?

— Non, rien d'important, répondit Cohard. J'aurai sûrement l'occasion de la rencontrer au West and Wings.

— C'est un très bel endroit, dit alors Enright.

Je pensais qu'il parlait du West and Wings, ce bar minable, mais je m'aperçus qu'il jetait un coup d'œil circulaire à la propriété.

— Dommage pour l'odeur, ajouta-t-il. Il y a quelque chose qui flotte dans l'air et qui vous retourne l'estomac.

Je le regardai, interloqué par son cynisme. Cohard parut gêné et décida de prendre la chose en riant.

— Ça, ce sont les cochons, Enright ! C'est fou ce

qu'ils puent ! C'était mieux avant, hein, Dave ? Quand vous aviez surtout des moutons ! Mais il y a eu ce stupide accident dont je t'ai parlé, Ab, avant qu'on arrive. Ah ! vous n'avez pas été chanceux !

— Ouais, lança Enright en ne perdant rien de son sérieux, j'avais remarqué pour l'odeur des porcs, Bob. Il y a pourtant une odeur de pourriture qui s'y mélange.

Je devins pâle. Le shérif s'en aperçut :

— Ça va, David ? Tu n'as pas l'air très bien.

— Ça va, répondis-je en me ressaisissant. Je suis simplement fatigué. Une de nos truies est morte hier, ajoutai-je en regardant Enright dans les yeux. On l'a placée dans la grange où elle pourrit en attendant que ma belle-mère décide…

— Une truie morte ! m'interrompit-il. J'aimerais bien voir ça !

— Y a rien d'intéressant à voir là-dedans ! dit Cohard d'un air dégoûté. Allez, on a assez traîné, on s'en va !

Sa remarque arrivait trop tard. La tension générée par cette entrevue, la chaleur, le peu de sommeil que j'avais eu la nuit précédente, la perspective qu'Enright aille dans la grange et découvre la camionnette qui n'aurait pas dû y être ainsi que les cadavres dans la porcherie eurent raison de moi.

Quand je repris connaissance, j'étais étendu sur le canapé du salon. Enright me souriait en me tendant un verre d'eau, alors que le shérif, en arrière, regardait la scène d'un air ennuyé en s'éventant le visage avec un magazine qu'il avait trouvé je ne sais où.

— Faut pas m'en vouloir, mon gars, dit Enright. Je suis cynique, mais pas méchant.

— Ouais, rétorqua Cohard. Sauf que ça ne fait pas une semaine que tu es ici et il y a déjà deux gars qui ont eu un malaise à cause de ton cynisme. Si tu continues comme ça, tu ne travailleras pas ici longtemps. Bon, ça va mieux, David ? Parce qu'on va devoir y aller.

— Je vais mieux, répondis-je en m'assoyant et en prenant une gorgée d'eau. Ne vous inquiétez pas pour moi.

— Ça t'arrive souvent, ce genre de malaise ? demanda Cohard avec inquiétude.

— Ça m'est déjà arrivé, mentis-je pour le rassurer. On a travaillé très fort hier, il fait chaud, et je n'ai pas dormi de la nuit à cause d'une indigestion.

— Faudrait peut-être que tu appelles le Dr Kendall pour qu'il vienne t'examiner. Bon, on s'en va, Ab !

— Allez, gamin, sans rancune ! fit Enright. On aura l'occasion de se revoir !

Ils me quittèrent alors que je me levais derrière eux. Ils ne s'en rendirent pas compte et j'entendis leur conversation comme ils retournaient à leur voiture.

— C'est vrai que ça pue, Bob ! Et tu as remarqué dans la maison ? C'est encore pi…

— Écoute, le coupa Cohard, ce sont des paysans, ici. Faudrait pas que tu t'attendes à ce que ça sente la rose ! Tu n'es pas dans un logement parfumé de Newark qui a vue sur l'Hudson River, là ! Et puis sois moins cynique ! C'est juste bon pour la ville, ça. À la campagne, les gens sont farouches et sensibles malgré leur allure rustre. Tu as vu ce pauvre gosse ? Tout le monde sait que la vieille Saras le maltraite. En plus, sa vie n'est pas facile avec son handicap.

— Ouais, ouais, marmonna Enright. N'empêche que ça pue !

— Pour ça, tu as raison ! Sauf que ce n'est pas la dernière ferme qu'on va visiter, toi et moi, et tu ferais mieux de t'habituer. Enfin, ça paraît que tu ne t'es jamais retrouvé face à un macchabée qui mijote depuis plusieurs jours, ça pue drôlement plus !

— Ah ça, Bob, je pourrais…

Le shérif démarra et je perdis la réplique d'Enright à cause du bruit du moteur. La grosse cylindrée repartit dans un nouveau nuage de poussière.

Cette visite inattendue m'amena à agir vite. Dans la porcherie, j'enlevai la couverture qui recouvrait le cadavre de la vieille Higgins et retirai son médaillon et ses vêtements un à un. J'arrachai ensuite une poignée de ses cheveux et, malgré l'état du crâne, je réussis avec mon couteau de chasse à la scalper au complet. Avec une hache, je tranchai ses mains à la hauteur des poignets. Je plaçai tout cela dans un sac-poubelle.

J'avais prévu enterrer les cadavres en forêt, mais je réalisai que cela demanderait trop de temps et d'efforts. Je craignais aussi d'autres visites inopportunes, comme celle d'un client qui voudrait parler à Saras Higgins parce qu'il n'avait pas reçu la ration de *moonshine* qu'elle lui avait promise. Voilà pourquoi la fosse à purin me parut un endroit idéal. Personne ne penserait à les chercher là-dedans.

Je jetai un œil dehors et traînai le corps de la vieille Higgins jusqu'à la fosse. Elle n'était pas clôturée. Le béton ressortait simplement du sol en formant une bande circulaire d'une dizaine de centimètres de large et d'un mètre vingt de haut, soit juste assez pour qu'on n'y tombe pas par accident. J'y balançai le cadavre. La tête plongea dans le lisier, tandis que le corps s'enfonça partiellement et décrivit avec les jambes et le bassin une sorte d'arche ridicule, l'un des pieds reposant contre la paroi, l'autre sur la croûte d'excréments. J'allai chercher une perche et l'enfonçai. Le purot était aux trois quarts plein et, comme on ne le vidait jamais en entier, le corps descendrait au fond et il ne remonterait plus. Je retournai dans la porcherie m'occuper de Spider.

Quelle ne fut pas ma surprise de découvrir qu'il n'était plus dans son enclos ! Cette disparition me désorientait complètement. Elle était *impossible.* Se pouvait-il que mon coup l'eût plongé dans un coma momentané alors que je le croyais mort ? J'empoignai la hache et fouillai les bâtiments. J'eus beau chercher partout, je ne découvris aucune trace de lui.

Je rentrai à la maison. Dans la cour arrière, je brûlai les vêtements de la vieille Higgins et la couverture dans laquelle j'avais enveloppé son cadavre. Puis je lavai le couteau, la hache et la masse. Quant au médaillon, il me semblait avoir trop de valeur pour m'en débarrasser et je le cachai.

La survie de Spider compromettait mon plan. Mais je ne pouvais reculer. Je devais conduire et abandonner la camionnette dans un endroit désert en laissant sur place tous les signes qu'une transaction d'alcool avec un client avait mal tourné pour ma belle-mère. En ne retrouvant pas son corps, ni celui de Spider, la police déduirait que le meurtrier les avait fait disparaître pour éliminer toute trace susceptible de remonter jusqu'à lui.

Je connaissais l'endroit idéal pour cette mise en scène : une halte routière, près de Brookfield, un village situé à soixante-cinq kilomètres d'ici. Ma belle-mère avait des clients là-bas. L'idée, pour mon alibi, c'était de mettre le plus de distance possible entre le lieu du crime et moi. Mais, en abandonnant la camionnette, le problème pour revenir à la ferme serait de taille. La solution reposait sur le train de marchandise de la Nationale pacifique qui passait près de la halte. Il ralentissait à un passage à niveau qui traversait la route menant à Falmouth. Ensuite, continuant son parcours jusqu'à Billings, il longeait le nord de notre propriété où un autre passage à niveau l'obligeait à ralentir. C'est de là que venait le sifflement de la locomotive principale que j'entendais vers trois heures du matin. J'allais donc agir cette nuit et emprunter ce train. Personne ne savait, à part mon père, que j'étais capable de courir malgré mon handicap. Je ne pouvais toutefois le faire que sur une courte distance et l'effort me laissait complètement épuisé. Mais ce serait suffisant pour agripper un wagon et me hisser à bord. Mon handicap jouait donc pour moi dans le sens où la police, si elle me suspectait, n'imaginerait jamais que j'aie réussi à monter à bord d'un train en marche.

Entre-temps, j'avais du travail à accomplir. Sur l'établi de mon père au sous-sol, je m'attaquai d'abord aux chaussures de ma belle-mère. Avec une scie et un ciseau à cuir, je séparai les semelles du reste des souliers. Puis je les fixai sous mes bottes avec une forte colle et les serrai dans des presses. Je dus demeurer pieds nus un moment en attendant que la prise tienne. Ensuite, je me rendis dans l'atelier de ma belle-mère dont la porte se trouvait constamment verrouillée et où il nous était interdit d'entrer, autant à mon père qu'à moi. Mais j'avais récupéré son trousseau de clés dans sa robe puante et, en plus d'aller y chercher la caisse de *moonshine* dont j'avais besoin pour mon plan, je comptais satisfaire une curiosité depuis longtemps refoulée.

IX

La première chose que je vis fut un énorme alambic qui ressemblait aux intestins d'un géant. Un condenseur, une cuve à fermentation et un brûleur complétaient l'installation. Au-dessus, sur des étagères, s'étalaient pêle-mêle des contenants à mesurer et une sorte de gros grimoire — je découvris plus tard qu'il contenait des procédés de distillation. J'appuyai sur le commutateur. Des caisses de *moonshine* et des cuves à fermentation étaient rangées le long du mur de division et au fond, à gauche, deux grandes armoires cadenassées attirèrent mon attention. Je m'approchai. Elles encadraient un meuble recouvert d'une vieille étoffe brodée de signes insolites. Je l'enlevai, provoquant un tourbillon de poussière, et me retrouvai devant un secrétaire dont la surface de bois était une peinture ancienne qui représentait un foisonnement de créatures fabuleuses évoquant un monde eschatologique et luciférien. Ces diableries, proches des scènes infernales de Bosch et de Bruegel l'Ancien, frisaient un perfectionnisme déroutant et rendaient le tableau quasi vivant. La signature du peintre, Peter T. Van Braken, y figurait avec une date : 1535. J'eus un frisson.

Je reculai, mal à l'aise, et vis que les pieds du meuble formaient une courbe serpentine sur laquelle étaient sculptées une kyrielle de créatures enchevêtrées dans des positions lascives à côté desquelles le *Kāma Sūtra* ressemblait à une bande dessinée pour enfants. Les tiroirs, munis de têtes de diable en fer forgé, possédaient une serrure qui perçait leur front comme un troisième œil, tandis que leur nez était traversé par des anneaux. Je tirai sur l'un d'eux et constatai que tous les tiroirs étaient verrouillés. Le trousseau me permit néanmoins de les ouvrir sans problème. Dedans, je découvris des parchemins, des plumes et une correspondance venant des Antilles, plus particulièrement de Sainte-Lucie. Malheureusement, ces lettres étaient écrites en créole. N'ayant ni le temps ni l'âme d'un cryptographe, je refermai tout cela et m'attaquai aux armoires avec le trousseau.

Dans l'une, des centaines de bocaux étiquetés avec méticulosité contenaient des plantes, des minéraux, mais aussi des queues de souris, des pattes d'oiseau, des foies de grenouille, des ailes de mouche… Le tout séché ou marinant dans d'étranges liquides. Dans l'autre, des livres très anciens portaient des titres énigmatiques tels que *Le Grand Albert*, *Les Clavicules de Salomon*, *Sepher Jetzira*, *Sepher ha Zohar*, *L'Ange conducteur*, *Le Grimoire du pape Honorius*, *Le Dragon rouge*, etc. En les feuilletant, je compris qu'il s'agissait de traités de sorcellerie. Ainsi, c'était donc vrai : la vieille Higgins était une sorcière !

J'échappai par mégarde *Le Dragon rouge*. En le ramassant, une chose attira mon attention sous le meuble, contre la fondation. C'était de la paille, mélangée à de la terre brunâtre. Je notai également que les pieds du secrétaire possédaient des roulettes qui détonnaient avec son caractère ancien. Je le déplaçai.

Derrière était accrochée une carte du monde qui reposait dans un vieux cadre. Elle descendait près du sol, ce qui semblait inusité. Je la décrochai et me retrouvai devant une petite porte qui m'arrivait à la hauteur du bassin. La fondation de la maison avait été percée ! C'était incroyable ! Comment la vieille Higgins s'y était-elle prise pour réussir une telle chose ? Je tournai la poignée de la porte et elle s'ouvrit sans difficulté. Elle donnait sur un tunnel tapissé de paille ! À côté d'une lampe de poche, suspendue derrière la porte, était écrit, dans un triangle pointé vers le bas : « Abaisse-toi si tu veux dominer. » J'allumai la lampe et m'enfonçai dans le tunnel. Après quatre ou cinq mètres, j'aboutis dans une pièce creusée dans la terre et soutenue par une charpente d'os.

Elle était si basse qu'on devait y rester à genoux. Elle avait d'ailleurs été conçue pour cela. C'était un lieu de culte, une sorte de mini-chapelle satanique pourvue d'un autel sur lequel reposaient des bougies. Avisant une boîte d'allumettes, j'en allumai quelques-unes. Une trentaine de figurines placées dans des alcôves m'apparurent, faites de cire, de bois, de papier mâché... L'une, en argile rouge, représentait un homme pourvu d'un long pénis en érection. Une photo de moi, dont on n'avait conservé que la tête, était collée sur le visage ! Le torse était couvert d'une parcelle de tissu appartenant à une chemise que je croyais perdue mais qui, je le découvrais, m'avait été subtilisée par la vieille Higgins. Aux mains et aux pieds étaient plantés des bouts d'ongle qui donnaient au personnage un aspect griffu. Des poils avaient été ajoutés au pubis et un cheveu grisâtre, appartenant sûrement à ma belle-mère, entourait plusieurs fois la base du sexe. On devinait que ces attributs avaient été plantés là alors que la glaise était fraîche et qu'en séchant ils étaient devenus une composante de la statuette.

Dans une autre alcôve, j'aperçus une figurine qui représentait mon père. Pourvue des mêmes attributs que la mienne, elle était cependant en cire, et un clou traversait la région du cœur de bord en bord. Je n'étais pas au bout de mes surprises. D'autres figurines représentaient le shérif, mon voisin Manley, le Dr Kendall... En tout, j'en comptai trente-cinq, ayant chacune leurs particularités. Celle du docteur, par exemple, était assise au fond d'une demi-bouteille de rhum antillais avec une seringue remplie de *moonshine* enfoncée dans la région du foie. Celle de Manley était piquée par des plumes de corbeau... Deux représentaient ma belle-mère et son chien. Elles étaient construites à partir d'un alliage de métaux résistant, comme si on avait voulu attribuer à leurs modèles une propriété invincible.

Puis une toute petite statuette attira mon attention. Elle était en argile et représentait mon défunt chien berger. Couverte de poils, elle laissait voir une incision sous le ventre comme si on avait voulu y dissimuler quelque chose. Je la cassai en deux. Une poudre rougeâtre et irritante se répandit sur mes doigts... J'éteignis les bougies et quittai l'endroit.

Mon esprit tournait à toute vitesse. Mon père mort du cœur, mes douloureuses érections disparues depuis le décès de ma belle-mère, Ricky atteint de nausées et de diarrhées que l'on avait attribuées à l'époque au *distemper*. La magie noire existait donc et elle avait des effets ! Pourtant, je ne pouvais pas me résoudre à croire à ce ramassis de superstitions ! Il devait exister une raison plus logique à ces phénomènes.

Je parvins à me concentrer de nouveau sur mon plan et montai la caisse de *moonshine* à la cuisine. J'employai le temps qu'il me restait à mettre au point un piège pour Spider car, tant qu'il serait en vie, je n'aurais pas l'esprit tranquille. Dans la grange, je hissai plusieurs balles de foin à l'aide d'une chaîne et d'un cric à manivelle que j'accrochai au mur. Je plaçai dessous un appât fait d'un sac de jute rempli de bœuf haché cru et arrosé de *moonshine*. Avec un fil de fer, je reliai l'appât au cran d'arrêt de la manivelle. Dès que Spider toucherait à la nourriture, les balles de foin tomberaient et lui rompraient le cou.

* * *

À minuit, j'étais prêt. J'avais sur le dos les nippes de ma belle-mère, ses semelles fixées sous mes bottes et son scalp maintenu sur ma tête par son chapeau de paille. J'avais aussi ses mains coupées, sa touffe de cheveux et la caisse de *moonshine*. Je démarrai la camionnette et m'engageai dans l'allée. J'espérais n'avoir rien laissé au hasard. Mais si un imprévu se présentait, je devrais faire confiance à ma bonne étoile. Je saisis la médaille de saint Michel que ma mère m'avait donnée et l'embrassai en ayant une pensée pour elle.

Une fois engagé sur la route, je me sentis confiant, bien que mon déguisement me donnât une impression de ridicule. Peu importe, le trajet fut paisible jusqu'à ce que, une demi-heure avant Brookfield, un automobiliste me double et ralentisse à ma hauteur.

— Hé ! Saras ! Qu'est-ce qui se passe ? Tu es trop soûle pour avancer ?

Wiseman ! Heureusement, c'était lui qui était bourré

et il me prenait vraiment pour Saras Higgins. Je lui fis signe de dégager. Il ne se découragea pas.

— Hé ! Saras ! N'oublie pas ma commande la semaine prochaine, hein ? Je ne voudrais pas avoir à te réveiller comme l'autre jour ! Et puis, vieille radine, j'espère que tu me feras un spé...

Il ne finit pas sa phrase : une voiture arrivait en sens inverse et, dans un tonnerre de jurons, il accéléra et l'évita de justesse. Je n'en étais pas débarrassé pour autant. Il ralentit devant moi et sortit sa tête pour me crier des paroles incompréhensibles vu la distance. Tout à coup, il actionna son clignotant et m'indiqua de le suivre sur l'accotement. Je ne réfléchis pas longtemps aux solutions qui s'offraient à moi : je fonçai sur l'arrière de son véhicule. Il en perdit le contrôle et plongea directement dans le fossé. Je ne l'avais pas tué, j'en étais certain, mais il devait être amoché. Et je me rendis compte que cette rencontre inopportune s'avérait positive. Wiseman représenterait éventuellement un témoin qui renforcerait mon alibi.

Le reste du trajet se passa sans incident jusqu'à la halte routière de Brookfield où je trouvai une voiture garée là en dépit de l'heure tardive. Décidément, je jouais de malchance ! J'y entrai et me garai à courte distance. Le couple à l'intérieur était en pleins ébats et ne m'avait pas entendu arriver. Des amoureux, c'était mieux que des gens arrêtés là pour dormir ou boire un coup. Mais j'avais un train à prendre. J'attrapai une bouteille de *moonshine* et sortis en claquant la porte. Montant ma voix d'une octave, je me mis à chanter et à tituber en approchant d'eux.

— Qu'est-ce que vous faites là ? criai-je. C'est *ma* halte routière, vous n'avez pas le droit d'y être !

Vingt secondes plus tard, la voiture quittait les lieux en trombe. Soulagé, je commençai à installer les éléments de ma mise en scène. Et je devais me dépêcher ! Le couple pouvait informer la police de l'incident. J'enfilai une paire de gants, empoignai la caisse de *moonshine* et la posai sur une table de pique-nique. J'ouvris une bouteille et répandis le contenu un peu partout. Je la saisis ensuite par le goulot et la cassai en deux sur le bord de la table, comme si la vieille Higgins s'en était servie pour se défendre. Je tailladai l'écorce d'un arbre à côté, coupai un pan de sa robe et le lançai par terre. Je me déplaçai beaucoup, soulevant un nuage de poussière. Je réalisai alors que le sol était si sec qu'on devinerait la bataille sans qu'il fût possible de relever des empreintes. Les semelles collées sous mes bottes s'avéraient donc inutiles. Tant mieux, car la résurrection de Spider m'avait empêché de lui couper les pattes tel que je le projetais pour laisser des traces de sa présence.

J'avais presque terminé. Sur les lieux où j'avais mimé la lutte, je déposai le chapeau de paille et la touffe de cheveux que j'écrasai du talon. Je pris les mains coupées et touchai à plusieurs endroits la table de pique-nique, l'arbre et le goulot du tesson. Je revins vers la camionnette, ouvris les deux portes complètement afin d'attirer l'attention des automobilistes qui passeraient sur la route au lever du jour. Puis, attrapant un sac à dos à l'arrière, j'y rangeai les mains, le scalp et quittai les lieux.

Je suivis le bord de la route en direction de la voie ferrée quand j'entendis une voiture. Je m'élançai dans le fossé, m'éraflant le visage et le cou sur une branche, terminant ma course contre un tronc d'arbre en manquant de m'assommer. Je demeurai aux aguets quelques secondes, puis, tout étant de nouveau calme, je repris mon chemin jusqu'à un pont que je traversai rapidement, effrayé par la possibilité de rencontrer un autre véhicule. Je dévalai ensuite une pente boisée jusqu'au chemin de fer qui longeait la rivière à cet endroit. Là, j'enlevai le reste de mon déguisement et le fourrai dans le sac à dos. Ce que je portais en dessous était de couleur foncée et se fondait dans l'obscurité. Je tournai à droite et marchai vers le passage à niveau.

La lune était presque pleine et le ciel, étoilé. Les sommets des conifères qui bordaient la voie ressemblaient aux cimes de lointaines montagnes. Je me sentais soulagé, sachant que la plus grosse partie du travail était faite. Après plusieurs minutes, j'aperçus les supports métalliques du passage à niveau. Je m'arrêtai, m'éloignai de la voie et m'accroupis à la lisière des arbres.

Je n'eus pas à attendre longtemps. Au bout d'un quart d'heure, le sifflement du train retentit, et les lumières du passage à niveau clignotèrent. L'arrivée furieuse de la locomotive de tête, avec son phare unique, me donna l'impression qu'un cyclope monstrueux allait tout écraser sur son passage. L'air vibrait sous ses sifflements répétés et ma vision des étoiles en était brouillée. Cette machine dégageait une telle puissance que j'eus un frisson en songeant à ce que j'allais entreprendre.

Finalement, le train ralentit et me dépassa. Je m'approchai et fus bientôt si près des wagons que je les sentis m'effleurer. Je retins mon souffle, ne pensant plus qu'à la rapidité dont je devais faire preuve.

J'aurais voulu courir immédiatement, mais je ne voyais pour le moment rien à quoi m'accrocher pour me hisser à bord. Et le convoi continuait de glisser sur les rails sans que rien se présente et, le temps passant, la peur s'empara de moi ; elle tourna à la panique quand j'aperçus la queue du train. Je me mis alors à courir de toutes mes forces. Le fourgon arrière était désormais ma seule chance. Là, je trouverais une poignée et une rampe d'accès. Mais n'étais-je pas parti trop vite ? Déjà, je sentais mes forces faiblir, et le fourgon n'était toujours pas à ma hauteur. Et les semelles de la vieille Higgins ! Je ne les avais pas enlevées et elles ralentissaient ma course ! Dans un dernier sursaut d'énergie, je réussis à agripper à deux mains la poignée du fourgon. Aussitôt, je fus soulevé de terre et le poids de mes bottes propulsa mon corps vers l'arrière tandis que, sous la force de la poussée, mes mains relâchèrent leur emprise. J'atterris dans le garde-fou de sécurité où mon sac à dos amortit une partie du choc. Je rebondis et faillis débouler le marchepied, mais je me rattrapai de justesse. Je restai étourdi et haletant plusieurs secondes, heureux de constater que je n'avais rien de cassé et que j'étais bien sur le train.

Fort heureusement, aucun cheminot n'était dans le fourgon, sinon je me demande si le bruit ou le choc de mon atterrissage dans le garde-fou n'aurait pas attiré son attention. Une fois mon souffle retrouvé, je vérifiai dans mon sac à dos l'état de la lampe de poche et de la boussole. Tout était intact. Je les enroulai avec précaution dans les nippes de ma belle-mère et ajustai mon couteau de chasse à ma ceinture.

Le trajet dura près d'une heure avant que retentisse le sifflement qui signalait l'arrivée du second passage à niveau. Je mis mon sac à dos devant moi et me préparai à la descente. Quand je sentis le train ralentir suffisamment, je m'élançai. Je roulai plusieurs fois sur moi-même avant de m'immobiliser, le sac ayant une fois de plus contribué à amortir ma chute. En me relevant, j'éprouvai une curieuse sensation, apportée par l'éclat des étoiles et le silence de la nuit qui m'enveloppait comme je voyais le train s'éloigner derrière moi.

Je ramassai mes affaires et m'enfonçai dans la forêt, boussole et lampe de poche à la main. Après une heure, j'aboutis sur les terres de Manley et l'île m'apparut, magnifique sous la lune presque pleine. On aurait dit, avec la rivière argentée qui coulait autour, une émeraude géante taillée par Dieu lui-même et posée sur un écrin d'argent. Chaque plante, chaque brin d'herbe brillait d'une luminosité sans pareille. Je traversai la rivière et atteignis la ferme quelques minutes plus tard. Une fois dans la grange, je notai que le piège avait fonctionné. Malheureusement, c'est un raton laveur que je retrouvai sous les balles de foin. Déçu, je nettoyai les dégâts et gagnai la cour arrière de la maison où je brûlai les nippes de ma belle-mère, son scalp et le sac à dos. J'attendis avant de jeter les mains dans le feu, l'esprit traversé par une intuition. Cet ongle que la vieille Higgins manucurait avec tant de soin, je l'éclairai à la lumière de la lampe de poche et en grattai le dessous avec la pointe de mon couteau. Il en tomba une substance brunâtre et granuleuse que je reconnus tout de suite. Le cuir du collier de Spider ! C'est donc avec cet ongle qu'elle avait tracé son message.

Satisfait d'avoir résolu ce mystère, j'envoyai ces mains diaboliques dans le feu et attendis que tout soit consumé avant de rentrer.

X

Le lendemain, le shérif me réveilla. Il était seul, Enright étant sans doute demeuré sur les lieux de la disparition.

— Salut, Dave ! Ça va ?

— Oui. Et vous ?

— Oh, moi, ça va. Mais tes cochons, eux, ils ont l'air affamé ! Je ne les ai jamais entendus couiner aussi fort.

Je remarquai qu'il avait dit « tes » cochons, détail qui semblait montrer que ma supercherie avait fonctionné. J'en ressentis de la fierté, bien que ce ne fût pas le moment de pavoiser.

— Ma belle-mère devait les nourrir ce matin, expliquai-je. Mais elle n'est pas encore rentrée. Elle a dû coucher chez Mike Wiseman après une de leurs beuveries. Depuis la mort de mon père, ce n'est pas la première fois.

— Ouais, dit Cohard. Tu permets que j'entre un instant ? Il faudrait que je te parle d'elle, justement.

— Vous l'avez arrêtée ?

— C'est plus compliqué que cela, répondit-il en s'assoyant sur une chaise de la cuisine et en retirant son chapeau. Tu devrais nous préparer du café pendant que je t'explique.

Je m'exécutai tandis qu'il me narrait la découverte

de la camionnette et le reste. Si je montrai de la surprise, en aucun cas je ne laissai voir de la peine, une comédie inutile à jouer ici. Tout le monde savait que je détestais ma belle-mère.

— La seule chose que je ne comprends pas, dit Cohard, c'est l'absence de son chien.

Je levai un sourcil.

— C'était un molosse, David. Mais on n'a trouvé aucune trace de lui. Il est vrai que la police d'État n'en est qu'à ses premières constatations. Quant à la vieille Saras, ajouta-t-il sur un ton las, je suis désolé, il semble qu'elle n'est plus de ce monde.

Je ne montrais toujours aucune peine. Peut-être seulement l'inquiétude de quelqu'un qui apprend qu'il sera désormais seul pour s'occuper d'une ferme.

— Oh, ta réaction ne m'étonne pas ! s'exclama Cohard. On sait tous qu'elle te brutalisait. Elle n'arrêtait pas, quand elle buvait au West and Wings, de dire que tu étais un bon à rien.

— Je la détestais, je ne m'en cache pas. J'ai même souhaité sa mort !

— Je n'en doute pas. Rassure-toi, tu n'es absolument pas considéré comme un suspect ! Le meurtre, ou enfin la disparition, a eu lieu à environ soixante-cinq kilomètres d'ici vers deux heures du matin. C'est Wiseman qui l'a vue la dernière fois et elle lui a fait prendre le décor. Ah, je la reconnais bien là, la Saras ! Wiseman est à l'hôpital. Amoché, mais il va s'en sortir. Il était complètement bourré au moment de l'accident.

Comme prévu, Wiseman renforçait mon alibi. J'en eus des frissons de contentement.

— Non, fit-il en buvant une gorgée de café, impossible que tu sois mêlé à ça.

Je demeurai silencieux. Après lui avoir servi son café, j'étais resté debout, de l'autre côté du comptoir d'où je l'observais telle une bête farouche. Cohard ne s'en formalisait pas. Il était habitué à ces marques de distance. Un flic, même dans un bled comme le nôtre, est quelqu'un dont on se méfie. Je réalisai soudain que je portais encore sous mes bottes les semelles de la vieille Higgins. J'avais parcouru un si grand trajet avec elles que j'avais fini par m'habituer à leur présence. Et puis, je pensai à Spider. Je regardai par la fenêtre les bâtiments de la ferme, nerveux. Si le chien se montrait, ça ne prouvait rien du tout, tentai-je de me rassurer, sinon qu'il avait échappé à l'agresseur et avait retrouvé le chemin de la maison. Sauf qu'il y avait le collier…

Je me courbai sur le comptoir en buvant mon café, saisi par la peur qu'avec mes doubles semelles le shérif remarque que j'avais grandi. En dépit de toute logique, je l'imaginai se lever et regarder sous mes pieds en s'écriant : « Ha, ha ! Je savais bien que c'était toi ! »

— Et maintenant, David, qu'est-ce que tu vas faire ?

Cette question me surprit. Bien assis à la table, Cohard n'avait pas bougé et on aurait dit que dix hommes n'eussent pas réussi à le lever tant il avait l'air énorme et fatigué. Des rides marquaient ses joues flasques et mal rasées, et ses favoris se mêlaient à l'ensemble comme de la broussaille sèche et à moitié brûlée. Ses yeux, masqués par les paupières tombantes de quelqu'un qui n'a pas beaucoup dormi, semblaient dire : « Bon Dieu, que je suis écœuré d'être flic ! » C'est vrai qu'il était à la veille de sa retraite, ce pauvre Cohard, une retraite qu'il rêvait de prendre dans le

Sud, où il allait en vacances au moins une semaine chaque hiver.

N'ayant pas répondu à sa question, je l'entendis demander :

— Je peux faire quelque chose pour toi ? Je l'aimais bien, ton père.

Oui, tout le monde l'aimait bien. Mais là, le shérif reportait sur moi l'affection qu'il lui vouait jadis, et je n'en avais nul besoin.

— Ta mère aussi, l'entendis-je ajouter. C'était une sainte femme, ta mère.

— Je vous remercie, mais je n'ai besoin de rien pour le moment. J'imagine qu'il faut attendre… On ne sait jamais avec ma belle-mère, elle a la couenne dure.

— Voyons, sois réaliste, David ! Selon l'information dont je dispose, la vieille Saras est bien…

Il n'acheva pas sa phrase et reprit plus doucement :

— Il faut que tu appelles la banque et Minkowski, l'avocat de ton père. Quand il n'y a pas de cadavre, c'est compliqué pour les questions d'argent.

Je restai silencieux. Je commençais à être fatigué et j'avais envie qu'il s'en aille.

— Encore une chose, dit-il. La police d'État viendra demain te poser des questions sur Saras. Ils auraient dû venir aujourd'hui, sauf qu'ils sont débordés par une autre histoire d'homicide. C'est donc moi qui me suis offert pour t'apprendre la nouvelle.

— C'est vous qui avez découvert la camionnette ?

— Non, c'est un certain Peter Reeves qui part tôt le matin de Brookfield pour travailler au garage de Dany Manley à Falmouth. En la voyant abandonnée avec ses portes ouvertes, il a trouvé cela suspect et il nous a appelés.

C'était ce que j'avais espéré. Je souhaitais aussi que le couple d'hier se manifeste pour renforcer davantage mon alibi.

— Enfin, ne t'inquiète pas des questions que la police d'État va te poser demain. Ça fait partie des procédures. C'est eux qui sont chargés de l'enquête maintenant, car ils sont plus équipés que nous pour ce genre d'affaire. Nous, on est seulement des aides. Sauf que, s'ils te causent des problèmes, n'hésite pas à m'appeler. Je connais bien leur directeur. C'est un ami.

Il se leva. Je quittai le comptoir pour l'accompagner jusqu'à la porte quand il se tourna brusquement vers moi. Je me demandai s'il n'allait pas me renverser pour regarder sous mes pieds et s'écrier : « Ha, ha ! Je te tiens ! » Il saisit plutôt mes épaules d'une manière toute paternelle et demanda :

— Ça ira, tu crois ?

— Oui, répondis-je, fuyant son regard et gêné par cette marque d'affection. J'imagine que nous devons attendre les résultats de l'enquête. Et, justement, concernant la camionnette, quand pourrais-je la récupérer pensez-vous ?

— Pour ça, il va falloir être patient. La police d'État est en train de l'examiner à Billings. Mais… dis-moi, David, tu t'es fait mal ?

Il parlait de mes blessures faites à la suite de mon plongeon dans le fossé.

— Ce n'est rien. Je me suis fait ça en marchant dans les bois.

Il me tapa sur l'épaule en signe d'affection et ajouta :

— Eh, je jurerais que tu as grandi !

Cette remarque ne m'inquiéta pas, en fin de compte. En réalité, Cohard disait cela pour m'encourager, ce qui était de circonstance. Ce gros lourdaud ne se doutait de rien. Il voyait en moi un être innocent et fragile. Ah ! s'il avait su qu'il venait de taper sur l'épaule d'un assassin !

Il me regarda et fronça les sourcils, ce qui donna à ses yeux un aspect triangulaire, quelque chose de typique chez lui. J'avais le même réflexe dans mes moments de contrariété ou de concentration intense. Je sentis la nécessité d'ajouter, pour me défaire de son affection paternaliste :

— Ça va aller, ne vous inquiétez pas. Si j'ai besoin d'aide, je n'hésiterai pas à vous appeler.

Il me quitta en m'envoyant un clin d'œil.

XI

Le shérif parti, je m'emparai du couteau de chasse et sortis m'asseoir dans l'escalier de la véranda. Là, j'enlevai une première botte et commençai à séparer les semelles. Ensuite, je les grattai consciencieusement. Puis je retirai mes bas et restai là à sentir le soleil caresser ma peau, remuant mes orteils de contentement.

Je fixai mon pied bot, cette erreur de la nature qui m'avait rendu différent de tout le monde. Il n'avait pas de couleur précise, ce pied, pas de forme distincte. On ne pouvait pas dire: «Cette chose ressemble à... ça.» Tantôt *ça* s'apparentait à une pomme de terre germée, ou à une racine de ginseng hypertrophiée, ou encore à un rutabaga pourri... Il fallait le voir pour le croire. C'était une chose innommable, extraterrestre sûrement et même satanique, tel que le pensait la vieille Higgins. Honteux, je remis mes bottes.

Le café et la visite du shérif m'ayant parfaitement réveillé, je pris soin des cochons qui réclamaient leur pitance et travaillai dans la porcherie toute la journée. En fin d'après-midi, je m'étendis sur mon lit, épuisé. Je me réveillai huit heures plus tard, en sursaut, ayant rêvé que Spider me sautait dessus et dévorait mon pied bot.

Je n'arrivais plus à dormir. Je gagnai la cuisine, débouchai une bouteille de *moonshine* et bus une longue rasade. Ah ! j'avais soif ! Et rien d'autre n'aurait pu me désaltérer davantage, car je me sustentais ici des labeurs de ma victime, je buvais son eau... de vie ! Et j'étais en vie, moi ! Je sortis dans la nuit claire. La pleine lune répandait ses rayons partout, recouvrant les éléments d'une épaisseur bleuâtre. Je dévalai l'escalier de la véranda et hurlai : « C'est moi qui ai tué la vieille Higgins ! C'est moi ! Écoutez-moi tous ! Et je vais recommencer parce que c'est grisant et qu'il y a désormais un monstre en moi ! » Je bus une autre rasade à la face de la lune comme pour la défier. « Transforme-moi ! » lui criai-je. Mais c'était inutile, je l'étais déjà : tuer avait fait de moi un homme...

Et une bête !

Je me découvrais chasseur, loup ! Loup-garou ! Et non plus... mouton. Et le *moonshine* qui palpitait à l'intérieur de mes veines était comme un élixir magique qui me donnait force et courage. Alors je hurlai : « Viens, Spider ! Maudit chien ! Que j'en finisse avec toi ! Sors de ta cachette, démon ! »

Et, arrivant des profondeurs de la ferme, il apparut, avançant lentement vers moi avec ses yeux qui brillaient d'une couleur rouge. Il s'assit à quelques mètres de moi en me fixant d'un regard rempli d'une haine et d'une fièvre calmes. Il semblait me dire : « Tu vois, je suis venu et j'ai tout mon temps. »

Sur le coup, son apparition ne revêtit pour moi rien de réel. Dans ma tête, ce n'était pas le vrai Spider que j'avais devant moi, mais son spectre qui venait me hanter. Aussi ne ressentais-je pas de peur encore. Il disparaîtrait d'un instant à l'autre, j'en étais sûr. Pourtant, il resta là à m'observer. « Ainsi, tu te crois loup ? me lança-t-il. Toi, *schmutziger Klumpfuß* ? Mais regarde-toi. Un loup ne se vante pas à la lune lorsqu'il tue. Et sa patte est souple et agile, tandis que la tienne est lourde et folle. Tu n'es même pas un homme et surtout pas un loup-garou ! »

Je l'entendais dans ma tête ! Alors je compris pourquoi il ne s'était pas montré avant : il en faisait une affaire personnelle. Se montrer à Cohard eût été un acte lâche qui n'eût pas assouvi sa vengeance. Il voulait régler ça de chien à homme. Et il avait attendu son moment, l'infâme. Ce soir, j'étais à moitié ivre et sans armes. En réalisant cela, je sentis la peur attaquer mes entrailles et remonter jusqu'à ma tête en me réveillant net malgré le *moonshine* qui m'engourdissait.

Je commençai à reculer lentement vers la véranda quand il bondit. J'anticipai son geste et lui envoyai une giclée d'alcool en pleine figure. Il recula et grogna. Je remerciai le ciel que le tord-boyaux de la vieille Higgins fût à ce point corrosif. Je pus ainsi atteindre le milieu de l'escalier quand je sentis sa mâchoire saisir mon mollet. Je me retournai en poussant un cri de douleur et lui écrasai la bouteille sur le crâne. Elle se brisa, l'aspergeant une fois de plus. Il lâcha prise et déboula les marches, étourdi. Pour ma part, je tombai sur le derrière et glissai à reculons sans le quitter des yeux jusqu'à ce que mon dos touche la porte. Il remontait déjà et je lui présentai le tesson qui, avec ses pointes tranchantes, formait maintenant une arme redoutable. Il chercha à happer ma gorge et j'infligeai à sa tête une terrible blessure. Il se retira en couinant. Son oreille gauche pendait mollement, à moitié coupée, alors que, sous la pression d'un bout de verre, son œil était sorti de son orbite.

Il chargea de nouveau et le tesson entra cette fois profondément dans sa poitrine, mais pas assez, sembla-t-il, pour le tuer, les pointes étant trop courtes, ou bien ce démon n'avait plus de cœur et était devenu un zombie répondant à des ordres venant de l'enfer d'où sa maîtresse le manipulait avec la complicité du diable ! Je le repoussai d'un coup de pied et m'installai sur les genoux, le dominant, et pointant vers lui mon arme de fortune en suivant ses moindres déplacements. Il tournait d'un côté, puis de l'autre, ne sachant plus par où m'attaquer. Il jappait de rage et de dépit. Et, sous la force de ses jappements, son œil blessé dansait sur sa joue en donnant le plus affreux des spectacles.

Je passai à l'attaque et cela le surprit. Il s'écarta, dévoilant son flanc. J'atteignis sa patte arrière dont je dus couper un ligament ou un muscle, car il recula en boitant. Comprenant qu'il n'aurait pas le dessus sur moi cette nuit, il dévala l'escalier. Dans sa retraite, il se dirigea, la patte arrière relevée, vers le chemin à l'ouest de la propriété où je le perdis de vue.

Une fois dans la maison, j'enlevai mon pantalon pour vérifier l'étendue des dégâts. La morsure au mollet saignait abondamment. J'attrapai une bouteille de *moonshine* et en répandis le contenu en hurlant de douleur. J'arrêtai ensuite l'hémorragie en fabriquant un bandage serré avec un linge à vaisselle propre.

Je me couchai sur le canapé du salon plutôt que de monter à ma chambre, histoire de ménager ma blessure. Mais je ne parvins pas à dormir. La douleur était lancinante et je me sentais poisseux. Ne pouvant prendre une douche dans mon état, je gagnai la cuisine et me passai un linge savonneux dans le cou et sur le torse. C'est seulement là que je remarquai l'absence de la médaille de saint Michel.

Je devais l'avoir perdue en me précipitant dans le fossé, juste après avoir quitté la halte routière. Je notai en effet qu'en plus de mes égratignures au visage j'en avais une au cou. Une branche devait avoir étiré, puis cassé la chaîne. Mais rien ne prouvait que la médaille fût tombée là-bas. Elle avait pu glisser hors de ma chemise plus tard. Elle pouvait donc être n'importe où. J'aurais dû paniquer, mais personne ne connaissait son existence hormis mon père. J'étais surtout accablé d'avoir perdu un cadeau d'une grande valeur sentimentale et un puissant porte-bonheur, selon ma mère. Je me demandai maintenant si, à cause de cette perte, les choses n'allaient pas commencer à mal tourner pour moi.

XII

Le lendemain, je constatai que mon mollet avait enflé. Malgré tout, je sortis m'occuper de la porcherie. Quand je revins à la maison, je dus avaler des cachets et m'asseoir, le pied sur un pouf. Je fus soulagé un instant pendant lequel je laissai mon esprit errer sur les choix qui s'offraient à moi dans les circonstances. Demander l'aide du Dr Kendall soulèverait des questions sur la morsure, et je risquais d'aboutir à l'hôpital où on me donnerait sûrement un traitement contre la rage. Je voulais à tout prix éviter cela et j'eus une idée.

Auparavant, j'appelai l'avocat de mon père et la banque, étonné qu'ils ne m'aient pas encore contacté car, dans un petit patelin comme le nôtre, les nouvelles vont vite. Minkowski m'apprit alors une chose incroyable: ma belle-mère n'avait pas de testament! Légalement, ça ne changeait rien à la situation: on devait attendre la découverte d'un éventuel cadavre. Pour la banque, j'eus droit à peu près à la même chanson: les comptes étaient gelés jusqu'à nouvel ordre. On pouvait toujours m'accorder un prêt pour me dépanner à condition que quelqu'un m'endosse. N'ayant aucune famille immédiate, je pensai aussitôt à Cohard. Enfin, pour le moment, j'avais de quoi me débrouiller. De l'argent de poche accumulé avec les années et placé dans un cochon d'argile. Un cochon ! Quelle ironie ! Pour la nourriture, nous avions une chambre froide et des conserves, mais je devrais bientôt acheter des œufs et du lait. À cet effet, la camionnette m'aurait été fort utile.

Alors que je songeais à cette camionnette que j'aurais aimé récupérer, je reçus la visite de la police d'État. Malgré la douleur occasionnée par la morsure, je n'en laissai rien voir au policier. Il se nommait Mike Conway, avait la quarantaine, la moustache grisonnante et les cheveux noirs si foncés qu'on pouvait croire qu'il se les colorait. Il ne resta pas longtemps comme il me l'annonça d'entrée de jeu, me posant les questions d'usage rattachées, j'imagine, à une disparition qui avait toutes les apparences d'un meurtre : ma belle-mère avait-elle fait l'objet de menaces dernièrement ? Avait-elle reçu des visites ou des coups de téléphone suspects ? Semblait-elle anxieuse ? Ses habitudes ou son comportement avaient-ils changé ? Avait-elle dit quelque chose à propos de la rencontre prévue cette nuit-là ? Le moindre détail pouvait aider, me précisa l'agent. Je répondis du mieux que je pus, insistant sur le fait que les clients de ma belle-mère étaient des habitués, mais qu'il arrivait que des inconnus l'appellent. Ce soir-là, non, je n'avais rien remarqué d'anormal ou de particulier. J'étais allé me coucher tôt et j'avais été réveillé le lendemain par le shérif. Il me demanda si je ne connaissais pas les noms des clients ou si elle tenait une liste de ceux-ci quelque part. Elle en possédait une dans un carnet qu'elle gardait à côté du téléphone et je le lui remis sans hésitation. Je le raccompagnai à la porte.

— Une dernière question. Quand le shérif est venu hier matin, n'étiez-vous pas surpris de voir que votre belle-mère n'était pas encore rentrée ?

— Pas du tout ! S'il fallait que je m'inquiète chaque fois qu'elle découche !

— Bon. Si un détail important vous revenait à l'esprit, n'hésitez pas à me contacter.

Là-dessus, il me laissa sa carte et partit. Je n'eus pas l'occasion de lui demander quand la camionnette me serait rendue. De son côté, il ne demanda pas à voir l'atelier de distillation de ma belle-mère, ni sa chambre.

La douleur ne m'ayant pas quitté, je décidai de donner suite à l'idée que j'avais eue pour me soigner. Elle ne me plaisait guère, mais elle valait la peine d'être tentée. Je descendis dans l'atelier. Si je ne croyais pas au pouvoir des poupées vaudou aperçues plus tôt, je croyais en revanche aux vertus des plantes médicinales. Les Amérindiens n'avaient-ils pas guéri les marins atteints du scorbut avec un mélange d'écorce et de gomme de pin ? La vieille Higgins avait de réels talents de guérisseuse, même si seuls quelques privilégiés en profitaient, le plus souvent ses acheteurs de *moonshine* — elle avait en effet intérêt à les garder en santé ! J'avais donc l'espoir de trouver un remède dans ses armoires. Je savais en tout cas que mon père en avait bénéficié et qu'ils s'étaient révélés efficaces pour ses maux de dos, beaucoup moins quand il était tombé véritablement malade.

Je découvris dans un vieux grimoire une recette de cataplasme contre les infections. Il me fallut plusieurs minutes pour en rassembler tous les ingrédients, le nom des produits sur les contenants figurant parfois en trois langues : l'anglais, le latin et le créole. En suivant les indications, j'écrasai au pilon des feuilles de consoude, de l'écorce de cyprès, de la poudre de *gritanium* et d'autres éléments peu ragoûtants que je devais laisser macérer pendant cinq heures dans de l'huile de rose.

Dans l'intervalle, je me mis à potasser d'autres livres, dont certains étaient très vieux. Dans la marge apparaissaient parfois des réflexions ou des observations qui semblaient elles aussi très anciennes. Toutes ne venaient pas de ma belle-mère, car leur calligraphie changeait. Bientôt, je parcourus un traité d'aphrodisiaques et aperçus mon nom à côté des ingrédients de l'un deux. Cela confirmait ce que je pensais, à savoir que ma belle-mère se fiait sur des procédés plus «tangibles», disons, que ses *dagydes* — nom des fameuses statuettes que j'avais trouvées, comme me l'apprit plus tard un de ses livres — pour provoquer chez moi les fameuses érections dont elle profitait.

Je tombai aussi sur un manuscrit qui traitait de poisons. Sur une page écornée, le nom de Ricky apparut à côté de la *Ricinis communis*, une plante dont six graines constituaient une dose mortelle pour un enfant, et vingt pour un adulte. Il n'en fallait que deux pour créer des nausées, des vomissements, des diarrhées, une soif intense... soit la majorité des symptômes dont mon chien avait souffert avant de mourir. Le concentré de ricine, précisait le livre, était foudroyant. La vieille Higgins avait noté: «Avec un lance-pierre, inoculer la minuscule bille dans la cuisse pour laisser croire à une brusque maladie.» Je ne comprenais pas ce qu'elle entendait par là. Mais un article plié en deux avait été glissé dans la page.

Il racontait qu'à Londres un exilé bulgare avait été bousculé en pleine rue par un homme muni d'un parapluie et qu'il était mort quatre jours plus tard après d'atroces souffrances. L'article révélait que l'exilé en question avait été victime d'un tueur à gages qui, à l'aide d'un parapluie truqué, lui avait tiré dans la jambe une minuscule bille de platine qui renfermait de la ricine. Il ajoutait que, par la suite, des attentats du même genre avaient eu lieu et qu'on avait nommé cette technique le «parapluie bulgare». Je venais de découvrir avec quoi la vieille Higgins avait tué mon chien!

Plus loin, sur une autre page écornée où figurait le nom de mon père, on parlait de l'amande d'un arbre appelé le *Thevetia neerfolia.* Broyée et mêlée à du rhum antillais, elle provoquait l'infarctus. Administrée en petites doses avec de la digitaline, un autre poison, elle causait des troubles dits «naturels» comme la tachycardie ou l'angine de poitrine, et la mort après quelques mois. On pouvait même choisir l'instant du décès en donnant une dose «moyenne» qui l'entraînait deux semaines plus tard. Entre-temps, le poison s'éliminait de l'organisme et devenait impossible à détecter, s'il y avait par exemple une autopsie. Une autopsie, dans un bled comme le nôtre? La vieille Higgins n'avait pas à s'en soucier: papa était mort à la maison et avait été suivi durant toute sa maladie par cette vieille éponge de Kendall. Pas étonnant qu'il n'ait rien vu! À moins qu'il eût été de mèche avec elle.

Ce n'était pas tout. Elle m'avait aussi réservé un poison! Le «Trois dégouttes» s'obtenait à l'aide des sécrétions nasales et de la putréfaction cervicale, fraîche, d'un cadavre ! Jugé infaillible et indétectable, il foudroyait sa victime sans symptôme préalable une heure après son absorption en déclenchant une crise cardiaque. C'était diabolique ! Et, à voir traîner ainsi des preuves évidentes de ses projets d'assassinat, je me rendis compte que ma belle-mère ne redoutait rien. Le fait qu'elle soit morte *ab intestat* le prouvait bien d'ailleurs : elle se croyait invincible.

Je potassais depuis trois heures ses vieux bouquins quand je tombai sur une œuvre qui parlait de talismans et montrait des jeux de lettres et de chiffres qui me firent penser au médaillon. J'allai le chercher, surpris de ne pas avoir eu la curiosité de l'examiner plus tôt. Je remarquai tout de suite sur le médaillon que les mots, que j'avais été incapable d'identifier la première fois que je les avais eus sous le nez, étaient disposés dans un carré qui donnait ceci :

S A T O R
A R E P O
T E N E T
O P E R A
R O T A S

C'était du latin, vraisemblablement, et chaque lettre ressortait de la surface d'environ deux millimètres et chacune, à son sommet, possédait des reflets incarnats comme si on y avait incrusté de microscopiques rubis. La rondeur du médaillon était parfaite et ses contours, parcourus d'arabesques finement ciselées d'où ressortait un cercle formé par un serpent qui avale sa propre queue. La chaîne passait à travers un crâne de bouc fixé au faîte de l'objet. Je le retournai.

Au dos, un autre carré avec des chiffres burinés était présent dans un triangle inversé. Il avait cette apparence :

4	9	2
3	5	7
8	1	6

Je soupesai le médaillon. Il avait l'air d'un ouvrage d'orfèvrerie fort ancien. Je pris une loupe. Sur son épaisseur, une ligne fine le séparait en deux. Je jouai avec le crâne de bouc pour l'ouvrir. Mais ce n'était pas un bouton. Je tentai de forcer la séparation avec un canif. Sans résultat. L'alliage était si résistant que je ne réussis même pas à l'écorcher ! Dans ma frustration, je pesai par inadvertance sur les lettres et les sentis s'enfoncer, comme les touches d'un clavier. Aussitôt, je fis l'association : l'ouverture devait obéir à un code qu'on tapait sur le carré, sans doute un nom spécifique. J'effectuai plusieurs essais infructueux, jusqu'à ce que ma douleur au mollet me rappelle l'heure du cataplasme.

Je m'installai sur le canapé du salon et enlevai mon bandage de fortune : mon mollet avait pris une couleur bleue. Cela n'augurait rien de bon. Si le cataplasme ne fonctionnait pas, je devrais appeler Kendall. Au fond, ce serait une bénédiction si la gangrène s'installait et qu'il fallait amputer mon pied bot ! Malheureusement, quitter la ferme pour être hospitalisé pouvait avoir des conséquences imprévisibles et je devais surtout tenter de calmer la douleur. Je saisis donc le bol, étendis la mixture sur un linge propre et grimaçai en l'appliquant. Je serrai le tout avec une bande élastique et reposai ma jambe sur le pouf, la douleur ayant augmenté depuis le changement de bandage.

Après quelques minutes, le mal ne diminuant pas, je montai chercher des cachets dans la pharmacie. Je fouillai ensuite dans la boîte de médicaments de mon père et y trouvai un flacon de codéine. J'y cherchais des tranquillisants qui m'auraient échappé la dernière fois et que je voulais mêler aux analgésiques pour m'aider à dormir, sauf que de la codéine, c'était nettement mieux ! Elle avait été prescrite par le Dr Kendall, car papa, en plus de ses malaises cardiaques, souffrait de terribles maux de tête. Maintenant, je savais qu'ils devaient être produits par le poison que lui administrait ma belle-mère.

Je redescendis et, en attendant que les comprimés fassent leur effet, je pianotai sur les lettres du médaillon, essayant des noms que la vieille Higgins aurait pu utiliser pour créer son code. Je n'eus pas plus de chance. Je me replongeai dans le livre des talismans en pensant qu'il apporterait peut-être une solution à cette énigme, mais non. Peu à peu, ma douleur commença à s'évanouir et un grand bien-être m'envahit. La codéine produisait son effet. Je m'allongeai sur le canapé et, bientôt, je tombai dans un profond sommeil.

Je rêvai de Spider. Il portait à son cou le médaillon qu'il m'avait volé et je courais après lui dans de grandes plaines entourées de rivières pour le récupérer. Mes jambes me portaient allégrement, mon pied gauche étant tout à fait sain. Je gagnais même du terrain sur lui et j'allais le saisir quand je trébuchai sur le sol. Spider me lança alors : « Tu ne connaîtras jamais le secret du médaillon, nabot ! » Et ces paroles sonnèrent le brusque rappel de ma véritable condition : mon pied gauche s'enfonça dans la terre et mes orteils poussèrent comme des racines à une vitesse foudroyante. Je fus immobilisé. Spider se rapprocha pour me narguer quand surgirent des dizaines de castors qui se jetèrent sur mon pied enraciné et le rongèrent. Je n'éprouvais aucune douleur, plutôt un agréable chatouillis pendant que des centaines d'oiseaux se posaient sur moi. Et, tandis que je sentais ma jambe se séparer de ma cheville, que les oiseaux m'agrippaient de leurs pattes, battaient des ailes et m'élevaient dans les airs, trois coups de tonnerre retentirent dans le ciel. Je retombai. Mon pied bot craqua sous mon poids et je me retrouvai sur le canapé du salon. Quelqu'un frappait fortement à la porte de la cuisine. Il était huit heures du matin.

XIII

Je cachai le médaillon sous un coussin du canapé et me dirigeai vers l'entrée, me rendant soudainement compte de l'aisance avec laquelle je me déplaçais : mon mollet avait désenflé et je ne ressentais presque plus de douleur. Si j'avais peu confiance dans le cataplasme, voilà qu'il montrait une redoutable efficacité ! Ça tenait du prodige, ou plutôt de la sorcellerie. Enfin, je pris le temps de rabattre le bas de mon pantalon avant de pénétrer dans la cuisine, histoire de ne pas attirer l'attention sur ma blessure.

En ouvrant la porte, je me retrouvai devant Mike Wiseman. Il portait une minerve, et son nez, fortement tuméfié, était recouvert d'une gaze.

— Salut, Dave !

— Bonjour, monsieur Wiseman, répondis-je en ne cachant pas ma surprise de le voir déjà sorti de l'hôpital. Que puis-je faire pour vous ?

— Tu permets que j'entre une minute ?

Je le laissai passer. Il enleva sa casquette à l'emblème des Yankees de New York et la plaça devant sa poitrine comme s'il avait pénétré dans quelque lieu saint. Il se lança :

— Ah, ce n'est pas de chance, la disparition de la vieille Saras ! On ne parle que de cela en ville. Apparemment, elle aurait été tuée et son corps, dissimulé quelque part. Hé ! figure-toi que c'est moi le dernier qui l'ai vue, cette fameuse nuit ! Sûr qu'elle était partie faire une livraison, car elle n'entendait pas à rire ! Elle m'a envoyé dans le fossé, la garce ! En tout cas, c'est ce que j'ai dit à Cohard. Elle allait voir un client, pour sûr, parce qu'elle était pressée. Et je lui ai dit encore, à Cohard…

— Monsieur Wiseman, l'interrompis-je. Le shérif m'a déjà raconté cela. Pourquoi êtes-vous ici ?

Il eut alors l'air d'un enfant qui va se confesser à un prêtre d'un grand péché. Ses yeux s'écarquillèrent, et je pouvais sentir son malaise.

— Eh bien, commença-t-il en se tortillant et en tapotant sa casquette sur sa poitrine, Saras devait me livrer six bouteilles pour… hier. Et je pensais que…

— Vous êtes venu en chercher le même nombre il y a deux semaines !

Il parut gêné.

— Ah, celles-là ! C'était pour un ami ! Quant aux miennes, prétendit-il, finaud, je les avais payées d'avance à cette chipie… Ah, pardon ! Je ne voulais pas…

— Ne faites pas de manières avec moi, monsieur Wiseman. Vous savez que je ne porte pas ma belle-mère dans mon cœur.

Par prudence, je parlais toujours d'elle au présent. Les yeux de Wiseman s'allumèrent à ma dernière remarque.

— Ah, c'est bien vrai que c'était une chipie ! Une sacrée polissonne, tout de même !

Tiens ? Avait-il couché avec elle, lui aussi ?

— J'ai pensé venir chercher les bouteilles qu'elle me devait.

Le poivrot ! Il sortait à peine de l'hôpital et il était ici pour avoir sa dose à bon prix.

— Très bien, monsieur Wiseman, je vais vous les chercher.

— Ah ! C'est vraiment chic de ta part, David.

— Attendez-moi ici, ajoutai-je de peur qu'il pousse sa reconnaissance jusqu'à m'accompagner au sous-sol.

Une fois dans l'atelier, j'avisai les caisses de *moonshine* le long du mur. J'en ouvris une et plaçai six bouteilles dans une boîte de carton. Puis je me ravisai. Wiseman n'était sans doute que le premier qui ferait la queue jusqu'à ce qu'il ne reste plus de *moonshine*. Il me fallait éviter cela. J'en enlevai une et remontai.

Wiseman s'était assis sur une chaise et tapotait la gaze sur son nez. Il se leva d'un bond en m'entendant. Je mis la boîte sur la table.

— Il en manque une, protesta-t-il aussitôt.

— C'est vrai, mais c'est tout ce que j'ai trouvé ! Il n'y a plus de *moonshine*.

— Plus de *moonshine* ? reprit-il, atterré.

— Plus une goutte !

— Tu en es sûr ? Voyons, elle en produisait comme de l'eau.

— Je sais. Sauf qu'elle en a vendu beaucoup dernièrement et elle a eu des ennuis avec son alambic. Elle s'apprêtait à se lancer dans une grande production quand… est arrivé ce que vous savez.

Il avait l'air catastrophé.

— J'ai regardé partout ! Vous avez les cinq dernières bouteilles. Comptez-vous chanceux !

— Les cinq… fit-il, la voix étranglée et semblant au bord de l'évanouissement.

— Allez, monsieur Wiseman, dis-je en le dirigeant

vers la porte. Vous entendez ? Mes cochons ont faim, je dois m'occuper d'eux.

— Plus de *moonshine*, murmura-t-il pour lui-même en n'y croyant toujours pas.

Il regarda alors le contenu de la boîte de carton comme si c'était le plus grand trésor du monde et il esquissa un sourire, heureux dans le malheur qui le frappait. Il me salua et partit. Je savais maintenant que la nouvelle allait se répandre comme une traînée de poudre.

J'aurais voulu me recoucher, sauf que les cochons réclamaient leur pitance à grand renfort de couinements. Je sortis accomplir ma routine. Je remplis les auges, tournai le bec de la citerne installée par mon père pour alimenter les abreuvoirs et poussai le purin dans les caniveaux jusqu'à la benne roulante. Après, j'étendis le foin et dus en charrier depuis la grange avec le tracteur. Dans l'après-midi, je réparais l'enclos extérieur endommagé par un gros mâle quand j'entendis une voiture s'arrêter devant la maison. J'essuyai mes mains sur ma salopette et m'approchai du visiteur. Je reconnus la silhouette du Dr Kendall et son crâne asymétrique.

Il était si maigre et défait qu'on aurait dit que se dirigeait vers moi un squelette maintenu par des ficelles. La raison en était, prétendaient certains, une curieuse maladie attrapée dans les Caraïbes lors d'un voyage, d'autres parlaient de son alcoolisme notoire. Il est vrai qu'il y avait un tas de ragots à son sujet, par exemple que ma belle-mère et lui auraient été amants avant qu'elle épouse Peter Higgins. On prétendait aussi qu'il avait été un ancien nazi qui avait changé son véritable nom, Stanfus Hotsmann, pour Thomas Kendall. Ça ne semblait pas très sérieux, mais à l'école le bruit courait néanmoins qu'il se livrait à des expériences sur des enfants mort-nés. Et les écoliers qui passaient à Falmouth devant sa grande demeure de style Queen Anne aux toits pointus frissonnaient ou blaguaient, mal à l'aise. Pour ma part, il ne m'effrayait pas. Il m'avait mis au monde et soigné pour rien. Et mes parents l'aimaient assez pour qu'il vienne parfois manger à la maison. Par contre, depuis ma découverte, je lui en voulais de son aveuglement face à la maladie de mon père et aussi de sa lâcheté de ne m'avoir jamais envoyé chez un spécialiste pour mon pied bot.

Des poils blancs traînaient sur son menton mal rasé et, quand il fut en face de moi, son nez aux teintes violacées frétilla avant même que ses lèvres se mettent à remuer.

— David, commença-t-il.

Je savais parfaitement ce qu'il voulait.

— Mais qu'est-ce qui vous plaît tant dans la gnôle de ma belle-mère ? Ne pouvez-vous pas remplacer son tord-boyaux par quelque chose d'autre ?

— Tu ne comprends pas.

Le ton était suppliant. Or, je lui en voulais tellement que je lâchai :

— Non, *vous*, vous ne comprenez pas ! Car vous n'êtes qu'un pauvre poivrot ! Même pas capable de vous rendre compte que Saras Higgins empoisonnait mon père !

Il me regarda d'une drôle de façon. Et je vis bien à sa surprise que j'avais eu tort de l'imaginer complice. Apparemment, sa perplexité venait du fait qu'il ignorait quel sens donner au verbe « empoisonner ».

— Je ne te parle pas de son *moonshine* habituel, poursuivit-il finalement, mais d'une cuvée spéciale qu'elle fabriquait en très petites quantités et uniquement pour certains clients, dont j'étais... Ce sont ces bouteilles qui m'intéressent. J'ai réussi jusqu'à maintenant à étirer la dernière, mais j'ai bien peur...

Il ne finit pas sa phrase et je remarquai qu'il tremblait. Sans pourtant m'émouvoir, je déclarai :

— Mike Wiseman est passé ce matin. Je lui ai donné tout ce qui restait.

Le vieil ivrogne savait que je mentais.

— Tu les reconnaîtras facilement, David. L'alcool est d'une couleur vert pâle qui tire sur l'émeraude sous l'effet de la lumière.

Il en parlait comme d'un bijou précieux.

— Je suis prêt à t'offrir cent dollars par bouteille, David. Cent dollars, penses-y.

Puis, sans insister davantage, il remonta dans sa voiture et partit. Il venait de m'intriguer. Je ne me souvenais pas d'avoir vu cette « cuvée spéciale ». Oh, je savais que certaines cuvées étaient plus fortes que d'autres et pouvaient produire de drôles de sensations. Mais une à l'alcool vert ? Ces bouteilles faisaient-elles partie des caisses le long du mur de l'atelier ? Je retournai travailler à l'enclos et j'oubliai cette histoire. À la fin de la journée, je commençai à ressentir des élancements dans la jambe et réalisai que j'avais présumé de mes forces. Je retournai à la maison, pris de la codéine pour calmer la douleur et dormis jusqu'au lendemain.

À mon réveil, je me sentais dans une forme incroyable et je m'occupai de la porcherie toute la matinée. Dans l'après-midi, intrigué en repensant à ce qu'avait dit le Dr Kendall, je descendis dans l'atelier à la recherche de la «cuvée spéciale». J'ouvris les caisses le long du mur, mais ne vis rien qui ressemblât à ce qu'il avait décrit. Je retournai dans la cache et scrutai les alcôves. Rien non plus. Je m'attardai sur l'autel. C'était un simple meuble qui ne cachait ni porte ni tiroir. Au-delà, je constatai qu'il y avait un espace plein entre deux alcôves et un signe à moitié effacé dans la terre. Je frottai et une croix tournée à l'envers m'apparut, gravée dans un panneau de bois muni d'un anneau de fer. Je tirai dessus et il s'ouvrit en grinçant. La vieille Higgins avait encastré là une armoire qui ressemblait à un tabernacle. À l'intérieur, une bouteille de *moonshine* moins grande que les autres reluisit sous le faisceau de la lampe de poche. Elle portait une étiquette sur laquelle s'emboîtaient successivement un cercle dont la circonférence était une flèche courbée, un triangle inversé et une croix chrétienne à l'envers. En dessous, il y avait une inscription latine: *Ignescunt signa deorum.* L'alcool était d'une couleur vert pâle tirant sur l'émeraude.

Je ressortis également de l'armoire un carnet dont la couverture montrait les mêmes symboles. Voilà qui était intéressant, car le médaillon en possédait de semblables, sauf la croix. Je trouvai aussi un verre de cristal et un boîtier rond contenant des rondelles irrégulières de couleur brunâtre. J'en palpai une. Texture caoutchouteuse... drôle d'odeur. C'étaient des champignons séchés. Des champignons hallucinogènes? Je quittai la cache en emportant avec moi ces découvertes.

Le Dr Kendall avait parlé de plusieurs bouteilles et, plus que jamais, je désirais trouver les autres. J'examinai l'établi situé entre l'alambic et les armoires, là où la vieille Higgins fabriquait ses potions médicinales. Il était fait d'une planche qui reposait sur deux meubles pourvus de vastes tiroirs. Dedans, il y avait une ribambelle d'outils servant à mesurer et à mélanger. Je constatai que les tiroirs du meuble de droite ne s'ouvraient pas jusqu'au bout. Ils restaient coincés à mi-chemin. À l'intérieur, l'arrière-fond avait été peint d'une couleur foncée pour donner un effet de profondeur. Sur leur côté, je notai la présence de minuscules charnières, presque invisibles. À l'opposé, une fissure était causée par un clou. J'y touchai et j'entendis un déclic : le devant du meuble s'ouvrit et un gros coffre-fort sur pattes apparut. Ah, elle était astucieuse, la vieille Higgins ! Voilà pourquoi elle avait engagé des déménageurs pour porter ses effets au sous-sol. Il fallait au moins deux, sinon trois hommes pour déplacer un tel engin.

La porte du coffre-fort était couverte de signes cabalistiques et un grigri, une espèce de monstre, était suspendu à sa poignée. À voir les dents rouges qui ressortaient de la tête hirsute de ce petit être de cauchemar, on devinait qu'il était là pour écarter les « profanateurs ». Que pouvait contenir ce coffre ? Une partie des recettes du *moonshine* ? Possible. J'essayai quelques combinaisons au hasard, mais en vain. De dépit, je refermai la fausse façade et continuai mes recherches. Après plusieurs minutes, ma persévérance porta ses fruits. Sous la table de l'alambic, je tombai sur une boîte qui contenait une quinzaine de bouteilles dont l'alcool était vert.

Satisfait, je les laissai là et remontai avec mes autres découvertes que j'étalai sur la table de la cuisine. J'y joignis le médaillon. Ces choses étaient reliées par des symboles similaires que j'essayai de comprendre… Je m'emparai du carnet et examinai ses pages. J'avais devant moi une écriture latine accompagnée de symboles cabalistiques et de dessins obscènes. Ce charabia démentiel était inintelligible pour moi et un dictionnaire latin ne m'aurait sans doute pas été d'une grande utilité. Pourtant, le carré de lettres était en latin, et je pensais que la vieille Higgins s'en était peut-être servie pour créer son code. Le document était une vraie liturgie pour adeptes de culte satanique et il devait avoir pour elle une importance non négligeable. Je pris donc une feuille et notai les mots qui correspondaient par leur orthographe aux lettres du carré. Après un moment, j'en eus assez pour faire quelques essais. Je tapai *satanas*, *asper*, *penetro*, *raptor* et *ostentare*. Le médaillon resta fermé. Je repris ma lecture. J'essayai *perpoto*, *assessor*, *torpere*, *parastates* et *aster*. Pas de chance non plus. Après une heure, je laissai tomber. Comme pour la combinaison du coffre-fort, les possibilités pouvaient être infinies, surtout si le code était en une autre langue, et la vieille Higgins connaissait l'anglais, l'allemand, l'espagnol, le français et le créole !

Je m'emparai de la bouteille de *moonshine*. Elle était légèrement teintée, comme si cet alcool craignait la lumière et était plus fragile que l'autre. Je l'ouvris et en versai un peu dans le verre de cristal. Le liquide était d'un vert tendre qui scintillait sous le plafonnier de la cuisine. Je reniflai, mais n'en bus pas, méfiant. Je passai mes doigts sur l'étiquette, gondolée par l'humidité, et considérai l'inscription : *Ignescunt signa deorum*. Que pouvait-elle signifier ? Elle était courte, et un dictionnaire latin me permettrait sûrement de la comprendre. Cela ne m'avancerait pas beaucoup, sauf que ce serait un début. Puis je songeai au Dr Kendall : seul à m'avoir décrit cette cuvée spéciale, il était prêt à payer cent dollars par bouteille... Il y avait des chances qu'il connaisse la signification de cette phrase latine et des symboles. Une conversation avec lui s'imposait. Je lui donnerais ce qu'il désirait à condition qu'il réponde à certaines questions.

Je rangeai mes découvertes en lieu sûr et sortis prendre l'air. Dehors, le soleil de juillet commençait sa descente vers les montagnes, quoique tout fût encore très clair. Je m'approchai de la fosse à purin. Et si j'osais ? pensai-je. Quand la vieille Higgins avait épousé mon père et emménagé chez nous, j'avais inventé un jeu dangereux, une sorte de catharsis qui m'aidait à évacuer le malheur qui m'accablait. Le soir, à l'insu de tous, je montais sur le rebord du purot et, les mains étendues de chaque côté du corps, j'en faisais le tour. Le muret avait à peine la largeur de mon pied, et mon handicap et le gaz du lisier rendaient ce numéro d'équilibriste d'autant plus périlleux. Je devais tourner la tête pour éviter de respirer les émanations, sinon c'était l'étourdissement, et une chute dans le lisier m'entraînerait vers une mort certaine. L'important était de rester concentré. Jusqu'à présent, j'avais réalisé ce tour une bonne trentaine de fois sans accident. Rien ne m'y poussait maintenant, excepté le goût du défi. Je grimpai sur le rebord du purot et, après un instant de concentration, commençai ma dangereuse balade.

À mi-chemin, une chose attira mon attention. On aurait juré qu'un énorme champignon émergeait du lisier. Je m'arrêtai, sautai par terre et allai voir de près.

De quelle inconscience avais-je fait preuve ! Vu qu'on ne le vidait jamais totalement, j'avais cru que le purot serait un tombeau idéal pour la vieille Higgins, mais j'avais oublié que le lisier de porc est en partie liquide et qu'un corps immergé remonte inévitablement à la surface. Normalement, un noyé met trois ou quatre jours. Cela correspondait.

Le corps, si on pouvait l'appeler ainsi, était une carcasse immonde parsemée de taches glauques et blanchâtres. Pour tout dire, cela n'avait rien d'humain et pouvait facilement passer pour le cadavre d'un cochon ou d'un jeune veau. On voyait une partie du dos et de la croupe, tandis que la tête demeurait enfoncée dans le purin, invisible. Mais quelque chose de distinct ressortait de l'amas de chair pétrifiée : un bras, dont on distinguait nettement le moignon, lequel s'appuyait sur le rebord comme s'il effectuait, malgré l'absence de la main, le geste symbolique d'une remontée.

Je tournai mon regard de tous les côtés à la fois, paniqué. Le cadavre ne devait pas rester là ! Pourtant, je ne pouvais l'enlever maintenant, au cas où quelqu'un arriverait. Il me fallait attendre la nuit. Je passai les heures suivantes dans un état d'angoisse terrible. Personne ne vint, heureusement, et je me félicitai du tour joué à Wiseman. La nouvelle de l'épuisement du *moonshine* s'était bien répandue.

À vingt-trois heures, j'étais à côté du purot avec un crochet relié à une corde épaisse. Après plusieurs tentatives, je réussis à agripper une aisselle. Mais, bien que la rigidité cadavérique aidât et que j'eusse pensé à me munir de gants, je réalisai que je n'arriverais pas à hisser le corps à la seule force de mes bras. J'assurai ma prise et revins avec le tracteur. Grâce à lui, je pus commencer une lente remontée du cadavre. Enfin, la tête apparut, boule informe ressemblant à un essaim d'abeilles agglutiné sur un tronc d'arbre, puis le reste du corps roula à l'extérieur.

Il n'existe pas de mots pour décrire la senteur immonde qui s'en dégageait. Je l'entourai d'une bâche, pris une pelle et le traînai dans la forêt. Je marchai sous le couvert des arbres plusieurs minutes à l'aide d'une lampe de poche et d'une boussole. Finalement, je trouvai, près d'un gros pin déraciné, un endroit que je jugeai convenable et enterrai le corps là, couvrant le tout de feuilles mortes et de brindilles. J'étais en sueur, une fois ma tâche terminée, mais satisfait du résultat : il aurait fallu un œil très exercé pour voir que quelque chose était enfoui là.

De retour à la ferme, je me redis que j'avais fait preuve d'une terrible inconscience. Cette apparition du cadavre était un brusque rappel du danger que je courais si la police venait avec un mandat de perquisition après avoir découvert quelque chose sur les lieux de la disparition ou dans la camionnette. En proie à une soudaine panique, je descendis dans l'atelier de ma belle-mère et mis toutes ses diableries dans la cache, ne laissant sur les tablettes des armoires que ses livres traitant des plantes et ses pots au contenu strictement médicinal. Je défis la vieille carte du monde, que je jugeais trop voyante, et l'envoyai dans le tunnel, de même que le médaillon et le livre des poisons, les deux choses qui risquaient le plus de m'incriminer. Le premier, parce qu'il ne la quittait jamais ; le deuxième, parce que sa présence entre mes mains pouvait fournir à la police le mobile de mon assassinat. Quant au mystérieux secrétaire, je le coinçai contre l'établi de mon père où, recouvert d'un drap taché, il se fondit dans le décor.

J'avais pensé dissimuler la porte de la cache derrière une armoire, mais un déplacement malheureux en révélerait tout de suite l'existence. Je choisis de la camoufler en mettant devant mon propre bureau et, au-dessus, une simple affiche. J'en choisis une, enroulée dans ma garde-robe, qui montrait un paysage avec des fleurs à l'avant-plan. Elle était dans ma chambre du temps où je surveillais les moutons. À l'époque, je l'avais choisie expressément pour son aspect bucolique qui me donnait l'effet de n'être jamais loin d'eux. Une fois accrochée, bien que plus bas que la normale, on pouvait croire qu'elle s'était décrochée et avait été retenue par le bureau. Ce dernier, en tout cas, avait un aspect bien plus banal que l'autre et ses tiroirs ne contenaient que de la paperasse sans importance. Vraiment personne, à moins de le savoir, n'aurait pu se douter que la fondation était percée là et qu'un tunnel menait à une chapelle satanique.

Je fis tout cela pour rien, car il n'y eut pas de perquisition. Dans les jours qui suivirent, j'appris plutôt par Cohard que le couple rencontré à la halte routière s'était manifesté en apprenant la disparition de Saras Higgins dans les journaux et que Mike Wiseman avait juré avoir vu Spider avec elle. Ces derniers faits jouaient tous en ma faveur et la police d'État me rapporta la camionnette. Rassuré, je donnai suite à mon idée d'interroger le Dr Kendall.

XIV

Le Dr Kendall arriva chez moi vers vingt heures, après sa journée de consultation. Je le fis asseoir à la table de la cuisine et lui offris un café. Il refusa, semblant pressé d'obtenir sa précieuse bouteille et de quitter les lieux.

Avec ses cheveux blancs et sa peau cadavérique, il aurait pu passer pour un albinos, n'eût été de ses yeux d'un bleu profond accentués par des arcades sourcilières protubérantes. Son crâne était biscornu et sa figure, nettement léonine, laissait s'épanouir une mâchoire prognathe avec une fossette au menton. Jadis, il avait dû être un bel homme, mais l'alcool l'avait ravagé et son nez était rempli de veinules tentaculaires et violacées. Il frétilla, ce nez, et les poils qui traînaient sur son menton mal rasé vibrèrent de concert dans l'impatience de voir le précieux liquide. Je ne le fis pas languir et mis une bouteille sur la table. Comme son bras s'allongeait pour la saisir, je l'arrêtai.

— Tu as raison, dit-il.

Il sortit son portefeuille et me tendit un billet de cent dollars.

— L'argent ne m'intéresse pas, répliquai-je.

Il sembla surpris.

— Vous êtes le seul à m'avoir parlé de cette cuvée

spéciale et j'ai l'impression que vous en savez pas mal sur les activités illégales de ma belle-mère. J'aimerais que vous répondiez à certaines questions. Je vous donnerai le *moonshine* ensuite.

— Quel genre de questions ?

Il paraissait méfiant.

— J'aimerais d'abord savoir ce que signifie la phrase latine sur l'étiquette.

Il réfléchit un instant.

— Je peux répondre à cela. Auparavant, je voudrais savoir… Tu n'as pas trouvé que cette bouteille, j'espère ?

— Répondez à ma question et je vous le dirai.

— Bon, lança-t-il en prenant un air dégagé. J'ai suivi des cours de latin pendant longtemps. À l'époque, c'était essentiel quand on se dirigeait en médecine. L'inscription signifie : « L'homme affranchi est un dieu. »

Je réfléchis, puis demandai :

— Mais, par rapport au *moonshine*, quelle est la portée symbolique de cette phrase ?

Une moue de déception apparut sur son visage.

— Je l'ignore. Doit-il y en avoir une ?

Il essayait de jouer au plus fin avec moi. Je remis la bouteille dans l'armoire.

— David ! s'écria-t-il en se levant. Ne fais pas l'enfant avec moi !

Il ressortit son portefeuille.

— Tiens, dit-il en étalant des billets sur la table. Voici trois cents dollars ! Maintenant, donne-moi cette bouteille et n'en parlons plus !

— L'argent ne m'intéresse pas. Seulement les réponses à mes questions.

— Que veux-tu tant savoir ? C'est une simple phrase latine, voilà tout.

— C'est plus que cela, ripostai-je en reposant la bouteille sur la table. Là, sur l'étiquette : la croix renversée, le triangle, le cercle... Ces choses ne sont pas là par hasard. Elles ont une signification que vous connaissez.

— Je ne suis au courant de rien.

Son bras s'allongea pour saisir la bouteille. Je fus plus rapide. Il tenta de me la prendre de force, je plaquai une main ferme sur sa poitrine. Je m'aperçus que son cœur battait la chamade et que sa peau tendue paraissait sur le point de se rompre. Derrière, je ne sentais que du vide, pas une once de force ! Pire qu'un squelette, le Dr Kendall semblait être une sorte de fantôme que presque plus rien ne maintenait sur cette terre. Il se rassit sur la chaise, désespéré.

— Écoute, David. J'ai besoin de ce *moonshine*. C'est une question de vie ou de mort.

— De vie ou de mort ? Et ma belle-mère qui empoisonnait mon père ! Vous le saviez, ça ?

— Non, répondit-il en faisant un vague signe de dénégation.

Il fuyait mon regard.

— Si, vous le saviez...

Il changea brusquement d'attitude.

— Le cercle... commença-t-il avec hésitation. Il représente la lune. C'est un symbole cyclique. La flèche, là, indique le sens dans lequel il tourne et le passage des heures, mais elle représente aussi une gueule de serpent qui avale sa queue. Le triangle pointant vers le bas est un principe féminin symbolisant l'entonnoir par lequel s'égoutte le *moonshine*. La croix est... Ah ! je ne sais plus !

J'ouvris la bouteille et commençai à verser le *moonshine* dans un verre. Le Dr Kendall écarquilla les yeux.

— Non, pas trop ! Deux doigts !... C'est très fort !

Je mis le verre devant lui mais, comme il s'apprêtait à le saisir, je le retirai.

— Continuez, la croix est...

Il resta coi et me regarda d'un air où se mêlaient la détresse et le reproche. Je plaçai le verre devant mes yeux et fis tournoyer l'alcool. Sous la lumière du plafonnier, il jetait à la ronde des éclairs verdoyants. Le Dr Kendall le fixait, hypnotisé. Je l'entendis déglutir. Je portai le verre à mes lèvres.

— Non ! cria-t-il. Tu n'y es pas préparé ! Cela pourrait te causer du tort...

Je le redéposai sur la table.

— Vous disiez donc ?

Il s'humecta les lèvres avec sa langue.

— C'est une croix chrétienne placée la tête en bas. Elle signifie que le mal est supérieur au bien et que la matière domine l'esprit. La phrase « L'homme affranchi est un dieu » est un pied de nez à la bonne morale chrétienne. Elle sous-entend qu'on s'en affranchit et se laisse guider par ses bas instincts pour dominer sans réserve ses semblables. Cet alcool est surtout destiné à être absorbé par l'initié et à lui donner le pouvoir d'entrer en contact avec une entité supérieure.

Il s'arrêta et déglutit. Je fis glisser le verre de *moonshine* jusqu'à lui. Il le regarda sans y croire, le saisit et le but d'un trait. Aussitôt, ses joues se colorèrent et le cadavre qu'il était reprit vie. Il ferma ses paupières pour mieux savourer ce moment.

— Comment savez-vous tout ça ?

Ma question parut le sortir d'un rêve. Ses yeux se posèrent sur moi et ses traits se durcirent.

— Je le sais, c'est tout.

Il me tendit son verre. Je lui versai de nouveau deux doigts de *moonshine*. Il avala le tout et vécut un autre moment de jouissance.

— Vous êtes adepte d'un culte satanique, c'est ça ?

— Non... non ! Je suis une victime, pas un adepte.

— Combien êtes-vous ? dis-je en ne tenant pas compte de sa réponse.

— Comment le saurais-je ? Il n'y a pas de secte... Ta belle-mère est un exemplaire unique, une initiée ou une sorcière, faute de meilleur terme.

Il eut un geste de dégoût et ajouta :

— Mais elle avait besoin de moi et m'a pris au piège.

— Comment ?

— Ah, c'est compliqué ! Je ne peux pas en parler. Ça implique trop de choses qui font mal juste à y penser.

— Hum... Qu'y a-t-il dans cet alcool qui le rend si spécial ?

— De la jusquiame noire, entre autres. C'est un calmant et un puissant hallucinogène. Voilà pourquoi il faut se limiter à une dose. Là, ça faisait trop longtemps... Ah ! la salope ! Elle me vendait une bouteille aux deux mois et comptait les jours pour être sûre que je ne puisse pas me bâtir une réserve.

Je lui en versai encore un peu. Il me regarda d'un air surpris, qui se transforma en culpabilité quand il contempla son verre.

— Je ne devrais pas, soupira-t-il. Il faut vraiment se limiter à une dose. Après plusieurs, on peut basculer dans un état où on n'a plus le contrôle de sa personne.

— Un état dangereux ?

— Oh, non ! Pas dangereux. Mais...

Il but l'alcool d'un trait. Un sourire de contentement s'épanouit aussitôt sur ses lèvres. Ses paupières se refermèrent et, cette fois, il se détendit complètement. Comme il ne bougeait plus, je me demandai s'il ne s'était pas endormi.

— Dr Kendall ?

— Oui, oui, dit-il en ouvrant partiellement les yeux. Je suis le Dr Kendall... ou ce qu'il en reste ! gloussa-t-il.

Sa personnalité commençait à changer. L'alcool semblait produire son plein effet.

— Vous paraissez totalement dépendre de cette cuvée spéciale, pourquoi ?

Il ne répondit pas immédiatement. D'une voix pâteuse et traînante, il finit par expliquer :

— La garce m'a pris au piège. J'ai la sclérose en plaques, une maladie inflammatoire incurable. Je suis atteint de la forme dite « progressive rémittente », marquée par des crises très douloureuses dans mon cas parce que je souffre en plus d'une maladie des os, celle de Paget. Pour soulager la douleur et calmer les crises, la cuvée spéciale est très efficace. J'en étais réduit à des doses massives de codéine et j'étais sur le point de passer à la morphine quand ta belle-mère m'a suggéré cet alcool. J'ai fait un pacte avec le diable en acceptant son offre. Je pensais choisir un moindre mal... Mais là, je suis bien. Très bien.

Il ouvrit complètement les yeux, me fixa, et un sourire patelin se forma sur ses lèvres.

— Ah ! Tu es un bon garçon, David. Ta naissance a été très difficile pour ta mère et tu as grandi au-delà de toutes les espérances ! Je t'aime bien...

Puis il referma les yeux et son visage léonin se durcit quand il ajouta :

— Pourtant, tu l'as tuée. Oh ! c'était de la légitime défense, je sais. Elle était mauvaise. Allez, pose-moi les questions que tu veux. J'y répondrai.

On l'aurait cru dans un état proche de l'hypnose. J'hésitai à continuer à cause de son allusion au meurtre de ma belle-mère. Je pris le parti d'ignorer sa dernière phrase et de profiter de ses bonnes dispositions. Je mis sur la table une feuille de papier sur laquelle j'avais reproduit le carré de lettres pour éviter de lui montrer le médaillon.

S A T O R
A R E P O
T E N E T
O P E R A
R O T A S

— Vous connaissez ce carré, Dr Kendall ?

Il ouvrit les yeux et fronça les sourcils.

— Oh ! oui ! C'est un puissant talisman qui remonte à l'Antiquité. Les lettres forment une phrase latine : *Sator arepo tenet opera rotas*, qui se traduit à peu près ainsi : « Le semeur Arepo mène de ses roues les travaux. » En elle-même, la phrase n'a pas grand sens et ce n'est pas sa signification qui est importante, c'est sa disposition.

— Pourquoi ?

— Parce qu'elle crée un palindrome, c'est-à-dire qu'elle peut se lire dans tous les sens. De droite à gauche, de gauche à droite, de haut en bas… Sa seule limite est qu'on ne peut la lire en diagonale, mais on y retrouve néanmoins un ordre de lettres identique quel que soit le point de vue adopté.

Il avait raison ! Alors il continua ses explications sans que je l'y pousse :

— Grâce à la vertu magique qu'on leur reconnaît, les cinq mots de la formule ont été utilisés pour nommer les cinq clous de la croix du Christ et les noms des bergers de la Nativité. Étonnant, non ? Le carré permet aussi de créer des figures : le triangle, le rectangle, l'étoile et la croix grecque avec le mot *tenet* placé au centre. On peut y former la croix chrétienne également et, bien sûr, la maléfique avec les mots *tenet* et *opera*... celle dont nous avons parlé.

Soudain, je fis pour la première fois le rapprochement entre le mot *tenet* et le nom complet de ma belle-mère : Saras Tenet Higgins. J'étais abasourdi.

— Un talisman chrétien, soulignai-je sans comprendre, pour une femme adepte d'un culte satanique ?

— Il a été récupéré par les chrétiens, mais il date d'avant la chrétienté. On en a découvert des traces sur un mur de Pompéi... et ailleurs.

Cela signifiait-il que la vieille Higgins appartenait à un ordre de sorcières dont les origines remontaient à l'Antiquité ? J'avais de la difficulté à y croire, vraiment.

— Vous prétendez que vous ne faites pas partie d'un culte satanique, qu'il n'y a pas de membres comme tels, alors comment savez-vous tout cela ?

— Ce *moonshine* aide à savoir. Il rend plus intelligent. Il libère les inhibitions et stimule des parties du cerveau non exploitées qui permettent le contact avec l'inconscient collectif ou, si on veut, une sorte de conscience universelle. C'est difficile à expliquer. Il faut en boire pour comprendre. Ce liquide est un savant dosage d'alcool et de drogue. Une recette millénaire ! Et puis, j'ai effectué des recherches sur les symboles cabalistiques. Je voulais savoir à qui, enfin à *quoi* j'avais affaire ! Le *moonshine* m'aide à me rappeler tout cela avec précision. Mais il entraîne cette dépendance...

Le Dr Kendall sembla soudain très amer.

— Pour me parler ainsi du talisman, dis-je en le ramenant à ce qui nous occupait, vous avez dû voir le médaillon de ma belle-mère de près ?

— De très près... Comme toi, d'ailleurs, pour l'avoir reproduit fidèlement sur le papier.

— Vous avez couché avec elle ?

— Parce que je suis le seul ? releva-t-il en me fixant avec une intensité que je n'appréciai guère.

Puis son regard devint flou et il reprit sur un ton plus doux :

— Oui, oui, j'ai couché avec elle. C'est ainsi que j'ai pu examiner le médaillon... des deux côtés.

— Vous connaissez donc cet autre talisman, lançai-je en mettant devant lui une feuille de papier où j'avais reproduit le carré de chiffres.

4	9	2
3	5	7
8	1	6

Il y jeta à peine un coup d'œil.

— Oui, je le connais.

— Que signifie-t-il ?

Il ne répondit pas. Il paraissait totalement parti.

— Dr Kendall ? dis-je. Dr Kendall ?

— Oui ? Qu'y a-t-il ?

— Je vous posais la question au sujet du carré de chiffres !

— Ah oui… En les additionnant à l'horizontale, à la verticale ou en diagonale, on obtient toujours le nombre 15. On prétend que ce talisman est magique, comme l'autre.

— Le 15 possède-t-il une signification particulière ?

— Non.

— Y a-t-il d'autres choses à savoir sur ce carré ?

— Non… Enfin si ! ajouta-t-il en gloussant.

Mais il se tut. J'avais peur de le perdre complètement.

— Qu'y a-t-il d'autre à savoir ? répétai-je en lui secouant le bras.

Il leva vers moi des yeux brumeux.

— On y fait allusion dans le *Faust* de Goethe. Ce n'est pas si étonnant, en pensant aux prétentions de ta belle-mère sur ses origines allemandes.

— Dans quelle partie de l'œuvre y fait-on allusion ?

— Quand Faust pénètre avec le diable dans l'antre de la sorcière. Avant qu'il boive le philtre de jouvence, elle récite une incantation qui fait référence au carré magique.

— Sorcière, diable, philtre de jouvence !… Tout cela est dément !

Il ne réagit pas à ma remarque. Je le secouai.

— Oui, s'esclaffa-t-il, complètement dément !

— Qu'est-ce qui vous fait rire ?

— Toi. Tu cherches à savoir comment ouvrir le médaillon de ta m… maudite belle-mère, sauf que tu n'oses pas me poser directement la question.

— Je ne l'ai pas en ma possession.

— Tu mens ! dit Kendall.

Puis son visage se radoucit et il ajouta :

— Sinon pourquoi ces questions et ces reproductions sur papier ?

Ses yeux luisaient sous la lumière et, cette fois, il avait l'air parfaitement éveillé.

— J'ai fait cela de mémoire, répondis-je.

— Comme tu veux, David. Pourtant, tu n'as rien à craindre de moi.

Il referma les yeux et sembla repartir dans un autre monde.

— Si je l'avais, vous sauriez comment l'ouvrir ?

Il ne répondit pas tout de suite.

— N... non.

— D'où vient cette hésitation ?

— Je consultais la conscience. Il faut un nom pour l'ouvrir. C'est tout ce que je sais.

— Vraiment ?

— Oui.

Ces révélations étaient fort instructives, mais elles ne m'apprenaient rien sur la façon d'ouvrir le médaillon, sinon qu'il fallait un nom, un renseignement que je possédais déjà. Convaincu que le Dr Kendall ne m'en apprendrait pas plus, je lui remis la bouteille de *moonshine.* Il me regarda, surpris.

— Que vous arriverait-il si vous deviez vous en passer ? demandai-je.

Il demeura silencieux un moment avant d'articuler avec effort :

— J'en mourrais.

Je le regardai avec pitié.

— C'est pour cela que je te demandais si tu avais trouvé d'autres bouteilles.

— Environ une quinzaine, oui.

— Bien. Je viendrai en chercher une par mois et te donnerai cent dollars chaque fois.

— C'est inutile.

— J'insiste. Les voici.

— Non, pour celle-ci, vous m'avez déjà amplement payé en répondant à mes questions. Et j'en ai une dernière. J'aimerais savoir pourquoi ma belle-mère avait besoin de vous.

— Je crois qu'elle voulait que je pratique une chirurgie frontale qu'elle ne pouvait pas faire elle-même, car cela exigeait des instruments spécialisés. Je n'en sais pas plus.

— Et pour mon père, vous étiez au courant ?

— Voilà pourquoi tu n'as rien à craindre de moi, David, quand bien même tu aurais tué ta belle-mère et que tu aurais en ta possession le médaillon.

— C'est un aveu, ça ?

— Disons que nous avons une entente. Je ne parle pas, tu ne parles pas… tout le monde est content. D'ailleurs, tu as l'avantage en gardant en ta possession les bouteilles.

Soudain, devant ce triste air d'ivrogne, ce n'était plus de la colère que je ressentais, mais de la pitié, une pitié mêlée d'un vague dégoût parce que le vieillard acceptait maintenant d'être le complice de mon propre crime. Je répliquai :

— Je ne tiens pas à elles, Dr Kendall, et je n'ai pas peur de vous.

— Garde-les néanmoins. Nous avons une entente. Je viendrai en chercher une par mois. Sans cela, je pourrais perdre le contrôle.

Il glissa la bouteille dans sa poche. Puis, sans me saluer, il ouvrit la porte et, tout fantôme qu'il était, disparut dans la nuit.

XV

Dans les jours qui suivirent cette rencontre, je me sentis très nerveux. Non parce que Kendall savait que j'avais tué la vieille Higgins — étrangement, j'avais confiance en lui et, même si sa dépendance l'avait contraint à être complice du meurtre de mon père, il avait toujours été bon avec moi. Mais le cadavre de ma belle-mère me hantait et j'en rêvais la nuit. Je voyais la dépouille quitter sa tombe, ramper jusqu'à mon lit et m'envelopper comme un suaire. La puanteur était telle que j'en demeurais paralysé, tandis que de la bouche fétide jaillissaient deux dents jaunâtres qui trouaient la chair de mon cou et buvaient mon sang. Je me réveillais en sueur. À cela se greffa une paranoïa inusitée: la vision d'une multitude de policiers qui débarquaient à la ferme avec des chiens pisteurs.

Je décidai d'anéantir le cadavre.

Je choisis mes cochons les plus voraces et les plaçai dans un enclos où je ne leur donnai rien à manger pendant trois jours. Le quatrième, tard dans la nuit, je déterrai le corps et le traînai dans la porcherie. Ah ! leur réaction quand ils reniflèrent l'odeur de la chair putride ! Ils se ruèrent sur la barrière et je remerciai le ciel qu'elle se révélât aussi solide. Je défis la bâche et envoyai la charogne au milieu d'eux. Jamais, de ma vie, je n'assistai à une pareille goinfrerie. Quand il n'y eut plus que les os, ils les rongèrent et les brisèrent pour en sucer la moelle. Après, je versai dans leur auge une pâtée enrichie de *moonshine* qu'ils engloutirent entièrement sans rechigner. Un instant plus tard, aucun d'eux ne tenait debout et je récupérai les restes que je brûlai avec de l'essence. Je mélangeai ensuite les cendres avec la prochaine pâtée des cochons. Ainsi, *tout* le corps de la vieille Higgins reprit, sous une forme beaucoup plus discrète, le chemin du purot, là d'où il n'aurait jamais dû sortir, donnant à l'adage « Rien ne se perd, rien ne se crée » et à celui, plus précis dans les circonstances, « Tu es glaise et tu retourneras à la glaise » leur impitoyable véracité.

Le corps anéanti, mes cauchemars s'arrêtèrent. Toutefois, j'avais d'autres sources d'inquiétude. D'abord la disparition de Spider, qui demeurait un mystère. Armé du fusil de chasse de mon père et de mon couteau, j'avais entrepris plusieurs excusions pour l'affronter. Mais il ne se montra pas et jamais je ne vis l'ombre de son cadavre. Pourtant, il avait survécu à notre affrontement — du moins, dans les heures qui l'avaient suivi — car, quelques jours après, j'étais allé fleurir le cimetière de l'île et j'avais découvert des trous creusés partout à l'intérieur de la clôture. C'était la première fois que j'assistais à un tel phénomène, et un coyote, un putois ou n'importe quel autre animal n'aurait pas agi de cette façon. Cet acte de profanation était une vengeance délibérée qui portait sa signature.

Et puis il y avait la cache. L'affiche dissimulant son entrée n'était pas l'idéal. Cependant, je ne me résignais pas à la murer tant qu'elle ne m'aurait pas révélé tous ses secrets. J'étais convaincu qu'elle pouvait m'aider à ouvrir le médaillon et le coffre-fort.

Concernant ce dernier, je partis du principe qu'un coffre-fort de valeur permet à son propriétaire d'en choisir la combinaison et même de la changer selon ses besoins. J'en essayai plusieurs à partir de l'information dont je disposais sur la vieille Higgins : sa date de naissance, son numéro de permis de conduire, celui de son compte bancaire... Trop facile, sûrement, puisque je fis chou blanc chaque fois. Je pensai à l'apporter chez un serrurier, mais y renonçai à cause des procédures légales que j'aurais dû entreprendre et de peur que la police ne mette son nez là-dedans. Après tout, il devait contenir de l'argent de contrebande, et mieux valait être discret. J'en vins à croire que ma belle-mère avait caché la combinaison de ce coffre dans un endroit où elle l'aurait sous la main en cas d'oubli. Et, selon moi, ça ne pouvait être que dans le médaillon qu'elle portait toujours à son cou.

Or, ce médaillon semblait impossible à ouvrir et indestructible quels que soient les outils utilisés. Je me suis donc concentré de nouveau sur les lettres du carré, composant des noms, des phrases, des expressions diverses que je notais dans un cahier pour être sûr de ne pas les répéter. J'en ai rempli des pages et c'était comme si j'effectuais des mots croisés sans jamais aboutir au résultat final. L'idée d'ouvrir le médaillon m'obsédait tellement que je l'avais placé entre le sommier et le matelas pour, le soir avant de me coucher, l'avoir à ma portée et essayer des mots. Pour ça, j'avais acheté des dictionnaires latin, allemand et espagnol afin de ne pas en manquer. Enfin, n'aboutissant jamais à rien, je finis par m'en lasser et le délaisser. J'imagine qu'un jour, en changeant les draps, je l'ai poussé par inadvertance au milieu du sommier, si bien que j'ai fini par l'oublier là. Il faut dire que j'avais d'autres objets de préoccupation.

En effet, je pris la décision de revenir à l'élevage des moutons. Je vendis mes porcs aux abattoirs de la région et, le prix des suidés étant à la hausse, je fis un bon profit. De plus, le gel bancaire fut levé et, comme ma belle-mère, morte *ab intestat*, n'avait aucune famille à part moi, j'héritai de ses biens. Dans le compte où elle déposait les gains de son trafic de *moonshine*, je trouvai plus de deux mille dollars. La somme était coquette pour l'époque, mais je m'attendais à nettement plus, vu ses affaires florissantes. Je supposai que le reste devait être dans le coffre-fort du sous-sol pour échapper au fisc. Peu importe, ces deux mille dollars et les profits de la vente me permirent de réaménager la porcherie en bergerie, en plus d'acquérir la race de moutons que je désirais exploiter: le mérinos.

Dans l'ensemble, je me débrouillais bien. Les moutons demandent moins de soins que les porcs, surtout durant la belle saison où on les laisse paître à l'extérieur. Je dus quand même engager un employé à demi-temps, un dénommé Jay Haskell, qui offrait ses services aux fermes des environs. Haskell avait ceci de particulier qu'il était un Sioux « full-blood[1] » venant de Cheyenne River dans le Dakota du Sud dont le vrai nom était Samy « Bad Heart Bull[2] ». S'il

1. Sang pur.

2. Taureau au mauvais cœur.

avait changé son nom pour laisser croire qu'il était un « sang mêlé » plutôt qu'un « sang pur », c'est que, jeune, il avait souffert des railleries de ses semblables sur le nom inhabituel de ses ancêtres. Ayant moi-même été victime de vexations, j'avais très vite sympathisé avec lui et nous étions devenus amis. Excellent travailleur, il me prêta main-forte deux fois par semaine pendant l'hiver. Au printemps, je ne le retins que pour la tonte et, l'été, il devait m'aider à donner le bain d'insecticide aux moutons. Parfois, Cohard m'offrait ses services. Mais, comme il souffrait d'hypertension, je ne lui confiais que de menus travaux.

Cohard avait insisté pour m'accompagner à l'encan de bestiaux où j'avais acheté mes premiers moutons. Par son soutien, le shérif semblait me cautionner et apaiser les soupçons, s'il en existait. Mon père et lui ayant jadis été très liés, il cherchait de toute évidence à renouer à travers moi avec cette amitié perdue. À l'automne, il prit sa retraite et devint un hôte familier à la ferme où il passait deux fois par semaine boire un café et bavarder. Nous touchions rarement le sujet de la disparition de ma belle-mère. Quand cela arrivait, son idée était faite : le meurtrier n'était pas d'ici et nous ne le retrouverions jamais, de même que les cadavres de la vieille Higgins et de Spider qui, selon lui, avaient été enterrés loin en forêt. Bizarrement, c'est après sa retraite, alors qu'il aurait dû avoir moins de stress, qu'il eut sa première crise d'angine. Il maigrit par après et il coupa ses favoris. L'arrêt de cette coquetterie entretenue pendant des années en dépit des moqueries eut pour conséquence de le faire vieillir prématurément. On aurait dit en effet que, toutes ces années, c'étaient eux qui, comme de puissants harnais, avaient maintenu la peau de son visage en place. Une fois ses favoris partis, ses joues apparurent ballantes et crevassées.

Cohard ayant pris sa retraite, c'est Enright qui devint shérif. Il s'était établi contre toute attente dans la région en s'amourachant de la bibliothécaire de Falmouth, la jolie Catherine White, avec laquelle il se maria.

Pour ma part, je me mis à couler des jours heureux pendant lesquels, la vente des porcs m'ayant donné temps et argent, je pus me consacrer sérieusement à la peinture. Je vivais presque en ermite et en parfaite symbiose avec mon art et mes moutons, ne sortant de cet état que lorsque Jay Haskell ou Cohard passaient, ou encore quand le Dr Kendall venait, chaque mois, chercher sa bouteille de *moonshine* et me tendait cent dollars que je me voyais contraint d'accepter après de vaines protestations.

Une année complète s'écoula de cette façon, paisiblement, et j'avais l'impression que beaucoup plus de temps avait passé et qu'il en avait toujours été ainsi. De cette période tranquille, je n'ai pas beaucoup à dire, sinon deux faits plus ou moins importants.

Un jour que j'enlevais l'épaisseur de givre dans notre congélateur, je tombai sur une fiole avec une étiquette portant le nom de « Trois dégouttes ». C'était, je m'en souvenais, le nom du poison que ma belle-mère me destinait. Or, il y avait dessus une date qui coïncidait avec celle du décès de mon père. Me rappelant que sa composition venait des sécrétions « fraîches » d'un cadavre, je devinai, horrifié, que sa dépouille avait servi à sa fabrication !

Quelques semaines après cette découverte, alors que j'entreprenais le ménage de l'établi de mon père, je me retrouvai devant le secrétaire de la vieille Higgins et sa peinture de fin du monde. Remarquant de nouveau la date et le nom du peintre, j'entrepris des recherches pour savoir si le meuble et le tableau, que j'avais fini par classer dans mon esprit comme un amalgame baroque sans valeur, pouvaient être si vieux. J'appris que Peter T. Van Braken avait suivi Bosch et précédé Bruegel. Reconnu comme ces derniers pour ses peintures eschatologiques, il se distinguait toutefois d'eux par son jeune âge. Né en 1515, il était mort en 1530, soit à quinze ans ! Jeune prodige, il peignait professionnellement à treize, encouragé par sa mère dont il fit plusieurs portraits. De caractère instable et souffrant d'hallucinations, il réalisa une centaine de toiles, dont seule la moitié avait été retrouvée, avant de mettre brutalement fin à ses jours. Des bruits couraient qu'il aurait été une fille que sa mère habillait en garçon dans l'espoir de favoriser sa réussite. Les reproductions que je vis de lui avaient la même palette que le tableau du secrétaire. L'histoire tragique de ce peintre me troubla, ainsi que l'idée de posséder une authentique œuvre de lui.

DERNIER CROISSANT

XVI

Il faisait chaud et le ciel avait une couleur de paille. Nous étions au début de juillet et, comme l'an passé, la sécheresse sévissait. À l'aube, le vent s'était levé et avait soufflé en rafales toute la matinée, laissant l'espoir d'une brusque ondée, mais soulevant partout tant de poussière qu'elle resta en stagnation dans l'atmosphère quand il tomba. En début d'après-midi, le soleil parvint à percer cette couche crasseuse et je m'installai sur la véranda pour peindre la grange et la barrière de montagnes à l'ouest. Le bleu de l'horizon m'attirait tel un aimant. Je m'évertuai à lui donner dans ma toile une place prépondérante et à multiplier ses nuances quand des nuages cuivrés ombragèrent le ciel. Un orage brutal s'annonçait. Nous allions avoir la pluie tant attendue, certes, sauf que cela me rendit inquiet pour mes moutons que j'avais laissés paître sur l'île.

Je rangeai mes pinceaux et recouvris mon chevalet. Je m'apprêtais à partir les chercher avec mon véhicule tout-terrain, à peine plus gros qu'une moto et pourvu de trois roues, quand une voiture déposa quelqu'un dans l'allée et repartit en trombe. La personne qui s'avança vers la maison formait un noyau flou, évanescent, à cause de la poussière ocre qui tournoyait autour d'elle. C'était comme une tache brumeuse, délayée, qui me rappelait une peinture de William Turner. Finalement, le tout finit par se préciser et par prendre l'aspect d'une femme dans la vingtaine, au teint bronzé, aux cheveux châtains, et portant un long sac à dos sur ses épaules. Elle s'arrêta devant moi, paraissant tout bonnement sortir du néant.

— Salut ! dit-elle.

Elle était d'une beauté à couper le souffle et possédait un accent dont j'étais incapable d'identifier la provenance.

— Bonjour, balbutiai-je. Que puis-je faire pour vous ?

— C'est bien ici qu'habite Saras Higgins ?

L'évocation de ce nom me donna la chair de poule. Un an après sa mort, c'était pour moi comme si ma belle-mère n'avait jamais existé. L'affaire était classée et plus personne ne parlait d'elle. Je répondis sans réfléchir qu'elle n'habitait plus ici, évitant je ne sais pourquoi de lui dire qu'elle était morte.

— Ah ? Je suis sa fille, Anna.

Je demeurai interloqué. Saras Higgins avait une fille ? Depuis quand ? Devant son air sérieux, je l'invitai à boire quelque chose à l'intérieur. Une fois dans la cuisine, je préparai du café.

— Vous êtes bien installé, lança-t-elle en regardant la pièce d'un mouvement circulaire. Ce qui est étonnant pour un garçon qui vit seul.

Elle avait déposé son sac à dos près de la porte. Le tissu, usé, était couvert d'insignes et de drapeaux miniatures provenant des nombreux pays que sa propriétaire semblait avoir visités.

— Je me débrouille. Mais qui vous a dit que je vivais seul ?

— J'ai remarqué sur votre comptoir les restes de repas où tout est au singulier. Et puis il manque des choses typiquement féminines dans cette cuisine.

— Vous êtes observatrice.

— On n'a pas le choix quand on voyage seule. Ça vous évite des ennuis.

La conversation prenait une tournure légère où il n'était plus question de Saras Higgins. Pour le moment, Anna paraissait vouloir éviter le sujet.

— Ce qui est surprenant, continua-t-elle, c'est que, à part ces restes, tout est propre ici et qu'en plus vous vous lavez. Pour un fermier, c'est inhabituel.

Je fus abasourdi par son sans-gêne. Mais elle continua comme si de rien n'était :

— Ça me fait penser que j'emprunterais volontiers votre salle de bains pour prendre une douche avant de partir.

Elle en prendrait plusieurs, j'en avais le pressentiment, même si elle avait lancé cela sur un ton parfaitement sincère. Enfin, je me doutais qu'une chose l'avait tout de suite renseignée sur mon état civil : mon pied bot. Je ne me gênai pas pour le lui dire.

— On peut difficilement le rater, confirma-t-elle avec un air sérieux. Ça ne devrait toutefois pas vous empêcher de rencontrer quelqu'un : vous êtes plutôt costaud, joli garçon et vous semblez cultivé.

Il est vrai qu'au cours de la dernière année j'avais beaucoup grandi. Comme si, soulagé du joug de la vieille Higgins, ma croissance s'était brusquement accélérée. Je n'avais pas la taille de mon père, mais on ne pouvait plus me traiter de nabot. De plus, l'exercice physique exigé par le travail de la ferme dont je m'occupais en grande partie seul avait développé mes muscles.

Je servis le café, réalisant qu'avec la chaleur qui régnait Anna aurait sûrement préféré quelque chose de froid à boire. Je le lui demandai.

— Ça va, m'assura-t-elle. Les boissons chaudes ne sont-elles pas reconnues pour désaltérer par temps chaud ?

Nous bûmes quelques gorgées sans un mot, puis elle brisa le silence :

— Pour ma mère, que s'est-il passé ?

— Vous n'êtes au courant de rien ? Je veux dire... êtes-vous vraiment sa fille ? Comprenez ma stupéfaction. Mon père et moi n'en avons jamais rien su ! D'abord, saviez-vous que nous existions ?

— J'imagine que ça doit vous paraître bizarre. J'arrive sans crier gare. Pourtant, je ne pouvais pas téléphoner, je n'avais qu'une adresse ! Enfin, vous êtes David, je présume, celui que ma mère décrit dans une de ses lettres comme un bon à rien.

Je sursautai.

— Ne vous étonnez pas ! Les gens qu'elle côtoyait étaient tous des « bons à rien ». Mais vous vouliez savoir si je vous connaissais ? Disons très peu, puisque vous, à voir la façon dont cette ferme est tenue, vous n'êtes sûrement pas un bon à rien.

Il y eut un silence.

— Alors ? Pour ma mère ? Que lui est-il arrivé ?

— Elle est morte, répondis-je. Je suis désolé.

Ses yeux se remplirent d'eau.

— Excusez-moi de vous l'avoir annoncé si brusquement. Voilà plusieurs minutes que nous tournons autour du pot et je pense que vous vous en doutiez.

— En effet, fit-elle en essuyant d'un geste agacé la larme qui coulait sur sa joue.

— Je regrette ma maladresse de tantôt quand je vous ai dit qu'elle n'habitait plus ici.

— Ne vous excusez pas. Je me doutais qu'elle était morte.

— Comment cela ?

— Eh bien, après nous avoir quittés il y a vingt ans, ma mère a toujours correspondu avec mon père pour avoir de mes nouvelles. J'ai appris par lui qu'elle avait cessé brusquement de lui envoyer des lettres.

Voilà qui expliquait la correspondance des Antilles que j'avais découverte dans le secrétaire et les lettres reçues après la mort de ma belle-mère, que je m'étais contenté de jeter à la poubelle.

— D'où venez-vous, exactement ?

— De Sainte-Lucie, dans les Antilles. En réalité, je suis née à Porto Rico, car ma mère tenait à ce que j'aie la nationalité américaine.

Elle prit une gorgée de café. Je l'imitai.

— J'aimerais avoir des détails sur sa mort, si ce n'est pas trop vous demander.

Je lui racontai alors les circonstances officielles de la mort de sa mère, sans cesser de penser qu'elle avait la nationalité américaine. Ainsi, elle avait droit, pour le peu que je connaisse de la loi, à la moitié de la ferme.

— On n'a donc pas retrouvé son corps ? dit-elle une fois au courant des détails.

— Jamais. Selon l'ancien shérif, elle aurait été enterrée quelque part en forêt avec son chien.

— Et le meurtrier n'a pas été retrouvé non plus. C'est bizarre, non ?

— Votre mère fréquentait des individus louches.

— C'était aussi une sacrée gaillarde dont mon père

avait peur et son assaillant n'a pas dû s'en tirer sans égratignures. Ça laisse des traces, ça.

— On a retrouvé des indices sur les lieux du crime, comme je vous l'ai expliqué. Seulement, ils n'ont pas permis de remonter jusqu'à… celui qui l'a tuée.

J'avais été incapable de prononcer le mot « assassin » parce que je n'avais pas le sentiment d'en être un. Mais si cette périphrase donnait le beau jeu à ma conscience, j'avais peur qu'Anna ait remarqué cet emploi inusité et mon malaise.

— Ça ne va pas ?

Voilà. On remarquait chez moi les petits malaises, mais on ne voyait pas l'assassin sous la carapace. La facilité avec laquelle j'avais échappé à toute tracasserie policière m'étonnait encore, bien que, après en avoir touché discrètement un mot à Minkowski, il m'ait expliqué que la police ne pouvait pas grand-chose quand il n'y avait pas de cadavre. Je me demandais pourtant si l'étrange immunité dont je jouissais n'allait pas disparaître avec l'arrivée d'Anna. Je la regardai. Non, comme tout le monde, elle ne voyait en moi que le mouton, l'handicapé, l'inoffensif infirme, quoi.

— Ce n'est rien, répondis-je en écho à sa question.

Regardant dehors, je vis la vilaine couleur du ciel et sautai sur cette occasion :

— C'est la température. Je suis inquiet pour…

Je n'eus pas le temps de finir ma phrase. L'orage éclata brusquement, déversant une pluie si abondante que je me précipitai pour fermer les fenêtres de la maison. Anna m'aida dans cette tâche et nous revînmes dans la cuisine, essoufflés. Je regardai dehors vers l'ouest et tressaillis en même temps que retentissait un violent coup de tonnerre. Malgré les apparences, mon frémissement était dû à l'humidité qui traversait mes vêtements. Anna l'interpréta autrement.

— L'orage vous effraie ?

Elle était debout derrière moi à regarder par la fenêtre. J'aurais juré sentir sa respiration dans mon cou, ce qui m'arracha un autre tressaillement qu'elle ne vit pas car je me retournai pour lui faire face, surpris qu'elle fût en effet si proche.

— Je suis inquiet pour mes moutons, répondis-je.

— Ils ne sont pas à l'étable ?

— Un petit groupe seulement. J'ai laissé paître la majorité du troupeau sur une île où, malgré la sécheresse, l'herbe est encore verte à cause de la rivière qui la baigne. Et là, j'ai peur qu'un accident fâcheux se répète.

Je lui racontai comment, il y a plusieurs années, nous avions perdu près de la moitié d'un troupeau à la suite d'un violent orage.

— Je m'apprêtais à aller les chercher quand vous êtes arrivée, ajoutai-je.

— Mon Dieu, je suis désolée.

— Ne le soyez pas. La foudre peut-elle tomber deux fois au même endroit ? Je devrais plutôt vous remercier, Anna. Vous nous avez apporté la pluie. Et nous en avions bien besoin.

— Je n'y suis pour rien, voyons.

Je n'en étais pas si sûr. Je me demandais si la fille n'avait pas des dons de sorcière comme la mère. Mais cette idée était absurde. Je ne croyais pas que les hommes puissent commander aux éléments de la nature. La coïncidence était simplement bizarre.

— Vos moutons ne sont pas tondus, au moins ?

demanda-t-elle en voulant mettre une touche d'humour dans cette atmosphère qu'elle sentait tendue.

— Oui, répondis-je avec un sourire. Sauf que la tonte a eu lieu au début du printemps. Leur laine est maintenant assez épaisse pour les protéger de la pluie. D'ailleurs, la sécheresse a rendu leur toison tellement sale que ça leur fera du bien.

— Vous les élevez pour leur laine ?

— Uniquement, oui. Du temps de mon père, nous avions surtout des moutons à viande que je détestais envoyer à l'abattoir.

Un autre coup de tonnerre éclata et la pluie frappa rageusement contre les fenêtres.

— Vous ne pouvez repartir par ce temps, dis-je. Vous devriez passer la nuit ici.

Comme elle sirotait son café sans un mot, j'ajoutai :

— Je peux également vous conduire au motel de Falmouth, la ville la plus proche. Mais il est peu recommandable. C'est vous qui décidez.

— Je passerais volontiers la nuit ici, si ça ne vous gêne pas trop.

— Pas du tout. La maison est grande et je n'ai pas souvent de visite.

En fait, j'aurais aimé l'entendre dire que le motel lui convenait, car l'attirance que j'éprouvais pour elle m'inquiétait. Après tout, j'étais l'assassin de sa mère. Cependant, je me rassurai en pensant que, malgré ses compliments sur mon physique tantôt, mon pied bot me prémunissait contre toute situation fâcheuse. Anna repartirait donc le lendemain.

— Je sais ce que vous pensez, lança-t-elle soudain. Ne vous inquiétez pas, je partirai bien demain.

— Qu'est-ce que je suis censé penser ?

— Pour la ferme… Que je vais faire des histoires parce que ma mère était mariée à votre père.

— Ça ne m'est pas venu à l'esprit, mentis-je.

— Je ne suis pas intéressée par votre ferme, insista-t-elle. Vous y avez vécu et en avez pris soin toute votre vie. Pas moi. Pourquoi détruirais-je cela ? Je n'apporterai qu'une ou deux babioles ayant appartenu à ma mère si, bien sûr, vous n'avez pas tout jeté. Je ne peux me permettre plus. Je voyage léger.

— Il reste bien quelques objets au sous-sol. Mais il commence à être tard. Je vais nous préparer à manger.

Je cuisinai une omelette au fromage, que je servis avec une salade et du pain. Durant le repas, je lui demandai comment elle était parvenue jusqu'ici.

— J'ai gagné la Floride par bateau. Ensuite, j'ai pris l'autocar jusqu'à Chicago.

— Qui vous a déposée dans l'allée ?

— Aucune idée. J'ai fait du stop pour le restant du trajet.

La fin du repas se déroula en silence. Après, je l'invitai au salon et emportai une bouteille de *moonshine* et deux verres.

Elle remarqua tout de suite la peinture au-dessus du canapé, l'une de mes dernières. Elle montrait l'île, les saules et le petit cimetière. Sous les arbres se découpait un homme flou assis au milieu de livres épars et tenant un fusain et une tablette à dessin. Une scène plutôt secondaire, l'accent ayant été mis sur la reproduction du paysage qui se voulait bucolique et onirique. Ainsi, les moutons paissaient près de la rivière où l'herbe était d'un vert tendre, et un croissant de lune se découpait sur un ciel lapis-lazuli. L'ensemble respirait une joie de vivre qui évitait la tourmente romantique pour privilégier un réalisme des formes avec une touche impressionniste dans les couleurs. De fait, la luminosité ressortait jusque dans l'ombre qui prenait des accents bleutés, d'un bleu tout en nuances et à la limite du camaïeu, qui devenait une caractéristique prédominante dans ma peinture.

— C'est magnifique ! s'exclama Anna. Vous avez un grand talent.

Mon nom ne figurait pas sur la toile, et je lui demandai comment elle savait que j'en étais l'auteur.

— À cause des moutons et de la personne qui se trouve sous les saules ! C'est une personne effacée, sombre et mystérieuse. C'est vous, à n'en pas douter.

Elle se retourna pour me regarder.

— Vous êtes différent des hommes que j'ai rencontrés jusqu'à maintenant. Ça vient de votre humilité, je crois, ou de votre douceur. Il y a chez vous quelque chose d'énigmatique, une sorte de blessure cachée, je dirais.

Je m'assis brusquement dans le fauteuil, comme si je pouvais ainsi fermer ma personne que je sentais trop à la vue de ses yeux perçants.

Anna regarda les autres peintures et les dessins que j'avais affichés dans le salon. Elle répéta que j'avais un grand talent et voulut savoir si j'avais déjà exposé.

— Dans ce bled ? Vous riez ?

— Vous devriez. Ailleurs, je veux dire.

Elle m'expliqua qu'elle avait beaucoup voyagé, visité des musées, et ce qu'elle voyait ici l'impressionnait. Mais je changeai le sujet de conversation dont je détestais être le centre en versant le *moonshine* dans les verres et en indiquant sa provenance.

— Je n'en reviens pas que ma mère ait poursuivi son trafic ici ! lança-t-elle en s'assoyant sur le canapé et en prenant le verre que je lui tendais.

J'appris que la vieille Higgins avait commencé à vendre son *moonshine* à Sainte-Lucie et qu'elle était devenue en quelques années très populaire, comme ici, à la différence qu'elle avait dû arrêter à la suite de tracasseries policières et mafieuses. C'était la raison qui l'avait poussée à repartir aux États-Unis. J'appris aussi, ce qui m'étonna beaucoup, qu'elle avait travaillé pour le Centre botanique international de Sainte-Lucie. Le père d'Anna, lui, était un véritable insulaire qui ne parlait que créole et qui était également très versé dans les plantes, car il était une espèce de guérisseur ou un *houngan*, ainsi qu'on les appelle là-bas. Puis Anna me parla de ses voyages, me confiant qu'elle était surtout allée en Asie parce que c'était moins coûteux que l'Europe ou les États-Unis.

— Que faisiez-vous pour vivre ?

— Parfois, mon père m'envoyait de l'argent quand je lui fournissais une adresse. Mais je travaillais la plupart du temps. Il faut savoir user de ses charmes. De tous les pays que j'ai visités, c'est l'Inde que je préfère. Y vivre ne coûte presque rien et les Indiens sont aimables une fois qu'on a percé leur côté farouche. Je suis restée longtemps dans un couvent, une congrégation des sœurs chrétiennes où on m'a accueillie à bras ouverts même si je suis animiste. J'étais là quand mon père m'a annoncé qu'il était atteint du cancer. J'ai plié bagage et suis demeurée à son chevet jusqu'aux derniers instants ; c'est seulement à ce moment-là que j'ai appris que la correspondance entre lui et ma mère avait brusquement cessé. Après sa mort, j'ai décidé de venir voir de quoi il retournait.

Nous parlâmes toute la soirée, buvant les deux tiers de la bouteille de *moonshine*. Si Anna me posa plusieurs questions sur sa mère, mon père et moi-même, j'étais peu loquace. Je l'écoutais plutôt me raconter ses expériences, et je la regardais surtout. Elle était très sexy avec son jean serré et son t-shirt qui moulait avantageusement sa poitrine. Fasciné, je me demandais comment la vieille Higgins avait pu mettre au monde une fille aussi belle. Ce qui était irrégulier chez sa mère gagnait en harmonie chez elle, comme si les gènes du père avaient retouché en artiste de talent les traits agaçants d'un mauvais portrait. Yeux larges, profonds. Bouche sensuelle aux lèvres ourlées. Mâchoire rappelant la statuaire grecque avec fossette au menton. Cheveux châtains qui descendaient jusqu'aux épaules. Elle ne portait aucun maquillage.

Je m'imaginai soudain en train de faire son portrait, esquissant d'abord le nez, fidèle à mon habitude, puis m'attardant aux sourcils. Yeux magnifiques, à la fois ardents et doux, dont je n'étais pas sûr que mon trait, s'il avait été réel plutôt qu'imaginaire, aurait réussi à rendre le contraste. Ce qui séduisait chez elle était ce mélange de délicatesse et de force. Ses joues saillantes et son nez droit exprimaient énergie et détermination, sa bouche longue et sa mâchoire un peu carrée évoquaient une sensualité et une tendance à l'obstination.

Comme j'allais mettre la dernière touche à ce portrait imaginaire, Anna bâilla et je revins à la réalité. Il était temps de songer au coucher. Je l'installai dans la chambre de mon père que je gardais toujours prête pour Jay Haskell, au cas où il aurait dû rester à la maison. Je lui donnai des serviettes pour la douche qu'elle prendrait ce soir ou demain matin et lui souhaitai une bonne nuit.

Je descendis chercher ma peinture sur la véranda. J'avais oublié de la rentrer, la présence d'Anna ayant occupé toutes mes pensées. Heureusement, elle n'avait pas souffert de la pluie puisque j'avais pris la peine de couvrir mon chevalet. Je l'apportai dans une chambre qui servait de débarras, située entre celle d'Anna et la mienne, que j'avais transformée en atelier. Je la plaçai sur mon second chevalet et la contemplai. Elle était presque terminée, et la couleur bleue occupait tant de place que sa présence tournait à l'obsession. Que cachait-elle, cette couleur ? Une recherche effrénée de la pureté ? C'était un mystère et je crus un instant voir se profiler, dans les tons azurés de la toile, le visage d'Anna.

Je gagnai ma chambre, ouvris ma fenêtre pour écouter tomber la pluie qui avait diminué et me déshabillai en gardant mon bas sur mon pied bot dont je ne supportais plus la vue depuis la mort de la vieille Higgins, comme s'il incarnait, à lui seul, le mal qui m'avait poussé au meurtre. Je me rappelle vaguement avoir entendu la douche s'actionner avant de glisser dans le sommeil.

Au milieu de la nuit, un puissant coup de tonnerre me réveilla. Je me levai et fermai la fenêtre, le vent et la pluie s'étant de nouveau intensifiés. La foudre avait dû frapper tout près. Je regardai dehors. Les bâtiments étaient intacts. Je retournai dans mon lit et Anna apparut sur le seuil.

— Vous avez entendu ? dit-elle. On jurerait que c'est tombé juste à côté.

Elle était vêtue d'une camisole légère sous laquelle

je voyais la rondeur de ses seins et la pointe de ses mamelons. Je sentis tout à coup ma bouche incroyablement sèche.

— Je me suis demandé, pour les bâtiments de la ferme… étant donné que je ne peux rien voir de ma chambre. Ils sont intacts ?

— Oui, ne vous en faites pas. Allez vous recoucher.

Mais elle restait sur le seuil, hésitante.

— Et vos moutons ? Vous pensez qu'ils vont bien ?

La foudre avait frappé tout près, et je lui dis qu'il aurait été étonnant qu'ils soient touchés. Et, comme je disais cela, j'essayais de concentrer mon regard sur son visage, sauf qu'il glissait malgré moi vers le triangle que formait son slip, d'où je voyais s'échapper, rebelles, de petits poils châtains.

— Allez vous recoucher, répétai-je. Nous verrons cela demain.

Elle se retourna pour gagner sa chambre alors que la minceur de son slip laissait voir des fesses magnifiques. Je sentis brusquement mes mains, ma bouche, mon corps entier crier leur protestation qu'elle s'en aille. Un autre puissant coup de tonnerre retentit, et Anna se retrouva dans mon lit.

— J'ai toujours eu peur de l'orage, me souffla-t-elle à l'oreille en se collant contre moi.

Je n'y crus pas un instant. Son haleine était fraîche, comme quelqu'un qui s'est brossé les dents avec vigueur pour enlever le goût de l'alcool. Elle avait dû se demander comment me rejoindre dans mon lit. Le dernier coup de tonnerre en avait été le prétexte, simplement. Sa main se promenait sur ma poitrine et son souffle devenait bruyant. J'étais pourtant paralysé, comme si j'avais eu le diable à mes côtés et que je ne devais surtout pas céder à la tentation ! Enfin, n'était-elle pas la fille de celle que j'avais tuée ? N'allait-elle pas hurler en apercevant mon pied bot ? Pour ce dernier, j'étais heureux d'avoir gardé mon bas. Anna glissa son corps sur le mien pour m'embrasser, mais je la saisis par la taille et la retournai sur le matelas. Non, je ne serais pas l'être passif que j'avais été avec sa mère ! Je plongeai à la rencontre de ses lèvres, retirai sa camisole et crus perdre la tête en voyant la splendeur de ses seins. C'était trop beau pour moi ! Trop beau pour l'artiste épris de beauté que j'étais ! Je passai de longues minutes à les caresser comme si j'avais été un sculpteur façonnant une terre glaise dans le but de lui donner une forme parfaite. C'était inutile, la perfection était déjà là, sous mes doigts ! Je m'en emparai autrement en les suçant et en les embrassant partout. Anna soupirait et riait, amusée par tant de dévotion. Puis je m'arrêtai et la regardai. Elle était si belle que j'aurais aimé faire son portrait sur-le-champ et croquer sur le vif chaque contour de son corps. Il était bien question de cela ! D'une main malhabile, j'essayai d'enlever son slip alors qu'elle remontait ses jambes pour me faciliter la tâche. À son tour, elle s'empara de mon caleçon et fit jaillir ma verge à l'extérieur.

— *Bondjyé* !* dit-elle. Tu es monté comme un âne !

J'eus peur que cela la repousse, mais fus rassuré par la direction que prit son visage. Cependant, encore une fois, je ne voulais pas me laisser faire. Je l'éloignai et c'est moi qui plongeai ma tête entre ses cuisses. Anna soupira en caressant mes cheveux. Puis je m'installai

---

* Mon Dieu ! en créole.

entre ses jambes. J'y allai délicatement pendant qu'elle me guidait. Une fois en elle, je restai immobile et, après l'avoir longuement embrassée, je commençai un lent va-et-vient. Je m'élevai au-dessus d'elle pour regarder. J'aimais la douceur de ses cuisses, la courbe évasée de son bassin et le renflement discret de son sexe dans lequel je voyais ma verge aller et venir. Mais j'étais maintenant si excité que je m'affalai sur elle en augmentant la force et la profondeur de mes coups de reins. Nous vînmes ensemble et avec la même intensité. Le lit en trembla et la chaleur qui s'échappa de nos corps parut chauffer toute la pièce. Nous mîmes plusieurs secondes à retrouver notre souffle et, une fois retrouvé, nous n'eûmes de cesse que le perdre de nouveau.

XVII

On aurait dit que la pluie avait goudronné la route qui montait vers l'île, et mon véhicule tout-terrain ne projetait plus la poussière grisâtre qui caractérisait dernièrement chacun de mes allers et retours. Le soleil était revenu et la végétation laissait enfin voir ses couleurs, dont l'orangé des *black-eyed Susan*. Anna m'avait enlacé la taille, et j'étais heureux.

L'île nous apparut. De constater que les saules étaient intacts et que les moutons paissaient tranquillement sur les bords de la rive fut pour moi le signe d'un heureux présage. J'arrêtai le véhicule sous les arbres.

— C'est extraordinaire ! s'écria Anna en descendant. Je pensais que ta peinture avait exagéré la beauté de l'endroit. Au contraire, tu l'as reproduite avec une réalité magique !

Comme Grant Wood* ? Anna saisissait-elle à quel point les derniers mots qu'elle avait prononcés étaient chargés de sens ? Peu importe, j'étais heureux qu'elle soit sensible à la beauté de l'île, une sensibilité que sa mère n'avait jamais manifestée. Je me rendais compte combien Anna était différente et pourquoi elle m'attirait tant.

* Peintre américain régionaliste, célèbre pour ses portraits et ses paysages du Midwest. Son œuvre appartient à un mouvement qu'on a appelé le réalisme magique.

Elle se dirigea vers le troupeau qui s'étirait le long de la rive en le regardant, fascinée. Je la suivis, contemplant les courbes gracieuses de son corps. Qu'il me tardait de la dessiner nue !

— Tu n'as pas de chien ? demanda-t-elle en examinant le troupeau. Pour quelqu'un qui possède autant de moutons, comment fais-tu ?

Depuis la mort de Ricky, je ne voulais pas m'attacher à un autre chien.

— Le véhicule tout-terrain que j'ai acheté m'aide à combler ce manque, répondis-je. Et puis, avec le temps, on apprend des trucs.

L'un d'eux était d'avoir installé une barrière grillagée haute de quelques mètres sur le pont de mon grand-père. Ainsi, quand je partais, je la refermais derrière moi et laissais les moutons paître en toute quiétude. Je savais qu'aucun prédateur ne franchirait ce grillage ni n'affronterait la rivière et son courant.

Nous revînmes vers les saules. En passant à côté du petit cimetière, Anna s'arrêta pour lire les noms sur les pierres tombales. Je les avais fleuries la veille au matin en y transplantant des *black-eyed Susan.* Mais la pluie les avait complètement aplaties et elles ne s'enracineraient jamais. J'entraînai Anna vers un endroit qu'il me tardait de lui montrer, retraversant à pied le pont de mon grand-père et longeant le bord de la rivière en aval. Les deux embranchements formés par l'île se rejoignaient là en provoquant une série de rapides. Une dizaine de mètres plus loin, une chute remplissait en contrebas un bassin ceinturé de sable, créant là un espace à l'abri des regards et du vent. Anna en fut émerveillée. Elle se déshabilla et plongea dans l'eau. Elle riait, poussait des cris de joie. On aurait cru que je n'existais plus. Puis elle me regarda.

— Qu'est-ce que tu attends ?

Je n'osais pas la rejoindre à cause de mon pied bot. Et puis je ne savais pas nager ! Je n'étais venu ici que pour peindre ou admirer la beauté des lieux.

— Je ne sais pas nager, avouai-je, penaud.

— Viens, je vais te montrer. L'endroit est idéal !

Je regardais ses seins qui semblaient flotter à la surface. Mais, plus que la peur de la noyade, mon pied bot me paralysait. Anna comprit, mit ses mains sur ses yeux et se retourna.

— Déshabille-toi ! dit-elle. Je ne te regarderai pas !

Je me déshabillai, gardant néanmoins le bas qui couvrait mon pied infirme, et, arrivé à côté d'elle, je la serrai dans mes bras en sentant mon désir monter contre sa cuisse.

— Attends ! dit-elle. D'abord, je veux te montrer à nager.

Se plaçant sur le ventre, elle s'éloigna de moi. Son bassin, entrevu en un éclair, augmenta mon désir. Je compris son caprice : pas d'étreinte tant que je n'aurais pas fait d'effort. Je m'appliquai et coulai comme une pierre en suivant ses instructions. Cela la fit rire énormément. Elle me montra la planche, eut beau mettre ses bras sous moi, le bas de mon corps m'entraînait constamment vers le fond. Elle me repoussa, mauvais élève que j'étais. Je la rattrapai aussitôt et notre ardeur nous entraîna sur la rive opposée, où je la possédai avec toute la virilité et la force dont j'étais capable. Nos soupirs se mêlèrent aux bruits environnants et notre orgasme fut si fort que nous restâmes longtemps l'un sur l'autre, sortant enfin du néant où nous avions baigné en entendant à nouveau les sons de la chute, des oiseaux, du vent...

En retombant sur le côté, j'aperçus soudain une tête qui se découpait sur le ciel, juste en haut de l'escarpement du bassin.

— Il y a quelqu'un ? souffla Anna en lisant la surprise sur mon visage.

Je posai un doigt sur ses lèvres. Nous demeurâmes immobiles. George Manley ne regardait pas dans notre direction, mais de l'autre côté de la rive avec une attitude sévère. Puis il s'évanouit de mon champ de vision.

— Il nous a vus ?

— Je ne crois pas.

— Tu le connais ?

— Oui... c'est Manley, mon voisin. Nous ne devrions pas être ici. De l'autre côté de la rivière, c'est sa propriété.

— C'est grave ?

— Non, non, je suis plutôt en bons termes avec lui. Par contre, du temps de mon grand-père...

Je lui expliquai la dispute entre nos familles au sujet de l'île. Une vieille histoire dans laquelle Manley prétendait en être propriétaire parce que la rivière du côté de son terrain était moins large et profonde que du nôtre et que, par temps sec, elle devenait traversable à gué. Il exagérait ! Mon père avait mis un terme à ses prétentions en installant la tombe de maman sur l'île selon ses dernières volontés.

En moins de deux, nous fûmes de l'autre côté à nous rhabiller comme des gens surpris en train de commettre une mauvaise action. Nous revînmes sur l'île en nous tenant la main. Une fois près des saules, je regardai, de l'autre côté de la rivière, les terres de mon voisin. Je ne le vis pas. Il pouvait cependant être là, à nous épier derrière un arbre, bien que ce ne fût pas dans ses habitudes de se cacher. Je décidai de laisser les moutons dehors une nuit de plus, le temps étant au beau fixe. Nous prîmes place sur le véhicule tout-terrain et retournâmes à la ferme. La soirée fut calme, mais la nuit, torride.

Le lendemain, Anna me demanda, un brin d'inquiétude dans la voix :

— Si je restais encore quelques jours, ça te dérangerait ?

Si ça me dérangeait ? Je pensais qu'elle me savait amoureux d'elle et que... Au fond, je m'aperçus que rien ne comptait plus à mes yeux que le présent et qu'Anna, plus pragmatique, me rappelait l'existence du futur.

— Pour le moment, dis-je, tu peux demeurer autant qu'il te plaira.

Ma réponse fut accueillie par un large sourire et c'est ainsi qu'Anna s'installa auprès de moi. Bientôt, rien ne fut plus important que ses sourires le matin, son corps chaud le soir, tendre et affectueux au long des jours qui commencèrent à s'écouler à une vitesse vertigineuse. J'en vins à négliger la ferme, et Anna ne pouvait me ramener à la réalité de travaux dont elle ignorait la nécessité ou l'urgence. Elle se mit à cuisiner et me servit de modèle, posant nue la plupart du temps et adoptant des positions parfois si provocantes que, énervé, je laissais en plan mes pinceaux pour lui faire l'amour.

La cuisine exotique d'Anna me plaisait beaucoup. Elle me rappelait celle de la vieille Higgins que j'appréciais sans le dire, me sentant coupable à l'époque de la préférer à celle de ma défunte mère. Pour ma part, j'étais responsable du repas du matin, toujours copieux, alors que nous mangions léger à midi et que, le soir, Anna préparait avec soin un repas gargantuesque. Le quotidien s'installait entre nous avec une rapidité surprenante, comme si nous nous connaissions depuis très longtemps. J'étais chargé, entre autres, d'acheter à Falmouth ce dont elle avait besoin, sauf que son refus de m'accompagner en ville pour ces courses, alors que j'aurais aimé qu'on me voie à son bras, mettait un bémol à mon bonheur.

Était-elle mal à l'aise d'être la fille de Saras Higgins et qu'on la regarde telle une bête curieuse ? Quelles que fussent ses raisons, elle habitait avec moi depuis au moins deux semaines et personne ne connaissait son existence, hormis Cohard qui vint un jour à l'improviste. Il comprit aussitôt, à la vue des dessous féminins qui pendaient à la corde à linge de la véranda, que quelque chose avait changé. Il ne vit toutefois pas Anna, qui était sous la douche à ce moment-là. Il préféra repasser et me quitta avec un brin d'inquiétude dans le regard, comme s'il avait eu peur de ne plus être le bienvenu ici. Je m'étais senti coupable en le voyant partir. Non parce que je ne l'avais pas reçu pour son traditionnel café, mais sa venue me rappelait que je négligeais le travail de la ferme, car il était passé me demander quand je comptais baigner les moutons.

Le bain d'insecticide se donne une fois par année pour éliminer les parasites dans leur toison. Même quand nous possédions surtout des moutons à viande, mon père et moi ne passions jamais à côté de cette nécessité. Or, j'avais prévu faire cette tâche au début de juillet avec Haskell et Cohard. J'en repoussais maintenant l'échéance pour, bizarrement, ne pas créer d'interruption dans le bonheur que je vivais avec Anna. Cela m'amena d'ailleurs à envisager de m'acquitter de cette corvée avec elle seule.

La journée où Cohard arriva à l'improviste, Anna manifesta de la curiosité pour l'endroit où sa mère fabriquait son *moonshine.* Elle me raconta qu'à l'âge de six ans elle était entrée dans une pièce jusque-là interdite. Elle se souvenait de l'odeur acide qui y flottait et de la vue de l'alambic qui, dans sa tête d'enfant, ressemblait à une énorme araignée métallique. Ce fut là que sa mère commença à lui expliquer les secrets de la distillation de son alcool. Mais Anna se disait trop jeune pour avoir retenu grand-chose, et cette leçon fut brusquement interrompue par le départ de sa mère pour les États-Unis.

Anna montra de la surprise quand nous descendîmes au sous-sol; elle s'attendait à ce que la distillerie fût dans un bâtiment de la ferme. Sa réaction, une fois dans l'atelier, ressembla à l'émerveillement d'une petite fille qui découvre une immense maison de poupée. Tout de suite, elle me nomma les différentes parties de l'alambic et leur fonction. Elle s'y connaissait plus que son histoire ne le laissait entendre. Elle regarda aussi avec excitation le contenu des étagères. Quand elle vit le grimoire sur les procédés de distillation, elle l'emporta pour l'étudier. Devant tant d'enthousiasme, j'étais heureux que la cache fût dissimulée par l'affiche.

XVIII

Les jours se bousculaient et roulaient les uns sur les autres comme s'ils jouaient à saute-mouton. Nous atteignîmes ainsi le vingt-sixième jour du mois de juillet. Une belle journée qu'Anna et moi passâmes sous les saules à regarder le troupeau brouter d'un œil distrait et à faire l'amour. Je fis aussi son portrait, le quarante-neuvième. Je peignais avec une fébrilité et une rapidité incroyables à son contact. Et mon bleu prenait de l'étoffe ; il se précisait, se particularisait, devenait le trait dominant de toute ma palette.

Ce soir-là, Anna prépara un mets indien. Elle connaissait bien ce pays, ses coutumes et ses dieux. Elle avait d'ailleurs dans ses bagages une statuette du dieu protecteur des voyageurs dont elle ne se séparait jamais. C'était son côté superstitieux, qui me rappelait celui de ma mère avec sa médaille de saint Michel que j'avais perdue un an plus tôt. Ce côté magique rejoignait son penchant pour la lecture d'ouvrages mystiques, où j'avais parfois de la difficulté à la suivre. Mais l'art nous unissait toujours, et nos échanges prenaient des tournures passionnantes.

Une autre chose nous rapprochait. Anna aussi était enfant unique et n'avait ni parents ni famille immédiate. Nous étions tous deux seuls au monde et, dans mon esprit, c'était comme si je venais de rencontrer l'âme sœur.

Après le repas, nous passâmes au salon et, fidèles à notre habitude, nous prîmes une bouteille de *moonshine*. Là, j'avouai enfin à Anna l'urgence dans laquelle j'étais de désinfecter le troupeau. Elle me reprocha de ne pas lui en avoir parlé plus tôt et me demanda ce qui m'en avait empêché.

— C'est bizarre, commençai-je à lui expliquer, mais je ne voulais pas briser le rythme de notre... bonheur. Surtout en invitant ici des gens que tu ne connais pas. Je peux l'éviter, si tu m'aides.

— Je ne demande pas mieux ! Voilà plus de trois semaines que je suis ici à ne rien faire.

— Voyons, tu cuisines, tu me sers de modèle, tu...

— Je pourrais faire plus, protesta-t-elle.

— Baigner les moutons est un travail difficile.

— Tu me sous-estimes. Je suis plutôt forte pour une femme, lança-t-elle en se tapant la poitrine et en vidant son verre d'un trait pour appuyer la validité de sa remarque.

Je le savais par l'ardeur de ses étreintes. Mais ce geste masculin et le ton de sa voix me rappelèrent sa mère. J'en restai troublé avant que la conversation se poursuive sur d'autres sujets et que j'en oublie l'incident. Bientôt, Anna quitta son fauteuil et vint s'asseoir à côté de moi.

— Anna, lui demandai-je, tu viens faire les courses avec moi demain ?

Elle sembla réfléchir.

— D'accord, répondit-elle contre toute attente. Nous irons en ville demain.

— Pourquoi ne voulais-tu pas venir jusqu'à maintenant ? dis-je, surpris par ce revirement.

— Hum... C'est difficile à expliquer. Ma raison ressemble à celle qui t'a fait remettre ta corvée de désinfection. Or, le temps nous rattrape, David, et il va falloir regarder la réalité en face.

Que voulait-elle dire ? Mon cœur battait à toute vitesse alors qu'elle précisait :

— Je suis amoureuse de toi, oui. Cela doit te paraître bizarre, toi qui grossis tant ton handicap. Tu es pourtant l'homme le plus intéressant que j'aie rencontré. Et, par-dessus tout, tu es un artiste de talent. Tu devrais vraiment vendre cette ferme et t'installer dans une grande ville pour y exposer ta peinture.

C'était Anna qui, la première, m'avait fait prendre conscience de ce talent. Mon père y croyait et m'avait encouragé, bien sûr, mais Anna avait voyagé, visité des musées, vu toutes sortes de choses, et son opinion comptait tellement plus.

— Seulement, en t'avouant cela, continua-t-elle, je suis au supplice, car j'adore cet endroit et j'aimerais y rester avec toi !

Réalisait-elle que je n'avais pas d'ambition artistique ? Mieux, que je ne pouvais vivre sans elle ? En trois semaines, elle avait rempli et inspiré une vie auparavant vide de sens. Il n'y avait qu'à regarder les portraits que j'avais faits d'elle pour s'en rendre compte.

— Moi aussi, je t'aime.

Il n'y eut pas d'effusion ni d'embrassades, car nous en étions à nous avouer ce que nous savions déjà. Un malaise persistait toutefois, quelque chose qui n'avait pas été dit.

— Ton refus d'aller avec moi en ville… Je ne comprends toujours pas.

— Eh bien, c'est qu'une fois là-bas je ne pourrai faire autrement que d'aller voir le shérif.

Mon cœur bondit.

— J'aimerais avoir plus de détails sur ce qui est arrivé à ma mère et savoir s'il est possible de relancer l'enquête. Ça risque d'être une épreuve douloureuse pour moi. Voilà pourquoi j'en reportais l'échéance, comme toi la corvée de désinfection.

C'était donc ça ! Comment n'avais-je pas deviné plus tôt, sinon que l'amour m'aveuglait ? Non que je reproche à Anna son désir, légitime dans les circonstances et que seule notre aventure passionnelle avait retardé, mais, en la poussant à m'accompagner à Falmouth demain, n'avais-je pas précipité notre malheur ?

— Qu'as-tu ? Tu es pâle.

— Ce n'est rien.

Reprenant de l'aplomb, je demandai :

— Tu veux vraiment revenir sur cette histoire ?

— En mémoire de ma mère, ai-je le choix ?

— Les enquêteurs n'ont rien trouvé, alors comment veux-tu…

— Je l'ignore, m'interrompit-elle, mais j'essaierai… David, on dirait que tu veux me décourager dans cette démarche. Si je découvre quelque chose, ça ne peut être que le corps de ma mère ou son assassin.

Sauf qu'il n'y avait plus de corps. Dissous voilà longtemps dans la matière fécale des porcs où je persistais à le croire à sa place et dans la meilleure des sépultures. Depuis, j'avais vidé la fosse et vendu ce purin à un agriculteur de la région. La mère d'Anna continuait donc son émancipation tranquille dans les champs des environs en permettant, avec la force qu'on lui connaissait, à plusieurs espèces de légumes et céréales de pousser avec vitalité. Cependant l'assassin, c'était une autre histoire. Il était là, juste à côté d'Anna.

Je me levai, car la bouteille que nous buvions était vide. À ce rythme, nous manquerions bientôt de *moonshine.* Ce ne serait pas une mauvaise chose d'ailleurs. Mais, pour le moment, cette consommation d'alcool ajoutait à notre euphorie et aiguisait notre sensualité.

Quand je revins au salon avec une autre bouteille, Anna était tout sourire.

— J'ai compris la méthode avec laquelle ma mère fabriquait son *moonshine.*

— Tu es sérieuse ?

— C'est très simple, dit-elle en se penchant pour saisir le gros grimoire dont elle s'était emparée au sous-sol et qui reposait, sans que je l'aie remarqué, à côté du canapé.

— Ah ? J'y ai déjà jeté un coup d'œil, avouai-je en le regardant avec une moue de dégoût, sauf que je n'ai rien compris.

— C'est que tu n'as pas l'esprit mathématique, *mein Süßer.* Pour un artiste, rien d'étonnant !

Je sursautai. Pour la première fois, Anna avait employé une expression allemande qui, comme pour le geste et la voix masculine de tantôt, me rappelait sa mère.

— En revanche, poursuivit-elle en le feuilletant, les mathématiques sont ma matière forte.

Je devais reconnaître, en dépit du cliché, que ce n'était pas la mienne.

— Je crois que je tiens ça de ma mère, elle a toujours été forte dans les chiffres.

Vrai. Elle s'occupait de la comptabilité de la ferme, et son entreprise de *moonshine* montrait bien son habileté en la matière. Mais là n'était pas la question.

— Anna, ce que tu viens de dire, *mein...*

— *Süßer ?* C'est de l'allemand. Maman l'utilisait pour me câliner. Ça signifie « mon petit chou ».

— Tu n'as jamais employé une telle expression depuis que tu es ici.

— Tu as raison. C'est sorti tout seul. Ma mère était très fière de ses origines allemandes du côté maternel, et c'est la première langue que j'ai apprise. Après, l'important pour elle et pour mon père était que j'aie une éducation en anglais. Aussi m'ont-ils envoyée dans une école privée qui leur a demandé quelques sacrifices. Puis les voyages semblaient également très importants pour eux, enfin, pour ma mère. On apprend beaucoup en voyageant, disait-elle. Je sais qu'une fois partie elle n'a cessé de nous envoyer de l'argent pour l'école et pour m'encourager à voyager.

— Je n'ai jamais voyagé, laissai-je tomber, songeur. Et ce que je connais de l'allemand, ce sont les jurons de ta mère.

— C'est papa qui les essuyait à la maison. Avec moi, elle utilisait des mots doux, comme « *mein Küken* » ou « *mein Häschen* », soit « mon poussin » ou « mon lapin ».

— Comme tu as grandi dans les Antilles, tu dois parler créole. J'aimerais t'entendre dire quelques mots.

Elle me considéra un instant, puis déclara :

— *Gadé mwen. Ou pas kònn palé kréyòl, men ou bè e mwen renmen ou.*

— Ce qui signifie ?

— Regarde-moi. Tu ne sais pas parler créole, mais tu es beau et je t'aime.

— C'est une jolie langue.

— C'est plutôt un dialecte qui varie d'une île à l'autre et qui est même parlé ici, aux États-Unis.

— Où ça ?

— En Louisiane.

Bien sûr. La vieille Higgins était née là-bas.

— En tout cas, à cause de l'éducation privée que j'ai reçue, l'anglais est ma vraie langue. Le reste, c'est du folklore pour moi.

Je demeurai un instant rêveur en pensant aux îles et à la mer que je n'avais jamais vue. Toutefois, mes craintes face aux intentions d'Anna d'enquêter sur la disparition de sa mère me revinrent à l'esprit et je perdis ma mine rêveuse. De son côté, Anna se replongea dans le grimoire.

— Tout ce qu'il me faudrait pour recréer la recette, ce sont des pommes de terre. Il est cependant un peu tard pour en planter.

Cette allusion se voulait humoristique, mais je ne pus, dans mon état d'esprit, la trouver drôle. Je remplis nos verres.

— Trinquons, dis-je.

— À quoi ?

— À ton enquête, tiens !

J'avais voulu dire « à nous », sauf qu'une force irrésistible m'avait retenu. Nous trinquâmes. Anna était d'excellente humeur. Quant à moi, je devais sortir de ma morosité sinon j'allais gâcher la soirée. Je bus une gorgée de *moonshine* et finis par me calmer. Demain, Anna n'apprendrait rien de plus que ce que je lui avais expliqué et on ne rouvrirait certainement pas une affaire qui n'avait débouché sur rien de concret et qu'on préférait, de ce fait, oublier. Un instant plus tard, nous sortîmes marcher.

Dehors, la lune était grosse. Sa lueur illuminait les cîmes des arbres en donnant l'impression qu'ils étaient glacés. Nous circulions le long des bâtiments en traînant avec nous la bouteille de *moonshine.* Dans ma tête se bousculaient des idées saugrenues : ayant compris la recette de sa mère, Anna allait-elle se mettre à fabriquer de l'alcool et à en vendre ? Avec le temps, deviendrait-on un couple de pochards ? Enfin, pour le moment, nous étions jeunes et le liquide opalescent, loin de nous alourdir, nous donnait des ailes et une sensation de flottement. Nous gravîmes une petite butte non loin de la bergerie.

— Qu'est-ce que c'est ? demanda Anna en s'arrêtant.

Elle contemplait un gros bassin de béton rectangulaire. Nous étions tombés sur la baignoire qui servait à désinfecter les moutons.

— L'instrument principal de la corvée qui nous attend. Si tu acceptes de m'aider.

— Ivrogne ! Je t'ai dit oui. Comment ça fonctionne ?

— On entasse le troupeau dans l'enclos, là, et on rabat les bêtes dans le corridor clôturé. Au bout, on les prend et on les balance dans la baignoire.

— Mais c'est terrible !

— Quoi ? Qu'est-ce qui est terrible ?

— Ils vont s'assommer !

— C'est une baignoire, Anna. Elle est remplie d'eau !

Elle éclata de rire.

— Idiot ! Je te fais marcher ! Tu cours, même ! J'ai rarement vu quelqu'un d'aussi naïf !

Je ris de ma naïveté en buvant une gorgée de *moonshine.*

— Continue ! dit-elle en interrompant mon rire par une tape sur le ventre.

Elle avait le regard allumé. Si j'avais su que ça l'intéressait à ce point, je lui aurais parlé de cette corvée bien avant.

— Une fois dans l'eau, le mouton nage à l'autre extrémité jusqu'à une rampe. Après, il passe dans une aire d'égouttage qui récupère une partie de l'eau, sans quoi il faudrait remplir constamment la baignoire, car la toison d'un seul mouton emporte plusieurs litres d'eau.

— Ils ne risquent pas de se noyer, justement ?

— Ils nagent d'instinct et il est essentiel de les immerger pour éliminer les parasites. Pour ça, on se sert d'un crochet en forme de S.

— Je comprends. Ce crochet sert autant à leur plonger la tête dans l'eau qu'à la leur retirer. Il reste du pesticide dans cette baignoire ?

— Non, je la nettoie toujours.

Anna sauta dedans à pieds joints. Elle marcha en promenant ses doigts sur les parois. Elle atteignit la rampe puis se tourna vers moi.

— Viens.

Je sautai et j'avançai pendant qu'elle se mettait nue.

— Attends, souffla-t-elle tandis que je l'étreignais. Je vais placer mon pantalon sous moi. Ce sera plus confortable.

Plus confortable ? Sur du béton râpeux qui permettait la remontée des moutons ? Mais, dans les secondes qui suivirent, nous faisions déjà l'amour avec intensité. Ses yeux brillaient d'une couleur orangée pendant qu'elle murmurait que les miens étaient rouges. C'était fabuleux, hallucinant. Bientôt, nous vînmes en hurlant comme des bêtes sous la lune.

XIX

De retour à la maison, nous passâmes sous la douche avant de nous écrouler sur le lit. Nous avions pris l'habitude d'aller dans ma chambre. Anna trouvait cela plus intime ; il régnait dans l'autre de mauvais esprits, disait-elle à la blague. Je ne le savais que trop et nous n'y avions jamais fait l'amour. Soudain, je vis qu'Anna fixait mon pied bot. J'avais oublié de remettre mon bas ! Le *moonshine* était responsable de cette étourderie et j'étais terrorisé. Pourtant, je ne voyais aucune trace de répugnance sur son visage. Que de la curiosité et, même, de la fascination.

— Il est mignon… murmura-t-elle.

— Ne le regarde pas, dis-je en avançant ma main pour détourner son regard.

Elle m'arrêta.

— Non, laisse-moi l'observer.

Je m'y résignai.

— Tu as déjà pensé à t'engager dans un cirque ?

J'étais interloqué. C'était la première fois qu'elle se moquait de moi ! J'en étais à la fois déçu et cruellement blessé.

— Tu ferais fortune, crois-moi !

Je détournai la tête, écœuré. Elle saisit mon menton et m'obligea à la regarder :

— David, tu grossis trop ton handicap ! Essaie d'être moins tragique. Ton infirmité n'est pas si terrible, je vais te le prouver.

Elle embrassa ma cuisse et ses lèvres descendirent vers mon genou… Je voyais où elle voulait en venir et je l'arrêtai. Elle eut la décence de ne pas insister. Si je pensais que la vue de mon pied bot éteindrait ses désirs, ce fut loin d'être le cas : elle se jeta sur moi et nous fîmes l'amour avec tant d'énergie et de passion que, sous la pression de nos acrobaties érotiques, l'un des pieds du lit se brisa, déboîta le sommier et nous projeta sur le parquet avec le matelas.

Nous rigolions tous deux de notre infortune quand un étrange reflet attira notre attention. Le visage d'Anna changea et la scène revêtit aussitôt un aspect affolant. Les rayons de la lune entraient dans ma chambre et ils dessinaient sur le sol un rectangle blanchâtre. J'avais déposé la bouteille de *moonshine* sur le rebord de la fenêtre et elle semblait former un doigt vaporeux — le doigt d'un spectre ! — qui montrait le médaillon qui avait glissé hors de sa cachette. Moi qui le pensais en bas avec les autres objets compromettants, je réalisai mon erreur.

Anna s'approcha. Y avait-il une chance qu'elle ne l'ait jamais vu ? On aurait juré qu'elle n'osait pas y toucher. C'est vrai que, sous les rayons lunaires, les lettres du carré étincelaient de mille feux et le reste du métal paraissait rougi par la flamme. Soudain, elle se le passa autour du cou. Ce geste d'appropriation m'enleva tout espoir.

— Elle ne s'en séparait jamais, chuchota-t-elle sans me regarder.

Elle le contempla, songeuse. Alors, eus-je la berlue

ou les lettres du carré scintillèrent-elles de façon à former son prénom ? Mais Anna continua :

— Elle m'avait dit : « Ce médaillon, ma fille, ce sera la première chose que je te donnerai quand tu reviendras vers moi. Il ne se donne que de mère en fille, et sache qu'il appartenait à ta grand-mère, à ton arrière-grand-mère et à bien d'autres encore avant elles. En te l'offrant, je t'enseignerai ce que tu es, ce que nous sommes. »

« Des sorcières ! » souffla en moi-même une voix que je ne pus retenir.

Anna se tut. Et le silence fut si grand qu'on aurait pu entendre une fourmi marcher sur le parquet.

— Tu l'as tuée, murmura-t-elle en levant les yeux vers moi.

Derrière ses pupilles brillait une colère sourde.

— Anna, dis-je en retrouvant la parole. Je t'assure que...

— Surtout, ne m'assure rien ! Et ne m'appelle plus Anna. Je ne veux plus entendre mon nom sortir de ta bouche hypocrite !

— Laisse-moi t'expliquer, au moins !

— Ce n'est pas à moi, mais à la police que tu dois des explications !

Elle bondit hors de la chambre. Je la suivis. Quand j'arrivai en bas, elle ne s'était pas ruée sur le téléphone tel que je le craignais. Appuyée sur le comptoir de la cuisine, elle regardait par la fenêtre. La lune éclaboussait le haut de son corps d'une pâleur bleutée. Elle inspira longuement, comme quelqu'un qui s'arrête sur une importante décision. Elle se retourna et me fixa.

Je m'attendais à être injurié, mais elle se mit à pleurer. Le choc de savoir que j'étais l'assassin de sa mère faisait maintenant place au désarroi. Finalement, elle se laissa choir sur une chaise et se prit la tête entre les mains. Je m'assis en face d'elle. Je demeurai silencieux. Bientôt, elle releva la tête et demanda :

— Pourquoi ?

Alors je lui racontai tout, les abus, les viols... C'était un torrent de paroles, une confession qui répondait au désir irrésistible de dire à quelqu'un en qui j'avais confiance ce que j'avais gardé en moi trop longtemps. Anna en avait oublié sa peine et écoutait. Elle semblait sinon compatir, du moins comprendre l'extrémité à laquelle j'en étais arrivé jusqu'à ce que je parle de la cache et des diableries. Là, elle montra de l'incrédulité. Sans doute parce que j'insistais trop sur la perception occidentale du terme « sorcière », tandis qu'il évoquait pour elle une guérisseuse avant tout. Je l'invitai à venir avec moi au sous-sol pour lui prouver ce que j'avançais.

— Non. Il y a encore bien des choses que tu ne m'as pas dites.

J'allais trop vite et elle se méfiait. La seule chose dont elle pouvait être sûre dans ce que j'avançais était que j'avais tué sa mère. Elle voulut justement savoir comment je m'y étais pris et, sous son insistance, je lui révélai jusqu'au moyen dont je m'étais servi pour faire disparaître le cadavre, pensant qu'en ne lui cachant rien je me rapprocherais d'elle. Ce fut une erreur.

— QUOI ! s'écria-t-elle.

Elle était complètement indignée que j'eusse refilé la dépouille de sa mère aux porcs. Elle entra dans un tel état de colère que je perdis soudain tout espoir de me réconcilier avec elle. Je devins alors cynique.

— Oui, j'ai fait ça ! Elle se donnait corps et âme à ses cochons chéris ! Eh bien, elle se sera donnée à eux jusqu'au bout !

Les yeux d'Anna devinrent comme fous. Elle s'empara d'un couteau de cuisine.

— Je sais que ma mère n'était pas une enfant de chœur ! hurla-t-elle. Mais elle ne méritait pas cette horrible sépulture !

Elle fonça sur moi. Je réussis à la désarmer. Hystérique, elle me frappa à mains nues. Je tentai de la calmer en la serrant dans mes bras. Elle me repoussa et s'affaissa sur le parquet où elle se remit à pleurer. Je me penchai et lui touchai l'épaule.

— Ne me touche pas ! cria-t-elle en attrapant le couteau qui était tombé près d'elle.

— Très bien, dis-je en reculant. Je te demande juste de m'accompagner au sous-sol. Là, tu verras. J'ai non seulement des preuves qui montrent que ta mère était une sorcière, mais aussi qu'elle a empoisonné mon père et mon chien. Et, si ça n'excuse pas mon geste, ça peut au moins l'expliquer.

Elle sembla se ressaisir.

— Elle a fait cela ?

— Oui. Elle comptait également m'empoisonner. J'imagine qu'elle voulait que la place soit débarrassée des inutiles comme moi quand tu reviendrais vers elle pour que commence, en toute discrétion, ce que je présume être ton initiation.

Ses yeux devinrent un instant songeurs.

— D'accord, soupira-t-elle. Allons voir. Je garde le couteau et tu passes devant.

Nous descendîmes. Arrivés en face du mur de la cache, je déplaçai le bureau et enlevai l'affiche, révélant la porte. Je l'ouvris et Anna regarda le tunnel qui s'enfonçait dans la terre, vide de toute lumière.

— Au bout, il y a une chapelle satanique et…

— Tu me crois assez folle pour aller vérifier.

J'entrai dans le tunnel avec la lampe de poche et m'emparai du livre des poisons. J'attrapai aussi au passage des pots aux contenus écœurants. Je mis toutes ces choses sur l'établi où Anna les examina.

— On trouve plusieurs de ces choses aux Antilles et dans les marchés asiatiques, dit-elle, peu impressionnée par les bocaux.

Elle prit le livre et le feuilleta, tenant toujours le couteau d'une main.

— Sur les pages écornées sont énumérés les poisons qui ont tué mon père et mon chien Ricky, puis celui qui m'était destiné.

Anna s'y attarda pendant que je retournais dans la cache. J'en revins avec le carnet des incantations latines, ma figurine et celle du Dr Kendall. Anna feuilletait toujours le livre et me jeta un regard qui avait perdu une partie de sa férocité et de sa méfiance. Elle n'avait pu que constater les projets criminels de sa mère. Elle saisit ma figurine, et un mystérieux frisson me parcourut.

— Tu es maigre sur cette photo. Mais c'est toi. Il n'y a qu'à regarder entre les jambes de la statuette !

Son ton s'était adouci, et entendre Anna faire un peu d'humour me rassura.

— Est-ce ton père ? demanda-t-elle en indiquant la figurine du Dr Kendall.

Je l'avais apportée parce que je la trouvais très représentative, installée dans sa demi-bouteille de rhum avec sa seringue hypodermique dans le foie.

— Non, c'est le médecin de Falmouth, un alcoolique.

Elle reposa ma figurine et examina le carnet. Je notais beaucoup d'intérêt sur son visage. Ces choses ne semblaient pas lui répugner mais la fasciner.

— C'est bizarre, lança-t-elle après un instant. On jurerait des pratiques occidentales plutôt qu'antillaises. Cette façon d'évoquer le diable en lui donnant toute la place… Un curieux mélange.

— Tu comprends le latin ?

— Je l'ai étudié pendant cinq ans ! Dans ses lettres, ma mère a insisté auprès de mon père pour que je prenne aussi des cours de grec ancien.

— À Sainte-Lucie ?

— C'est un prêtre défroqué qui était mon professeur. Est-ce si étonnant ?

Elle posa le carnet à côté de ma figurine, et ses doigts caressèrent le membre viril au passage, ce qui provoqua chez moi un début d'érection.

— Tout ce que tu m'as dit est vrai, poursuivit-elle, songeuse.

Elle continuait de caresser le sexe de la statuette pendant que je sentais, mal à l'aise, mon érection devenir de plus en plus forte.

— Bon, soupira-t-elle. Je vais jeter un coup d'œil. Auparavant…

Elle glissa la lame du couteau dans les charnières de la porte, de manière à pouvoir enlever les gonds et les jeta dans le tunnel. Elle me remit la porte, me demanda de reculer avec celle-ci jusqu'au fond de la pièce et de demeurer en face de l'ouverture.

— Au moindre mouvement de ta part, je ressors immédiatement.

Sans me quitter des yeux, elle pénétra à reculons dans le tunnel, tenant la lampe de poche d'une main et le couteau de l'autre. Quand elle fut dans la chapelle, le faisceau s'agita, puis la lumière devint plus uniforme. Elle avait allumé des bougies. Je patientai, sachant qu'elle y resterait un certain temps, comme moi la première fois. Cependant, les minutes s'écoulèrent et, bientôt, je remarquai que ni lumière ni son ne provenaient plus de la cache.

— Anna ? appelai-je.

Pas de réponse. Je m'avançai jusqu'à l'entrée et l'appelai de nouveau. Toujours aucune réponse. Je m'apprêtais à la rejoindre quand la lumière se fit et que je la vis revenir.

— Que s'est-il passé ? demandai-je quand elle sortit du tunnel.

— Quoi ? Que veux-tu dire ? fit-elle avec des yeux surpris.

— Tout était noir dans la cache. Je t'appelais et tu ne me répondais pas.

— Il ne s'est rien passé, répliqua-t-elle. Je ne vois pas de quoi tu veux parler.

Elle paraissait troublée.

— Tu as raison pour ma mère, admit-elle finalement. Ce qu'il y a là est… impressionnant.

Elle tenait toujours le couteau, qu'elle serrait convulsivement. Elle remonta à la cuisine où elle se versa un grand verre d'eau qu'elle but d'un trait. Elle semblait accomplir ces gestes de façon mécanique, l'esprit ailleurs.

— Anna, dis-je en montrant le couteau. Est-il nécessaire que tu gardes ça ?

Elle le regarda, surprise qu'il fût dans sa main, et le déposa sur le comptoir.

— Je vais me coucher, dit-elle.

Je la suivis à l'étage. Je ne savais que penser de son attitude. M'avait-elle pardonné ? Qu'en était-il de ses sentiments ? Notre relation demeurait-elle possible ? Pourquoi ce trouble, cette distance, ce soudain désintérêt ? Elle voulait aller se coucher, alors que nous aurions dû parler, au contraire !

— Je préfère dormir dans l'autre chambre cette nuit. J'ai besoin d'être seule. Nous reparlerons de tout cela demain.

Je comprenais, bien que j'eusse préféré la serrer contre moi.

— Tu ne crains plus les mauvais esprits ? répliquai-je avec une touche d'humour sans pour autant lui cacher ma déception.

Elle fit une moue que je ne sus comment interpréter et ferma sa porte en me souhaitant une bonne nuit. J'entrai dans ma chambre. Son parfum y flottait. Je ne pris pas la peine de remonter le lit et me laissai choir sur le matelas, recherchant dans les draps défaits ce parfum tant aimé et l'assurance d'une reprise prochaine de notre idylle. Je m'endormis.

Je fus réveillé dans la nuit par un curieux ricanement. Anna se tenait devant moi, nue avec le médaillon qui brillait sur sa poitrine, alors qu'une autre chose luisait dans sa main : le couteau ! Une voix grossière articula ces mots :

— *Verdammter Klumpfuß !* Tu pensais m'avoir, hein ?

Je remarquai ses cheveux défaits et les traits de son visage déformés par la haine. Anna semblait folle. Son corps avait pourtant toujours la même grâce, mais sa voix, ses mimiques, son visage... Sur le carré magique brillaient les lettres S-A-R-A-S !

— Salaud d'infirme ! s'écria-t-elle. *Talipes varus* de mes deux fesses ! Tu croyais avoir le dernier mot, *nicht wahr* ?

Je basculai de côté et le couteau transperça le matelas. Je me retrouvai acculé au mur pendant qu'Anna se ruait de nouveau sur moi. J'attrapai son bras et lui imprimai un mouvement circulaire qui la projeta à plat ventre sur le sol. Je m'assis sur ses reins pour l'immobiliser. Sa main n'avait pas lâché le couteau, et elle cherchait à l'aveuglette à me le planter dans la cuisse. Son bras semblait doué d'une élasticité prodigieuse.

— Anna, ne cessai-je de répéter. Je t'en prie, calme-toi !

Elle criait, piaffait, se cabrait avec une telle furie que j'avais l'impression d'être sur un cheval qui fait tout pour se débarrasser de son cavalier. J'allais être éjecté de mon étrange monture quand je saisis le médaillon et tirai sur sa chaîne pour garder l'équilibre et la calmer. Le contraire se produisit : elle redoubla d'efforts pendant que ses cris se transformaient en râles. Avec mon poignet, je tournai machinalement la chaîne pour augmenter mon étreinte. Contre toute attente, elle se brisa au faîte du médaillon et s'entortilla derrière le cou d'Anna, formant un nœud redoutable que je tentai aussitôt de défaire, sans y parvenir.

Je courus chercher des pinces. Quand je revins couper la chaîne, Anna ne respirait déjà plus. Je massai son dos pour la réanimer. N'obtenant pas de résultat, je la retournai pour tenter le bouche-à-bouche et vis son visage violacé, ses yeux exorbités et sa langue qui, pareille à une couleuvre, cherchait à s'enrouler autour de son menton ! Je m'écartai et vomis.

Anna était morte ! Mais était-ce bien elle ? Les traits de son visage étaient si déformés qu'on aurait juré qu'il s'agissait de sa mère. Je tâchai de fermer les paupières et de rentrer la langue dans la bouche. Je n'y réussis qu'à moitié. Ne pouvant supporter cette vision, je mis une couverture dessus.

C'est alors que je réalisai l'énormité de mon geste. J'avais tué la seule personne que j'aimais et qui m'avait aimé, même après avoir vu mon pied infirme nu ! Je regardai le corps d'Anna, toujours aussi beau, toujours aussi désirable. Malgré tout, ce n'était plus qu'un cadavre qui commençait son inévitable décomposition. Fou de douleur, je m'étendis sur elle et pleurai en lui tenant la main et en lui parlant de l'avenir, des enfants que nous aurions ensemble… J'étais complètement dévasté. Je ne comprenais plus rien, sinon que j'étais maudit. Et qu'il fallait que ça cesse. Je montai au salon et composai le numéro de la police de Falmouth quand je me souvins que ce n'était plus Cohard le shérif, mais Enright. Cela brisa mon élan. Je raccrochai et me laissai tomber dans le fauteuil. Je restai de longues minutes accablé, à réfléchir.

Il était possible de m'en tirer, une fois de plus. Personne ne connaissait Anna ni n'était au courant de sa venue ici, excepté Cohard, qui ne l'avait toutefois jamais rencontrée. S'il me posait des questions sur son absence, je pourrais répondre qu'elle était en vacances dans le coin et était simplement repartie chez elle sans me donner d'adresse. J'en étais peiné, mais de son côté elle ne voulait pas s'attacher, etc. De cette façon, je n'aurais pas à jouer la comédie quant à la peine que j'éprouvais et que je serais incapable de lui dissimuler.

Je m'étonne encore du sang-froid avec lequel j'envisageai tout cela. Il faut croire qu'en pleine crise je m'en remettais à mon instinct de survie.

Je m'habillai et partis chercher une bâche de plastique dans laquelle je ficelai le cadavre le plus hermétiquement possible. Je le plaçai ensuite dans la cache avec tout ce que j'en avais sorti auparavant, sauf le médaillon. Puis je montai m'occuper des effets d'Anna. Je m'emparai de son sac à dos, ouvris les tiroirs de la commode et le remplis. Je m'arrêtai un instant, attiré par le renflement des poches de côté. Dedans se trouvaient des lettres écrites par sa mère et adressées à son père. Comme elles étaient en créole, je les remis à leur place et vidai la garde-robe. Sur la coiffeuse, je récupérai une bouteille de parfum demeurée ouverte et laissant flotter dans la pièce une odeur suave. J'eus envie de la garder, mais je remis le bouchon, et elle prit finalement la direction du sac. Dans la salle de bains, je récupérai sa brosse à dents.

Je mis le sac dans la cache, réinstallai la porte et l'affiche devant, puis le bureau. Demain, je comptais acheter de quoi la murer. Je pris une douche et allai m'étendre sur le canapé du salon. Pas question de coucher dans ma chambre, le parfum d'Anna s'y attardait toujours. J'essayai de trouver un sommeil qui ne vint pas. La peine était trop grande et mon esprit, constamment assailli par les images du drame. J'avais besoin d'action pour échapper à ces visions obsessives. À six heures moins quart, j'appelai Haskell et Cohard.

XX

Je finissais de rassembler les moutons dans l'enclos quand ils arrivèrent. Les deux hommes avaient accepté, au pied levé, de venir m'aider à désinfecter le troupeau. Chez eux, l'atmosphère était à la blague, mais je n'étais pas dans le coup, ils le comprirent vite. Ils me trouvèrent les traits tirés. Cohard s'étonna, entre autres, de ne pas voir ma nouvelle amie. Je lui déballai le scénario que j'avais préparé et nous nous mîmes rapidement au travail. Haskell plongeait les moutons dans l'eau, tandis que je m'occupais du crochet en forme de S. Cohard effectuait la navette en les poussant vers nous et en les menant de l'aire d'égouttage à l'enclos de séchage. Je lui avais donné cette tâche que je considérais moins lourde, bien que, selon ce que lui avait dit le Dr Kendall, il fût désormais en excellente santé. Enfin, j'avais de la difficulté à me concentrer à cause de ma peine et des scènes du drame qui assaillaient sans cesse mon esprit. Si bien qu'à un certain moment une bête faillit se noyer et je dus sauter dans la baignoire pour la récupérer.

— Qu'est-ce qui t'arrive, David ? me reprocha Cohard en m'aidant à sortir. Tu n'es pas toi-même ! C'est cette fille qui t'a tourné la tête ?

— Je vais prendre une douche, me contentai-je de répondre. Faites donc une pause.

Le pesticide irritait déjà ma peau quand je passai sous le jet brûlant que je transformai à la fin en jet glacé pour me rendre plus alerte. Cela ne donna pas grand-chose. Le chagrin que j'éprouvais me minait. Je n'étais plus moi-même, Cohard avait raison.

Quand je revins, le travail reprit et alla bon train jusqu'à midi. Je mangeai peu, tandis que Cohard se goinfra littéralement dans le but, s'excusa-t-il, d'avoir plus de forces au cours de l'après-midi. Retrouver sa rondeur représentait pour lui un signe de santé. À dix-sept heures trente, nous avions terminé et Jay partit aussitôt. Quant à Cohard, il désirait en savoir plus sur Anna et il s'installa dans la cuisine, poussif. Il semblait épuisé et j'espérais qu'il n'aurait pas un malaise chez moi.

— Alors, David, commença-t-il. Vas-tu me dire qui était cette fille, au juste, et ce qui est arrivé ?

— Ce serait long à expliquer et je suis fatigué, répondis-je pour tenter immédiatement de mettre un terme à la conversation.

— J'ai tout mon temps, répliqua Cohard d'un ton paternaliste.

J'inventai alors d'autres choses, les circonstances de la rencontre, le départ… Au fur et à mesure que je plaçais un mot devant l'autre, cela entrait dans le domaine du probable, puis du possible, puis de la réalité. Mentir semblait devenu chez moi une seconde nature, si ce n'est ma nature même. Enfin, j'étais prêt à raconter n'importe quoi pour que Cohard s'en aille et que je puisse me reposer.

Mais il restait.

— Bah ! une de perdue, dix de retrouvées !

Je ne parvenais pas à croire qu'il me serve pareille fadaise et répliquai sèchement :

— Vous ne comprenez pas ! Anna est...

Je faillis dire « morte » tant j'étais fatigué.

— ... quelqu'un d'irremplaçable, terminai-je.

— Hum... Je comprends ce que tu ressens, David. Je te connais assez bien pour le savoir.

Ah, je déteste les gens qui affirment vous connaître et savoir ce que vous ressentez. Souvent, ils n'ont pas l'empathie nécessaire et ils se trompent grossièrement. Surtout qu'ici rien n'était plus faux : Cohard ignorait qui j'étais en réalité. En fait, je me demande si je le savais moi-même.

— Vous êtes à mille lieues de savoir ce que je ressens ! répliquai-je en haussant le ton. Vous êtes à mille lieues de COMPRENDRE !

— Voyons, David, calme-toi.

Mais je ne me contrôlais plus. La peine était trop profonde, le désarroi, trop grand. Cohard me regarda avec des yeux inquiets.

— Que veux-tu dire ?

— Que j'ai tué cette fille !

Voilà, c'était lâché. Bêtement. Pourtant, l'avouer à quelqu'un me soulagea aussitôt, sauf que Cohard ne me crut pas :

— Je pense que tu aurais intérêt à te reposer, David. Tu racontes n'importe quoi.

— Je ne raconte pas n'importe quoi ! Vous aviez raison quand vous disiez que je n'étais plus moi-même. Je laisse tomber le masque ! Je n'en peux plus ! Appelez Enright. Il est temps pour moi de...

— Il est temps pour toi de dormir et pour moi, de

partir, me coupa-t-il en se levant. J'en ai assez de ces sottises !

— NE PARTEZ PAS ! criai-je.

Devant la force de mon ordre, il se rassit, surpris.

— Son cadavre est au sous-sol. Et Anna, il faut que vous le sachiez, était la fille de Saras Higgins.

Cette affirmation sembla réveiller Cohard d'un coup. Mais pas dans le sens souhaité.

— La fille de Saras ! Tu délires ! Saras n'a jamais eu d'enfant !

— N'en soyez pas si sûr ! Elle a passé une partie de sa vie dans les Antilles. Quand elle est venue s'installer aux États-Unis, sa fille est restée là-bas avec son père.

L'esprit de Cohard parut vaciller.

— Vous savez comme moi que ma belle-mère recevait du courrier des Antilles, ajoutai-je. Tout le monde est au courant à Falmouth. Eh bien, ces lettres étaient envoyées par le père d'Anna.

Cohard semblait maintenant réfléchir à toute vitesse et additionner les éléments. Mais il hésitait encore. J'ouvris le tiroir du comptoir et sortis le médaillon que je balançai sur la table où il alla rebondir sur son ventre. Je venais de me souvenir que je l'avais rangé là, la veille, comme un vulgaire ustensile.

Cohard le regarda et son visage s'empourpra. Il connaissait l'objet pour l'avoir déjà vu, comme bien d'autres gens, au cou de la vieille Higgins.

— Oui, poursuivis-je pour enfoncer définitivement le clou. C'est moi qui ai tué ma belle-mère.

Il n'avait pas l'air bien du tout. Je m'apprêtais à appeler le Dr Kendall quand son attitude changea brusquement. Il s'empara du médaillon et déclara :

— Il y a longtemps que j'essayais de le trouver. Je

me disais que, quoi que tu aies fait du corps, tu ne pouvais pas avoir laissé sur lui un objet d'une aussi grande valeur, surtout qu'il représente la clé d'un joli magot.

J'étais figé, essayant de comprendre. Cohard se mit à rire devant ma figure ahurie.

— Voyons, David, je sais depuis longtemps que tu as tué Saras et, crois-moi, j'ai dû utiliser toute mon influence pour te couvrir.

Il sortit son portefeuille de sa poche, y saisit ce que je pensais être une pièce de monnaie qu'il envoya sur la table. Je m'en emparai et reconnus la médaille de saint Michel !

— J'éclairais le fossé avec ma lampe de poche quand je l'ai aperçue. J'ai relevé la tête et remarqué un bout de branche où il y avait du sang. J'ai aussitôt su que, dans ta précipitation à éviter d'être vu par quelqu'un, tu avais sauté dans le fossé et accroché la chaîne, qui avait cédé. Je l'ai cachée dans mes poches et j'ai cassé l'extrémité de la branche. J'ai continué d'examiner le bord de la route pendant que cet imbécile d'Enright inspectait la camionnette. Déjà, on attendait la police d'État. J'ai jeté la branche compromettante dans la rivière. J'étais surpris que tu sois mêlé à ça. La façon dont la mise en scène avait été construite laissait vraiment croire qu'un rendez-vous clandestin de la vieille Saras avait mal tourné. Et tout le monde savait qu'elle côtoyait des gens louches. Ça collait.

Cohard avait abandonné le ton bonhomme que je lui avais toujours connu et je découvrais un homme froid et calculateur.

— Enright te suspectait. Mais personne n'a réussi à trouver une preuve pour te relier au crime. Disons que l'idée de faire disparaître le cadavre était géniale,

David, car c'est lui qui révèle le plus d'indices et permet d'enclencher tout le processus judiciaire. Sans lui, n'importe quel *district attorney* sait que ses chances de gagner un procès pour meurtre sont infimes. Surtout qu'ici les activités louches de ta belle-mère jouaient en ta faveur. Enright a parlé de ses soupçons à Conway. Il voulait un mandat de perquisition et un interrogatoire. J'ai plaidé pour toi : l'impossibilité dans laquelle tu étais de te déplacer, d'avoir un complice, etc. Conway était alors débordé par une histoire d'homicide dont la victime était un enfant et il m'a donné la corvée de t'annoncer la nouvelle. Entretemps, j'ai appelé le directeur de la police d'État pour m'assurer que personne ne t'ennuierait.

— Pourquoi m'avoir couvert ?

— Question légitime, mais je crois que tu connais la réponse. On travaille toute sa vie pour un salaire de crève-la-faim et pour un régime de retraite qui ne permettent aucune fantaisie, par exemple celle de pouvoir passer le restant de ses jours dans le Sud, mon rêve le plus cher. Or, je connaissais le volume des affaires de Saras. Quand Conway m'a demandé de vérifier ses états bancaires, j'ai pourtant découvert un compte presque vide. J'ai interrogé les caissiers sur ses habitudes et appris qu'elle changeait de fortes sommes d'argent en grosses coupures qu'elle gardait ensuite pour elle. Elle accumulait donc son pognon ailleurs. Et pourquoi ces grosses coupures ? Elles devaient servir à prendre le moins de place possible dans un coffre ou un coffre-fort. Normal, les gens qui ont habité des pays défavorisés, comme Saras, se méfient beaucoup des banques et de l'impôt. Enfin, j'ai fini par apprendre qu'elle repartait chaque semaine avec quelque cinq cents ou mille dollars. J'ai fait le calcul. Si l'on tient compte du moment où elle a commencé à s'adonner à son trafic, il y a vingt ans, elle a dû accumuler, si elle n'a pas fait de folies, au moins deux cents mille dollars. J'ai fait mon rapport à Conway en lui cachant ce détail. S'il était au courant du trafic, il ne l'était pas de son volume et, comme le carnet des clients que tu leur as remis est très incomplet, il n'a jamais vu là qu'un boulot qu'elle avait pour arrondir ses fins de mois.

— Mais vous avez appris ces détails après et vous m'avez couvert dès le départ.

— Parce que je t'ai toujours aimé, David ! Et ta mère aussi. C'était une sainte femme, ta mère. En vérité, j'étais impressionné que tu aies eu assez de couilles pour te débarrasser de la vieille Saras et elle le méritait, la garce ! Et puis, j'avais une dette envers tes parents. Oh, cela s'est passé avant ta naissance. Ils m'avaient accueilli après une dispute avec ma défunte femme et, pendant que ton père était parti la voir pour arranger les choses, j'ai essayé... Disons que ta mère était très belle, David, et j'étais soûl. Pourtant, il ne s'est rien passé de grave ! Elle a réussi à me raisonner. Mais je l'avais un peu bousculée et ton père l'a su. Oh, nos relations ont continué, elle insistait pour faire comme si rien n'était arrivé. Quand elle est morte, ton père ne m'a plus jamais parlé de sa propre initiative.

Son regard devint vague. Quant à moi, je sortais de ma naïveté en découvrant la raison pour laquelle mon père avait mis un terme à son amitié avec lui.

— Après avoir découvert cette histoire d'argent, je savais quoi chercher et j'ai trouvé le coffre-fort lors d'une fouille en ton absence. J'ai vite vu que je ne pouvais transporter ce mastodonte à moi seul et que, même avec un chalumeau, il faudrait un professionnel qui sache où percer. Compliqué et pas très discret quand on est un ancien flic. Il me restait l'option de l'apporter à l'extérieur dans un endroit isolé et de le dynamiter. Mais ça impliquait des complices, un secret dur à garder et une coordination difficile à réaliser avec toi dans les parages. Et comment aurais-tu réagi si tu t'étais aperçu de ce vol ? Je préférais opérer lentement pour que tu ne te doutes de rien. Le coffre ne pouvait pas bouger et, si tu connaissais son existence, les cafés que je venais prendre chaque semaine m'aidaient à m'assurer que rien n'avait changé dans ton train de vie et que tu n'avais donc pas réussi à l'ouvrir.

— Pourquoi ne pas m'avoir mis dans la confidence, avoir fait de moi votre complice ou encore m'avoir fait chanter avec la médaille de saint Michel ?

— Je ne voulais pas de complice, je te l'ai dit. Et s'il y a dans ce coffre le montant que je crois, il n'est pas suffisant pour être partagé si je veux réussir mes projets. Ensuite, cela n'aurait servi à rien de te faire chanter si tu ne connaissais pas la combinaison. J'ai donc décidé d'attendre mon heure pour ne pas perturber ton équilibre. En réalité, te dénoncer en ressortant après des semaines la médaille de saint Michel revenait à me dénoncer moi-même. Non, je te l'ai dit, David, je t'aime bien. Je ne te veux pas de mal.

— Mais vous voulez l'argent.

— Voilà pourquoi je suis resté quand j'ai vu que tu n'allais pas bien et que je t'ai poussé à bout en jouant l'innocent. Je t'ai senti craquer, prêt à tout raconter. Tu ne peux pas te le permettre, David. Il n'y a pas que toi qui sois concerné dans cette histoire.

Je demeurai songeur un moment, puis demandai :

— Qu'est-ce qui vous a fait penser au médaillon pour l'ouverture du coffre ?

— Je me suis souvenu d'une conversation avec Saras au sujet du fait que, même dans les circonstances les plus intimes, elle ne l'enlevait jamais…

Il avait couché avec elle ! Plus j'en découvrais sur Cohard et plus il m'était antipathique. Surtout que je savais maintenant qu'il avait touché à ma mère, le porc ! Il l'avait bousculée ? Rien ne prouvait qu'il n'avait pas été plus loin !

— Nous étions soûls, continua-t-il, et elle m'a laissé entendre que non seulement son médaillon avait une grande valeur, mais que ce qu'il contenait en avait encore plus. J'ai fait le rapprochement. Enfin, je l'ai cherché partout. Où était-il ?

— Entre le matelas et le sommier de mon lit.

— J'ai pourtant regardé ! Habituellement, ce sont des magazines pornos que les garçons de ton âge cachent à cet endroit.

— Il a glissé vers le centre du sommier. Vous n'avez pas regardé assez loin, sans doute, ce qui est étonnant.

— Non, répliqua Cohard, ça ne l'est pas. Tous les policiers connaissent ce phénomène. L'objet recherché est parfois à un endroit si évident qu'il passe inaperçu.

Nous restâmes silencieux un instant. Puis je demandai :

— Pour Anna, vous étiez au courant ?

— J'ignorais qu'elle était la fille de Saras Higgins. Et cette arrivée m'a rendu assez inquiet.

— Justement, pourquoi avez-vous attendu tout ce temps ?

— Le contraire eût été imprudent, penses-y ! Il

fallait que tu te réinstalles dans une routine et retrouves ton équilibre. Si tu craquais, on saisissait le coffre et l'argent ! Et puis le montant dont je t'ai parlé n'est pas assez important pour que je plaque tout du jour au lendemain. Je tiens à préparer ma sortie et je ne veux pas qu'elle soit louche. Je dois vendre ma maison, entre autres, et ce n'est qu'à la fin du mois que j'aurai ma pension complète. J'ai à assurer mes arrières, David, je ne suis pas jeune comme toi ! Imagine si j'avais engagé plusieurs gars et filé avec un coffre-fort qui aurait été finalement vide. Non, il fallait faire les choses en douceur. Mais l'arrivée de cette fille a tout compliqué et, aujourd'hui, j'ai senti que tu étais sur le point de tout dire aux mauvaises personnes.

Je demeurai muet, ne sachant plus que penser. Cohard me demanda alors comment j'avais tué ma belle-mère et ce que j'avais fait de son cadavre. Je ne voyais pas l'intérêt de le lui cacher.

— C'est ce qui s'appelle une vengeance consommée, releva-t-il en grimaçant après m'avoir écouté.

Il s'informa ensuite de Spider. Je lui narrai notre confrontation et sa disparition.

— Tu ne l'as jamais revu ?

— Non. Il a sans doute été bouffé par les coyotes... Ils sont cannibales, non ? Ils ont quand même dû trouver sa chair particulièrement coriace.

Tout en m'écoutant, Cohard jouait nonchalamment avec le médaillon.

— As-tu réussi à l'ouvrir ?

— Non.

— Et le coffre-fort ?

— Si j'avais réussi et qu'il y avait le montant que vous croyez à l'intérieur, je ne serais plus ici.

— Sans doute. L'ouverture du médaillon est compliquée. Je vais devoir l'apporter à un bijoutier. C'est une chose que je savais que tu ne ferais pas. L'objet était trop compromettant pour toi. Même moi, je vais être obligé d'aller loin d'ici pour trouver quelqu'un de discret.

— Le bijoutier n'y arrivera pas. Le médaillon est fabriqué à partir d'un alliage extrêmement résistant. J'ai tout essayé.

— Même un chalumeau ?

— Ce n'est pas une bonne idée. Sous la chaleur, le mécanisme d'ouverture pourrait fondre et se coincer, sans compter que vous pourriez brûler ce qu'il contient. Pensez-y, la combinaison du coffre a dû être écrite sur un bout de papier. Et puis, c'est un objet… diabolique ! Vous auriez mieux fait de le découvrir ! Anna serait encore en vie.

— Comment cela ?

Je lui expliquai toutes les sorcelleries qui se trouvaient au sous-sol, la crise de démence d'Anna qui avait alors à son cou le médaillon, le bris de la chaîne…

— Revenons à l'objet comme tel, proposa-t-il en me voyant devenir très émotif. Tu n'as aucune idée du moyen de l'ouvrir ? Allons ! Tu me révèles un indice et je t'offre la moitié de la somme qui est censée être dans le coffre-fort.

— Vous avez clairement dit que vous ne vouliez pas partager.

— Oui, mais là, ai-je le choix ?

Je haussai les épaules et lui racontai ce que je savais à propos du carré de lettres. Soudain, j'eus une idée. Je lui parlai du carnet d'incantations latines dont les symboles en couverture s'appariaient à ceux du médaillon et prétendis que, pour trouver le code d'ouverture, j'avais pensé à y relever tous les mots dont l'orthographe correspondait à celle du carré quand l'arrivée inattendue d'Anna m'avait empêché de donner suite à ce projet.

Il voulut voir le carnet. Je descendis au sous-sol le chercher et j'eus beaucoup de peine à entrer dans la cache en raison de la présence du cadavre d'Anna. Enfin, je remontai et le remis à Cohard qui le feuilleta minutieusement.

— Je ne savais pas que vous lisiez le latin, ironisai-je en le regardant faire.

— Ne sois pas idiot, répliqua-t-il. Donc, il faudrait trouver des mots que l'on pourrait taper sur ce clavier ?

— Oui, et ça peut être long. Voulez-vous un café ?

— Ouais, fit Cohard en se grattant le ventre. Je crois que je vais en avoir besoin.

Je me mis à la tâche pendant qu'il réclamait un crayon et une feuille de papier. Quelques minutes plus tard, je lui servais son café.

— Holà ! s'écria-t-il après une gorgée. Il est fort !

— Voulez-vous que je le coupe avec de l'eau ?

— Tu me prends pour une mauviette ? Non, je vais le boire comme ça. J'en ai besoin.

Je souris. Cohard notait sur la feuille les mots latins dont l'orthographe correspondait aux lettres du carré. Après un moment, jugeant qu'il en avait assez pour faire quelques essais, il s'arrêta et commença à enfoncer les touches. Je savais qu'il ne découvrirait rien, puisque j'étais déjà passé par là. Du moins accomplissait-il une vérification que j'aurais dû faire moi-même depuis longtemps. Enfin, trois quarts d'heure plus tard, il rejeta le carnet.

— Non, ça ne marche pas ! La réponse doit être ailleurs !

Je saisis le carnet pendant que Cohard réexaminait le médaillon. En effet, me dis-je en regardant ce charabia démentiel accompagné de dessins obscènes, la réponse devait être plus simple et *facile* à retenir. Comme j'avais cette réflexion, Cohard demanda :

— Le prénom de la fille de Saras Higgins, c'est bien Anna ? C'est... comment m'as-tu dit quand ça peut se lire dans les deux sens ?

— Un palindrome.

— Comme le carré de lettres sur le médaillon, non ?

J'avais jadis essuyé un échec en tapant le prénom de ma belle-mère, « Saras », croyant y deviner à l'époque la raison de la singularité de ce « s » placé à la fin. En revanche, le prénom d'Anna me semblait beaucoup plus prometteur. Pourtant, quand Cohard eut fini d'appuyer sur les lettres, le médaillon resta fermé.

— Essayez-les dans l'autre sens en commençant par les lettres du bas, suggérai-je.

Il s'exécuta, sans résultat. Il tenta d'autres combinaisons jusqu'à épuiser les possibilités.

— C'est inutile, dit-il. Je vais devoir l'emporter chez un bijoutier. Et s'il ne peut rien faire, on essaiera à nous deux d'apporter le coffre-fort à l'extérieur et de le dynamiter.

Il mit le médaillon dans la poche de sa chemise et se dirigea vers la porte.

— Surtout, fit-il en se retournant vers moi, ferme ta gueule ! Enright ignore tout à propos de l'argent et, si tu as des remords, appelle-moi. Je la soulagerai, moi, ta conscience. Tu ne voudrais quand même pas que je me retrouve avec toi en prison ?

— Je ne dirai rien, le rassurai-je. Depuis que je sais que je ne suis plus seul dans cette histoire, je me sens mieux.

C'était faux. Que Cohard sache que j'étais un meurtrier ne me rassurait guère et ce qu'il m'avait révélé au sujet de ma mère me dégoûtait de lui.

L'ancien shérif s'engouffra dans sa voiture et partit en trombe. Je sautai juste après dans la camionnette et le suivis de loin. J'espérais qu'il ne réussisse pas à atteindre la route principale quand je vis sa voiture quitter le chemin et aller frapper un arbre contre lequel elle s'immobilisa, laissant entendre le bruit continu du klaxon.

Le « Trois dégouttes » était entré en action exactement une heure après son absorption, comme l'expliquaient les annotations de ma belle-mère. Je l'avais sorti du congélateur, passé un instant sous l'eau chaude, puis glissé dans le café de Cohard pendant que toute son attention était dirigée sur le carnet. J'ignorais si ce poison avait un goût prononcé et c'est pourquoi je lui avais servi un café très fort. Après y avoir ajouté du lait, rien d'autre ne lui avait paru anormal.

J'étais conscient d'avoir encore tué, mais j'avais agi cette fois de sang-froid et avec conviction. D'abord, pour échapper à l'ostracisme de Cohard qui, en toute logique selon moi, ne pouvait que projeter de m'éliminer une fois en possession de l'argent. Ensuite, pour venger ma mère. D'ailleurs, ce poison, créé à partir de la chair de mon père, était comme si je lui avais permis, lui, de venger l'affront qu'elle avait subi.

Je récupérai le médaillon en ne touchant à rien directement. L'ancien shérif avait les yeux mi-clos et la bouche affreusement tordue. Il ne restait qu'à espérer que le livre dise vrai sur le côté indétectable du « Trois dégouttes ». Mais il aurait été étonnant que ma belle-mère eût pris un risque avec la façon dont elle désirait se débarrasser de moi. Je m'en remettais donc à son savoir-faire de vieille empoisonneuse.

Je revins chez moi, laissant au premier badaud qui passerait le soin de rapporter l'accident à la police.

XXI

De retour à la maison, je passai une bonne heure à rafistoler mon lit, puis je changeai les draps dans lesquels le parfum d'Anna s'attardait toujours. Je fis de même avec ceux de sa chambre et c'est alors que je remarquai un passeport dont la couleur s'appareillait à celle de la table de chevet sur laquelle il reposait. Il m'avait complètement échappé la veille ! Je l'ouvris et tombai sur la photo d'Anna. Je ne pus retenir mes larmes. Et c'est avec la vision brouillée que je regardai défiler les dates d'entrée et de sortie des pays qu'elle avait visités. Puis je constatai qu'elle avait un double nom de famille : Tenet Santana ; et que son prénom complet était : Annettenna. Cette découverte me rappela le code du médaillon. Il fallait que je vérifie quelque chose. Je descendis au sous-sol. Une fois de plus, il m'en coûta beaucoup de retourner dans la cache, réalisant néanmoins ma chance de ne pas l'avoir encore murée. Je pris les lettres dans le sac à dos et les examinai. Quand la vieille Higgins parlait de sa fille à son ancien mari, elle l'appelait bien Annettenna ou « Ana » avec un seul « n », un détail trop souvent répété pour être une omission. J'inspectai la signature du passeport. Anna signait pourtant son prénom avec deux « n ».

Je remontai, impatient de tester ma trouvaille. Mais, au moment où j'allais ouvrir le tiroir dans lequel j'avais replacé le médaillon, on frappa à ma porte et Enright pénétra dans la cuisine sans enlever son chapeau. Il commença par une question banale dont il se foutait éperdument de la réponse :

— Je te dérange, David ?

— Pas du tout, mentis-je. Que puis-je faire pour vous ?

— J'ai une mauvaise nouvelle. Bob Cohard est décédé.

Je feignis d'être atterré.

— Sa voiture a quitté la route et frappé un arbre. Apparemment, il a eu un malaise. Une crise cardiaque, selon les constatations de Kendall.

Je ne disais toujours rien.

— Ça s'est passé près d'ici. Tout porte à croire qu'il venait de partir de chez toi.

— En effet, confirmai-je en retrouvant la parole. Il est venu m'aider, avec Haskell, à désinfecter le troupeau.

— Bon. Dans ce cas, j'ai quelques questions à te poser pour l'enquête.

— L'enquête ? N'avez-vous pas dit qu'il était mort d'une crise cardiaque ?

— Justement. Pure routine.

Pure routine ? Il répondait sans doute à l'envie qu'il avait toujours eue de m'interroger.

— Si tu nous faisais du café ? proposa-t-il en s'assoyant.

— Je n'en ai plus. Vous voulez un verre d'eau ?

— Non, merci.

— Alors, entrez donc dans le vif du sujet, qu'on en

finisse. Vous n'êtes pas venu ici que pour m'annoncer la mort de Cohard.

Enright sourit à moitié, puis enleva son chapeau.

— Je te remercie de me souhaiter ainsi la bienvenue, répliqua-t-il en se grattant le sommet du crâne. Je voudrais quand même connaître les détails de la journée qu'il a passée ici.

Devant son acharnement, je finis par lui raconter la journée, contrarié. J'insistai sur le fait que Cohard avait travaillé trop fort à mon avis et que, c'était vrai, il avait trop mangé. Jay Haskell pourrait témoigner de cela.

— À t'entendre, on dirait quelqu'un qui avait envie de se suicider.

— Je vous raconte seulement ce qui est arrivé.

Une fois de plus, Enright sourit à moitié. Sa fameuse mâchoire carrée en forme de tiroir-caisse avait quelque chose d'angulaire qui rappelait un robot de bande dessinée et faisait en sorte que tout sourire se transformait chez lui en un rictus crispé. Ses yeux gris-bleu, ressemblant à de la glace pilée, accentuaient la fixité de son visage.

— N'est-il pas étrange, fit-il, la moue méprisante et la voix ironique, que tous les gens qui te fréquentent de trop près tombent comme des mouches ? Ton père, ta belle-mère, Cohard... Et votre chien... Mort, le cabot ! Sans compter l'autre, là, le molosse. Franchement, si ta mère était morte en couches, le tableau serait parfait ! On jurerait qu'il y a une espèce de malédiction qui te colle à la peau, David. C'est quand même moche de porter malheur à ce point.

Enright me dégoûtait, sauf que je restai stoïque pendant que son regard errait à travers la cuisine en quête de je ne sais quoi.

— Il flotte chez toi une odeur de pourriture, dit-il en plissant le nez. Un peu comme la première fois où je suis venu.

Je devins pâle. J'avais laissé la cache ouverte. Même si le cadavre d'Anna était bien ficelé, il s'en dégageait tout de même une odeur et je craignis soudain qu'Enright, sous un prétexte quelconque, veuille descendre au sous-sol.

— Écoutez, dis-je en gardant mon calme, où voulez-vous en venir ? La journée a été éprouvante et je voudrais me coucher.

— Où je veux en venir ? releva Enright.

Le bas de la mâchoire eut un brusque mouvement en avant, laissant sa lèvre inférieure ouverte en donnant l'impression que le tiroir-caisse attendait qu'on mette une pièce de monnaie pour qu'il se referme.

— Je te l'ai expliqué, continua-t-il en rentrant le menton. La mort de Saras Higgins, celle de Cohard, reliées au même endroit, pointant vers la même personne.

— C'est un simple concours de circonstances !

— Simple ? Disons un *curieux* concours de circonstances.

— Ces personnes ne sont pas mortes au même endroit comme vous le prétendez. Ma belle-mère est morte, enfin elle est disparue, à des kilomètres d'ici ! Et je n'avais aucun moyen de me rendre là-bas et de revenir à la ferme, vous le savez bien.

— Oui, oui, le coup du pauvre infirme qui n'a ni les moyens ni la capacité de se déplacer. Il n'y a que les naïfs comme Cohard pour croire ça. Pas moi. Conway non plus. Mais on a dû laisser tomber. C'est que le petit bonhomme avait de la protection ! Or, je suis convaincu que Saras Higgins est morte ici. Après l'avoir tuée, tu t'es servi de la camionnette pour brosser à notre intention le joli tableau que nous avons retrouvé là-bas. Car tu es un artiste, David. Et les artistes savent faire les choses avec art.

— C'est stupide ! rétorquai-je. La camionnette est restée là-bas, non ? Je n'ai quand même pas fait du stop pour regagner la ferme ni marché en piquant à travers monts et forêts !

— Bien sûr que non. Tu as emprunté le train de marchandises de la Nationale pacifique qui passait près de la scène du crime.

J'encaissai le coup sans broncher. Se pouvait-il que Cohard lui ait fait part de certains soupçons au tout début de l'investigation ?

— Allons, Dave, avoue donc. Cela soulagera ta conscience.

— C'est ridicule. Comment aurais-je pu emprunter un train en marche ?

— *Primo* : ne jamais sous-estimer un handicapé. *Deuzio* : je compte sur toi pour me l'apprendre.

— Eh bien, vous allez attendre longtemps puisque j'étais ici et dormais à poings fermés.

— Oh, je suis patient. Tu sais qu'à l'époque de la disparition de ta belle-mère j'ai suivi la voie ferrée sur près de cinq kilomètres dans l'espoir de découvrir un indice ?

— Vous êtes un obstiné, Enright. On voit que vous aimez les causes perdues.

Malgré mon cynisme, je mesurais encore ma veine que Cohard ait trouvé la médaille de saint Michel.

— J'ai d'ailleurs payé deux gamins pour qu'ils parcourent les deux côtés de la voie jusqu'à la hauteur de ta propriété, poursuivit-il. Ils m'ont apporté leurs trouvailles. Des bouteilles de coca, des mégots de cigarette, des éclats de verre…

Je demeurais calme. Je me rendais compte qu'Enright essayait de m'éprouver et qu'il le faisait par orgueil, histoire de me montrer qu'il n'était pas dupe. La mort de Cohard était pour lui l'occasion d'une confrontation attendue depuis trop longtemps.

— Enfin, j'ai pensé qu'après toutes ces épreuves, David, je veux dire tous ces morts, tu aurais envie de soulager ta conscience.

Il n'avait pas complètement tort. Mais si le prétendu aveuglement de Cohard m'avait poussé à la confidence, les soupçons d'Enright produisaient l'effet inverse.

— Si j'avais envie de soulager ma conscience, ce n'est pas avec vous que je le ferais. Mais ma conscience est nette et je n'ai rien à me reprocher.

— Bon, se résigna-t-il en se levant et en mettant son chapeau sur son crâne, s'il t'en vient malgré tout le goût, tu sais où me joindre.

Je ne le raccompagnai pas à la porte.

— Et n'oublie pas de faire le ménage, hein ? Je pourrais revenir avec un petit mandat.

Cette menace ne m'intimida pas. Le simple fait de brandir le spectre du mandat détruisait toute chance de me surprendre. Enright le savait et ne cherchait qu'à m'effrayer.

— La prochaine fois que vous viendrez, répliquai-je, ce sera propre comme un sou neuf. Et désolé pour toute la saleté présente, j'ignorais que vous alliez passer.

— Oh ! il n'y a pas de faute, dit-il. Quand on a vécu une partie de sa vie avec les cochons…

Il sortit. Je regardai sa voiture quitter la propriété et poussai un soupir de soulagement. Je fermai la porte à double tour et descendis dissimuler la cache. Le lendemain, j'irais chercher du matériel pour la murer. Je montai à ma chambre, m'installai sur mon lit avec le médaillon et enfonçai les lettres « Annettenna ». Il ne s'ouvrit pas. Je n'en fus pas surpris : ce nouveau prénom permettait plusieurs combinaisons possibles. Je commençai une série à partir du A d'AREPO. Puis j'essayai avec les autres mots successivement avant de réaliser que c'était beaucoup trop compliqué ! Comment la vieille Higgins écrivait donc le prénom de sa fille ? Avec un seul « n » ? Et si c'était aussi simple ? J'enfonçai les trois lettres de « Ana » et je poursuivis en ajoutant le nom de famille, « Tenet ».

Le médaillon s'ouvrit et, comme une boîte à surprise, libéra une foule de petites choses qui s'éparpillèrent sur le lit. Il y avait une minuscule photo d'Anna qui remontait à l'époque où la vieille Higgins l'avait quittée ; une boucle de cheveux châtains liée par un ruban rouge sur lequel figuraient les initiales « A. T. » ; un trèfle à quatre feuilles ; une dent de loup ; la griffe d'un quelconque animal et, finalement, un petit parchemin retenu par une cordelette noire. Je le déroulai et une émeraude s'en échappa. J'avais sous les yeux une énigme adressée à Anna. Elle était écrite à l'encre verte et dans un style compliqué :

À toi, Annettenna Tenet, fille de Saras, de Tanat,
de Sarattaras, et cetera,
toi dont le centre est la perfection, l'envers et
l'endroit, le vice et le versa,
crois au mystère :

de un fais dix.
Laisse passer deux et trois,
ainsi tu t'enrichiras.
Perds le quatre,
de cinq et six,
la sorcière le dit :
fais sept et huit
qui réunissent de même.
C'est là que finit
l'œuvre de la sorcière :
si neuf est avec un,
dix est absent.
Voilà le mystère.
Et le mystère est en ton nom, total magique qui recrée
la somme des quatre premiers nombres à l'endroit
quand, de l'alpha à l'oméga, le rang des lettres reste inébranlable
pour définir la combinaison de notre croisée ouverte.

Voilà que je tombais sur un autre mystère ! Avec des mots comme « tu t'enrichiras », il était clair que ce message cachait la combinaison du coffre-fort. Mais il prenait la forme d'une épreuve initiatique. Et je réalisai que le coffre ne devait pas que contenir de l'argent, mais sans doute aussi des choses pour garantir l'initiation d'Anna. « C'est là que finit l'œuvre de la sorcière » semblait en effet signifier que la vieille Higgins était prête à passer le flambeau à sa fille et qu'elle avait de grands projets pour elle.

Je n'avais pas le cœur à me lancer ce soir dans la résolution de cette nouvelle énigme. Je remis tous les objets dans le médaillon et le refermai à demi, remarquant au passage le mécanisme qui servait à programmer le code et à régler l'ouverture, un curieux engrenage de tiges de métal qui glissaient les unes contre les autres en créant une série d'espaces. Il fallait de toute évidence être initié pour le comprendre. Je cachai le tout dans le tiroir de ma table de chevet.

Cette nuit-là, je fis un drôle de rêve. Je descendais dans l'atelier de la vieille Higgins où je la découvrais en train de s'affairer à son établi. Les lieux étaient envahis par la fumée et par une forte odeur de soufre. L'alambic crépitait tandis que s'écoulait, goutte à goutte, un liquide verdâtre recueilli par une coupe de cristal. Ce liquide irradiait, et l'endroit ressemblait vraiment à un antre de sorcière. À gauche, la porte de la cache était ouverte et une lumière rouge en émanait, variant d'intensité comme une pulsation. Juste à côté se trouvait l'étrange secrétaire dont la peinture était couverte de feuilles de papier noircies où Anna, assise nue sur une chaise, travaillait.

— Ah, tu es là, toi ! lançait la vieille Higgins en m'apercevant. Regarde, *talipes varus* ! Ma fille va résoudre le mystère… Elle en est capable, elle ! Elle a l'esprit mathématique et pas la tête en l'air d'un artiste !

Je regardais Anna qui griffonnait une série de formules à l'aide d'une plume d'oiseau verte qu'elle trempait dans un encrier en forme de diablotin. Le parchemin de l'énigme était sur le bureau avec l'émeraude placée dessus. Elle s'y référait constamment.

— Eh bien, ma fille, eh bien ? lançait la vieille Higgins en s'impatientant.

Pendant qu'Anna continuait de s'affairer, le liquide verdâtre s'égouttait dans la coupe de cristal : ploc,

ploc… Un bruit subtil qui semblait faire écho à la pulsation rouge de la cache.

— *Zum Teufel*[1] *!* s'écria ma belle-mère. Je crois que tu vas avoir besoin d'aide, ma fille ! L'esprit mathématique, c'est beau, mais il te faut aussi l'intuition !

Anna se tourna vers sa mère et lui jeta un regard de reproche.

— Je sais, ma fille, je sais, disait la vieille sorcière. Je te parle du pouvoir qui permet de *voir* derrière les choses. Ce troisième œil est capricieux et il a parfois besoin d'aide !

Elle se dirigea vers l'alambic et prit la coupe de cristal pendant que sa fille la rejoignait. Je remarquai alors qu'Anna était enceinte ! Ma belle-mère surprit mon regard.

— C'est prévu pour la prochaine pleine lune, m'envoya-t-elle. Eh oui, c'est toi qui l'as mise dans cet état, *verteufelter Klumpfuß !* Enfin, pas toi, mais ça ! ajouta-t-elle en indiquant mon pied bot. C'est l'œuvre du diable, et celle qui naîtra sera notre maîtresse à toutes ! Voilà pourquoi tu as survécu, *talipes varus* ! Toi dont j'ai pourtant essayé de me débarrasser par tous les moyens !

Anna s'apprêtait à boire à la coupe quand sa mère l'arrêta, saisit l'émeraude et la plaça dedans ; elle remua le liquide, gratta une allumette et enflamma l'alcool.

— Tiens, dit-elle à sa fille. *Trink! Bois-li*[2] *!* Et la lumière se fera en toi. Après, il faudra le lui couper. Nous le mangerons pour célébrer la résolution de l'énigme.

---

1. Par l'enfer !
2. Bois ! Bois !

Avec ces enchaînements illogiques qu'empruntent souvent les rêves, je vis que la vieille Higgins tenait dans ses mains le couteau avec lequel Anna m'avait menacé et qu'elle reluquait mon pied bot.

— Il fera un bon gigot, lança-t-elle en ricanant.

Anna but d'un trait le liquide. Puis elles se mirent à rire en fixant ma difformité.

Je me réveillai et ne dormis pas du reste de la nuit, hanté par l'idée que j'aie pu mettre Anna enceinte. Je passai mon insomnie à travailler sur l'énigme et, après l'avoir lue vingt fois peut-être, je me demandai si elle n'avait pas quelque chose à voir avec le carré de chiffres du médaillon. Je me rappelais en effet que le Dr Kendall, parlant des origines allemandes de ma belle-mère, avait affirmé qu'on y faisait allusion dans le *Faust* de Goethe. Il avait même précisé que c'était dans le passage où la sorcière donne à Faust le philtre de jouvence. Comme il était question d'une « sorcière » et que la vieille Higgins en était une, il me parut primordial de lire ce passage. Le seul endroit où je trouverais un exemplaire du livre serait à la bibliothèque de la MSU* à Billings. Ça tombait bien. J'avais du matériel à acheter loin des regards indiscrets et j'en profiterais pour rencontrer un agent immobilier. Car, avec la mort d'Anna et surtout à cause de ce qu'elle m'avait confié sur mon talent, je jonglais désormais avec l'idée de vendre la ferme et d'aller m'installer ailleurs, dans une grande ville, pour tenter ma chance avec ma peinture.

Au petit matin, je sortis les moutons qui, depuis le bain d'insecticide, étaient demeurés dans la bergerie.

---

* Montana State University.

À l'aide de mon véhicule tout-terrain, je les amenai à l'extrémité ouest de la propriété, leur fis traverser le pont et les laissai près des saules. Le troupeau se dirigea vers son endroit favori où il commença à paître. La journée était radieuse et l'île, splendide. Je pensais à vendre, vraiment ? Soudain, j'aperçus près de la rivière mon voisin et son profil de rapace. Je m'approchai.

— Bonjour, monsieur Manley ! lançai-je en arrivant près de lui.

Quelque chose clochait chez lui. Il avait les mains dans les poches et, au lieu de me regarder de biais, méfiant et présentant son profil d'oiseau de proie, il restait devant moi et fixait l'eau.

— Bonjour, David. Bonjour.

Je compris alors ce qui n'allait pas : il ne portait pas son fusil ! J'avais l'habitude de le voir avec cette arme dont le canon pendait à son avant-bras, pareil à un long bec qui ne faisait que renforcer son air carnassier. Mais il n'en avait plus besoin depuis que la vieille Higgins et son chien avaient disparu.

— J'aurais dû apporter ma canne à pêche, dit-il comme pour lui-même. Je ne m'attendais pas à voir autant de poissons dans la rivière…

J'avais oublié qu'il s'installait parfois en face de l'île pour pêcher. C'était sa façon à lui de revendiquer son droit de propriété. Enfin, j'avais beau regarder dans l'eau, je ne voyais aucun poisson. Mais Manley avait des yeux perçants.

— C'est cette grosse pluie que nous avons eue il y a plusieurs jours. Ça les a agités et, depuis, ils ne se calment plus.

— Vous parlez bien des poissons ?

— Oui.

Un silence s'installa.

— Tu te débrouilles plutôt bien, reprit-il, depuis que la vieille folle n'est plus là. C'était une bonne idée de revenir à l'élevage des moutons. Tu as le terrain pour ça, surtout avec l'île.

— C'est vrai. Et vous, comment vous débrouillez-vous ?

Il leva les yeux, surpris que je m'intéresse à lui.

— Oh, ça va, répondit-il. Mes deux fils sont partis pour la ville, tu le sais, sauf que mon plus jeune éprouve des difficultés et j'aimerais bien qu'il revienne à la ferme. Mais il est fier. Ça prendrait quelque chose pour le faire revenir.

Comme la matinée avançait et que je devais aller à Billings, j'allais prendre congé quand il me lança :

— Si j'étais toi, David, je serais prudent.

Je le regardai, intrigué par ses paroles.

— Il va y avoir de l'orage, du très gros orage.

— Vraiment ? dis-je en observant le ciel magnifique qui s'étalait au-dessus de nous.

— Oh, pas maintenant. Cette nuit. Je te dis ça pour tes moutons. Sachant ce qui vous est déjà arrivé, je ne les laisserais pas sur l'île cette nuit.

Je le regardai, toujours intrigué.

— J'ai une sensibilité particulière à l'œil gauche, ajouta-t-il. Quand il tressaute, c'est le signe d'un brusque changement du temps. Jusqu'à maintenant, il ne s'est jamais trompé.

Je les ramènerais à mon retour de Billings pour ne pas courir de risque, pensai-je. Puis je quittai Manley et me rendis à la grande ville. Dans une quincaillerie, j'achetai de la brique, du mortier, du ciment, de la peinture et une truelle. Je me dirigeai ensuite vers la bibliothèque de la MSU où je trouvai plusieurs exemplaires du *Faust* de Goethe. Mon instinct ne m'avait pas trompé : la vieille Higgins s'était servie du passage où la sorcière récitait une incantation. En vérité, la cinquième jusqu'à la dix-huitième ligne de l'énigme était une reproduction du texte de Goethe. Mais en quoi cela m'avançait-il ? Le passage restait aussi sibyllin ! Je tentai de trouver dans des livres qui analysaient *Faust* s'il n'y avait pas une étude de ce passage.

Plusieurs en parlaient. Apparemment, c'était un passage célèbre dont les traductions et les interprétations variaient. Une interprétation retint mon attention, cependant, car elle semblait faire référence au carré de chiffres du médaillon. En se basant sur les analyses d'un certain Cazalas, on découvrait que l'incantation de la sorcière montrait comment modifier le carré naturel des neuf premiers nombres en carré magique de Saturne, la divinité qui préside aux maléfices démoniaques. Ainsi, le carré naturel

1	2	3
4	5	6
7	8	9

devenait

1 + 9	2	3
7	8	
5	6	4

car, dans l'incantation, « perds le quatre » voulait dire en réalité « rejette-le à la fin » ; « qui réunissent de même » signifiait de faire pareil pour le 5 et le 6. On précisait que le carré ainsi obtenu répondait aux exigences de la magie arithmétique, bien qu'il fût irrégulier. C'était un peu compliqué et s'ensuivaient des figures géométriques et des nombres reliés entre eux qui confondaient le piètre mathématicien que j'étais. Je notai néanmoins les premières informations, convaincu d'avoir progressé vers la résolution du mystère. Quand j'eus terminé, l'après-midi était bien avancé, mais je devais encore rencontrer un agent immobilier.

Je consultai deux agences avant de trouver un vendeur qui voulut me recevoir, un certain Peter McCormick. La secrétaire, à qui j'expliquai mon affaire, me pria de patienter pendant qu'elle allait faire part de mon cas à l'agent. Quelques minutes plus tard, un homme souriant se dirigea vers moi et m'invita dans son bureau.

Après m'être assis, ma démarche me sembla complètement prématurée.

— Alors, commença l'agent, en quoi exactement puis-je vous aider ?

— Je possède près de Falmouth une ferme que je désire vendre.

— Oui, oui. Ma secrétaire m'a mis au courant.

Il devait s'attendre à ce qu'un jeune de mon âge cherchât une maison à acheter plutôt qu'une ferme à vendre. Il se frotta le bout du nez avec son index, avant de poursuivre :

— Je vais avoir besoin des titres de propriété, de l'évaluation du comté et je devrai me rendre sur place.

— Le plus tôt sera le mieux, m'entendis-je répondre. Je vous remettrai les papiers à ce moment.

— Très bien. Je peux passer demain, disons à la même heure. Ça vous irait ?

— Oui.

— Parfait. Décrivez-moi un peu votre propriété.

Je la lui décrivis, insistant sur la beauté de l'île. Quand j'eus terminé, il y eut un léger silence pendant lequel il continua de prendre des notes. Je demandai :

— Combien de temps mettez-vous pour vendre une propriété ?

— Ça dépend du marché. Environ de trois à six mois. Je suis un assez bon vendeur.

Et, comme pour prouver ce qu'il avançait, son regard se promena sur le mur à sa droite où étaient accrochées des mentions d'excellence.

— Je mets beaucoup d'énergie les deux premiers mois, continua-t-il. Ensuite, je relâche et laisse filer, comme pour un poisson qui mord à l'hameçon. Vous voyez, c'est…

— Très intéressant, ajoutai-je.

— Oui, bon. Néanmoins, je ne vous cacherai pas que nous sommes présentement dans un marché de vendeurs plutôt que d'acheteurs. Et puis une ferme, c'est toujours plus difficile.

— Quel pourcentage demandez-vous ?

— Sept pour cent.

— Je vous en offre dix, m'entendis-je lui proposer sans y croire, si vous réussissez à vendre ma ferme dans les deux prochains mois.

Ma soudaine ardeur à vouloir vendre me surprenait.

— D'accord, dit-il. J'en ferai une priorité.

Ne voyant plus la nécessité de prolonger l'entretien, je lui serrai la main et partis.

XXII

De retour à la ferme, je m'installai à la table de la cuisine avec l'énigme et les notes glanées à la bibliothèque. Peu doué pour les mathématiques, je remarquai pourtant vite une chose importante dans le carré dit « naturel » et celui de Saturne : à l'inverse de celui sur le médaillon, on n'arrivait pas toujours au nombre 15 en additionnant leurs chiffres. Ainsi, des séries de trois nombres, dont le 15 était généralement le centre, apparaissaient : 6, 15, 24 ; 12, 15, 18 ; 22 ou 21, 16, 7. C'était le plus souvent en suivant la figure géométrique de la croix ou du « x » que le 15 se manifestait. J'élaborai comme hypothèse que l'une de ces séries pouvait représenter la combinaison du coffre-fort. Je descendis au sous-sol afin de vérifier, mais n'obtins aucun résultat, même en intervertissant les chiffres.

Je songeai alors que ces carrés n'étaient peut-être pas reliés à la solution et que je faisais fausse route. Dans l'énigme, l'incantation tirée du *Faust* n'était-elle là que pour brouiller les pistes ? Je remontai la relire, concentrant mes efforts sur les autres lignes, mais je n'arrivais pas à voir. À voir ? Cela me rappela le cauchemar dans lequel Anna tentait de résoudre le problème. La vieille Higgins lui avait dit que pour « voir », elle aurait besoin d'aide, et elle lui servait un alcool vert… comme celui de la cuvée spéciale ! Je décidai de tenter une expérience.

Je redescendis et ressortis de la cache la bouteille « satanisée », le verre de cristal et les champignons hallucinogènes. Je rapportai de l'établi de mon père l'étrange secrétaire et disposai tout comme dans le rêve. Puis je montai chercher mes notes et les plaçai sur le bureau. Je versai ensuite dans le verre de cristal la cuvée spéciale et y ajoutai l'émeraude. Je remuai, grattai une allumette et enflammai l'alcool. Même si je me sentais ridicule d'accomplir ce rituel, je bus d'un trait.

À part le goût plus amer, je ne vis pas une grande différence avec l'autre *moonshine.* Je mangeai un champignon et bus un second verre. Ne notant toujours rien d'inhabituel, sinon une bienheureuse détente, je relus l'énigme. Après quelques minutes, je levai la tête, attiré par une lumière rouge qui parvenait de la cache… comme dans le rêve ! Et je me vis soudain en sortir le cadavre d'Anna et lui faire l'amour ! J'en éprouvais toutes les sensations, jusqu'à l'odeur abominable, et je me demandais si j'accomplissais pour de vrai cet acte horrible lorsque tout disparut et que le secret de la combinaison se dessina dans mon esprit. Je m'empressai de tout inscrire sur une feuille de papier, espérant que je ne rêvais pas, quand j'entraperçus un être au nez en bec d'oiseau qui me narguait. Je dégageai le dessus du secrétaire : les personnages de Peter Van Braken m'insultaient ! Ces épouvantables créatures me montraient leurs fesses ou me faisaient des bras d'honneur ; elles me traitaient également de lâche et d'infirme. Alors une colère incontrôlable s'empara de moi et j'abattis mon poing sur cette vermine.

Ma main passa à travers la peinture. Les créatures s'en emparèrent et je basculai dans le tableau. Je me retrouvai au beau milieu de la multitude diabolique qui fit une ronde autour de moi. On me griffa, m'arracha mes vêtements et me cracha dessus avant de me traîner vers une espèce de Lucifer de carnaval installé sur un trône qui m'adressa la parole dans une langue bizarre que je compris néanmoins :

— Ainsi, tu veux percer l'énigme ?

— Je l'ai déjà percée, m'entendis-je lui répondre en prenant un air de défi.

— Ridicule. Tu n'es pas l'élu !

— Qui est l'élu ?

— Quelqu'un qui n'est pas toi.

— Pourtant, je suis là et j'ai percé l'énigme !

— Tu *penses* l'avoir percée, me corrigea la créature, mais ce que tu as gribouillé sur cette feuille de papier n'est qu'une hallucination ridicule qui n'aura aucun sens quand tu la reliras… si jamais tu la relis.

— Je ne vous crois pas.

Soudain, un petit être pourvu d'une très longue barbe et de cheveux hirsutes, une sorte de conseiller ou de ministre de par son allure, vint murmurer quelque chose à l'oreille de mon interlocuteur.

— Je vois, dit la créature en reportant son regard sur moi. Tu es une erreur de parcours qui n'aurait pas dû survivre et dont la naissance a défié les pires maléfices… Malgré tout, je vais te donner une chance.

— Une chance ? relevai-je sans comprendre ses allusions. Vous ne pouvez rien contre moi. J'hallucine, je ne suis pas vraiment dans ce tableau.

L'être se mit à rire.

— Ton corps n'y est pas comme tel, tu as raison.

Mais ton esprit, ou ton âme, s'y trouve bel et bien. Et il est en mon pouvoir.

Il me désigna un trou dans la peinture. Une tache récente ou un accident causé par… mon poing qui avait passé à travers le tableau !

— Tu vas devoir réparer, dit-il, plonger dans ta propre violence et affronter ce que tu redoutes le plus. Si tu ne réussis pas, la drogue t'emportera. Si tu réussis, écoute-moi bien. Rappelle-toi en te réveillant ces paroles prononcées dans la langue que privilégie notre culte : *Nescio qui teneros oculus mihi fascinat agnos.*

C'était du latin et, surpris, je traduisis aisément dans ma tête : « Je ne sais quel œil fascine mes tendres agneaux. »

Il fit un signe et on me précipita dans le trou sans autre forme de procès. La chute me parut intolérable. Et le vide qui l'accompagnait me donnait la sensation de n'être rien, absolument *rien du tout.* Puis une forme spectrale de la grosseur d'une maison se dessina sous moi dans le néant. « *Mein Süßer*, minauda la forme en prenant les traits de ma belle-mère dont les jambes s'écartèrent pour me montrer l'ouverture de son sexe. Viens ! » Mon corps frissonna, rapetissa jusqu'à n'être plus qu'une petite goutte qui plongea dans le vagin du spectre qui explosa à mon contact, pareil à une baudruche trop pleine ; et la chute continua alors que je me retrouvai devant une Anna fantomatique scindée sur le sens de la longueur, l'autre partie qui s'imbriquait dans elle étant… moi-même ! Je voulus m'emparer de cette âme sœur, mais elle se désagrégea et s'éparpilla en une multitude de taches vertes qui se cristallisèrent en lettres et reformèrent sous mes yeux l'énigme. Je m'accrochai à une lettre, puis sautai d'un mot à l'autre à travers le vide, chacun me révélant au passage son sens caché, et je compris tout ! Cependant, la chute n'en finissait pas et s'accélérait. Et les lettres partirent bientôt de tous les côtés et perdirent leur précieux sens. Je m'agrippai à un « o » et parvins à me glisser dedans comme dans une bouée de sauvetage. Simultanément, une bulle se forma et la chute ralentit, puis s'arrêta ; et alors je me mis à remonter comme si j'étais dans une montgolfière. La remontée devint rapidement vertigineuse et une lumière éclatante apparut. La crevasse ? Je revenais dans le tableau ? La bulle éclata.

Je repris conscience, la figure plaquée contre l'horrible peinture dont je me décollai en sursaut. J'avais vraisemblablement halluciné et perdu connaissance. La maison tremblait jusque dans ses fondements, secouée par une tempête qui sévissait à l'extérieur. Je montai à la cuisine en pensant à l'avertissement de Manley à propos de mes moutons. Je devais les ramener coûte que coûte à la bergerie ! J'enfilai un imperméable et enfourchai mon véhicule tout-terrain, suivant la route qui menait à l'île au milieu de fortes bourrasques. Arrivé là-bas, je rejoignis le troupeau, réfugié sous les saules. Je klaxonnai, fis rugir le moteur et criai de toutes mes forces, sauf que les moutons ne bougèrent pas. Je descendis du véhicule, arrachai une planche à la clôture du cimetière et revins frapper au passage leur arrière-train. Je réussis enfin à les faire avancer. Mais le troupeau retourna se réfugier sous les arbres. Je m'apprêtais à en attraper un pour le faire marcher droit devant dans l'espoir que les autres le suivent quand le profil d'un loup ou d'un coyote se dessina devant moi.

Pour chasser par ce temps, l'animal devait être affamé. Il avait dû profiter du fait que, dans ma précipitation, j'avais laissé derrière moi la grille du pont ouverte. Puis, il y eut un formidable éclair et un détail me glaça le sang : la bête n'avait qu'un œil !

Spider ? Impossible ! L'animal avait dû perdre son œil dans une bataille ou un accident. Je fonçai avec mon véhicule, heureux de trouver dans la planche de la clôture une arme avec laquelle attaquer. La bête détala à ma gauche avec une rapidité surprenante. Ce n'était pas Spider. Sa blessure à la patte, même après tout ce temps, ne lui aurait pas permis un tel exploit. On aurait dit un pur esprit. Il apparut à ma droite et chargea. Je l'affrontai. Avec ma planche terminée par une pointe, j'avais l'impression d'être un chevalier participant à un tournoi. Mais mon adversaire redoutait le corps à corps, car il m'évita de nouveau. Je m'attachai à lui, décidé à ne pas être distancé quand, tout à coup, il disparut ! J'eus beau ensuite chercher partout, je ne retrouvai pas sa trace et dus revenir vers le troupeau. J'attrapai un de mes moutons par la toison, mis les gaz et le traînai à l'avant. Il était tétanisé ! Je fis donc un geste qui me répugna. Des clous dépassaient de la planche et je les lui enfonçai dans l'arrière-train. Cette fois, il avança. Je frappai ensuite le derrière de ceux qui se trouvaient près de lui et c'est ainsi que je réussis à les faire cheminer vers le pont.

Le retour à la ferme se fit sur le qui-vive, et la progression fut difficile. Je devais constamment obliger le troupeau à avancer alors qu'il s'arrêtait au moindre obstacle que le vent plaçait sur sa route. Je craignais aussi une réapparition de l'animal borgne et, plus je pensais à lui, plus je me disais qu'il devait être sur l'île depuis le début de la tempête et que c'était lui qui avait dû rabattre mes moutons sous les saules dans l'espoir que la foudre les frappe. Alors la phrase latine dite par la créature lors de mon expérience hallucinatoire me revint en mémoire : *Nescio qui teneros oculus mihi fascinat agnos.* Cet œil qui fascinait et terrorisait mes agneaux en les maintenant sous les arbres, ne l'avais-je pas affronté ?

Une fois le troupeau à l'abri dans la bergerie, je changeai mes vêtements trempés et descendis au sous-sol. En m'approchant du secrétaire, je redoutais de voir les personnages s'animer et me narguer… Mais il n'en fut rien. Je m'emparai de la feuille où j'avais noté la solution. Ce n'était que du délire et je le savais, car la vraie solution m'était venue autrement, durant la chute, et depuis que j'avais repris conscience, elle ne m'avait pas quitté. Je pris le parchemin et relus l'énigme avec des yeux nouveaux :

À toi, Annettenna Tenet, fille de Saras, de Tanat,
de Sarattaras, et cetera,
toi dont le centre est la perfection, l'envers et
l'endroit, le vice et le versa,
crois au mystère :
de un fais dix.
Laisse passer deux et trois,
ainsi tu t'enrichiras.
Perds le quatre,
de cinq et six,
la sorcière le dit :
fais sept et huit
qui réunissent de même.
C'est là que finit

l'œuvre de la sorcière :
si neuf est avec un,
dix est absent.
Voilà le mystère.
Et le mystère est en ton nom, total magique qui recrée
la somme des quatre premiers nombres à l'endroit
quand, de l'alpha à l'oméga, le rang des lettres reste inébranlable
pour définir la combinaison de notre croisée ouverte.

Le nœud du problème reposait dans les lignes 17 et 18 : « dix est absent. Voilà le mystère. » Il s'agissait de retrouver ce dix absent pour obtenir la combinaison du coffre-fort. Or, il était présent dans le prénom *Annettenna* avec le mot « *ten* » qui signifie « dix » en anglais. Il était au « centre », à « l'envers et [à] l'endroit » avec *netten*. Il apparaissait « vice et versa » avec le nom de famille *Tenet*. Le dix se confondait dans la phraséologie avec Anna elle-même dont la destinée semblait calculée à la perfection, ce qui créait ainsi une symbiose entre les lettres et les chiffres des deux carrés. Car *Annettenna* comprenait dix lettres et *Annettenna Tenet*, quinze (le total du carré magique). Même le nom complet d'Anna, *Ana Tenet Santana*, se composait de quinze lettres à condition d'utiliser son prénom avec un seul « n » comme le faisait la vieille Higgins pour, sans doute, répondre à une superstition numérologique.

Maintenant, le « mystère » tenait dans ce « qui recrée la somme des quatre premiers nombres à l'endroit », soit 1 + 2 + 3 + 4 = *ten*. À partir de là, « le rang des lettres [qui] reste inébranlable pour définir la combinaison » répond à une logique rudimentaire qui unit un chiffre et une lettre, soit « a » pour 1, « b » pour 2, etc. Si nous prenons *ten*, *t* est la vingtième lettre de l'alphabet, *e*, la cinquième, *n*, la quatorzième, ce qui donne 20, 5 et 14, les chiffres de la combinaison du coffre-fort.

Et, après avoir actionné la roulette en ce sens, il s'ouvrit. À l'intérieur, je trouvai un peu plus de deux cent mille dollars en coupures de cinq cents et de mille, des grigris qui devaient porter malheur ou amener le bonheur, une documentation qui ressemblait à celle d'un réseau de sorcellerie en voie de formation avec des listes de noms, d'adresses, des diagrammes... Puis des lettres en provenance d'Allemagne reçues dans un casier postal à Billings. Je découvris aussi le livret d'une banque suisse et une boîte au nom d'Anna, qui s'apparentait à une trousse d'initiation à la sorcellerie. En faisant son inventaire, je me demandais si Anna serait entrée dans ce monde satanique aussi facilement que semblait le penser la vieille Higgins. C'était bien possible, puisque j'avais noté chez elle une fascination pour les choses que j'avais sorties de la cache. Au fond, en tuant Anna et sa mère, j'avais sans doute arrêté une lignée de sorcières qui remontait, j'ose à peine le croire, à l'Antiquité.

Le plus important demeurait l'argent. Je n'avais plus besoin d'attendre la vente de la ferme pour déménager, bien qu'il ne fût pas question pour moi de brûler les étapes. La matinée commençait à peine, et McCormick viendrait en fin d'après-midi visiter les lieux. J'étais mieux de me préparer à le recevoir. D'ailleurs, la vente de la ferme ne ferait que me rendre plus à l'aise financièrement.

Je remis tout dans le coffre-fort et entrepris le ménage de l'atelier. Je plaçai dans la cache ou brûlai tout ce qui pourrait inquiéter McCormick et d'éventuels acheteurs, dont l'alambic. Après cela, je commençai à murer la cache.

Quand McCormick arriva, l'affiche dissimulait mes récents travaux de maçonnerie. De toute façon, il ne jeta qu'un coup d'œil au sous-sol. Pour le reste, il jugea la maison et les bâtiments de la ferme, à l'exception du toit de la grange qui avait subi des dégâts à la suite de la tempête, en très bon état. Il me complimenta sur l'étendue des terres et fut impressionné par la beauté de l'île. La propriété valait sans doute plus que je l'imaginais.

Dans les jours suivants, je dissimulai la rangée de briques que j'avais déjà posées par une couche de ciment que j'harmonisai à la fondation. Puis, une fois le tout parfaitement sec, je peignis les murs de l'atelier de façon à les uniformiser. J'avais pour cela acheté une peinture grise qui avait toutes les apparences de la saleté et, avec d'autres couleurs, je mis à contribution mes talents d'artiste peintre. Quand j'eus fini, personne n'aurait pu se douter que dans l'un des murs se trouvait jadis une porte qui menait à une chapelle satanique.

NOUVELLE LUNE

XXIII

Je n'étais pas retourné chez moi depuis plus de deux mois. En mon absence, Jay Haskell avait pris soin des moutons. Les revoir ne m'avait pas ému autant que je l'aurais pensé. Dans la maison, une couche de poussière recouvrait les meubles et les objets, et mon œil glissait sur tout cela, impassible. C'était comme si les lieux où j'avais grandi ne me disaient plus rien. Je me sentais déraciné. Il est vrai que je ne remettais pas les deux pieds sur la propriété mais un seul; l'autre, artificiel, s'y posait pour la première fois.

J'avais choisi New York pour commencer ma nouvelle vie. L'endroit me semblait prometteur pour un artiste. Une fois là-bas, j'avais ouvert deux comptes dans deux banques différentes où j'avais déposé dans chacun quatre-vingt mille dollars. Dans une troisième, j'avais pris un coffret de sûreté où j'avais mis le reste des billets. J'avais agi ainsi pour éviter d'éventuelles suspicions sur la provenance de cet argent. Mais je m'inquiétais pour rien et on m'avait reçu partout avec une surprenante affabilité.

Mes dépôts effectués, j'avais trouvé un logement à Greenwich Village et payé comptant les six premiers mois, ce qui m'avait valu le sourire radieux du propriétaire et fort peu de questions. J'étais bien habillé, il faut dire, prototype parfait du gosse de riche. Mon pied bot était la seule chose qui clochait dans cette élégance. Je m'en étais occupé juste après en prenant rendez-vous avec des podologues. J'avais retenu finalement l'un des plus réputés et des plus chers, qui pouvait m'opérer dans un délai très court. Après un bref séjour à l'hôpital, j'avais été transféré dans un centre de réhabilitation privé où j'avais passé un mois à réapprendre à marcher avec ma prothèse. Si, pour la majorité des gens que j'y avais côtoyés, il s'agissait d'une épreuve difficile, j'avais vécu là des moments magiques. Pour la première fois depuis la mort d'Anna, je m'étais senti heureux. En quittant l'endroit, je n'avais qu'une banale claudication, en rien comparable à la précédente. En plus, je pouvais maintenant porter les mêmes chaussures que tout le monde.

Je sortis de la maison. Jay Haskell ne tarderait pas à arriver. Je regardai le camion que j'avais loué et conduit depuis New York, le coffre de la camionnette n'étant pas assez grand pour contenir ce que je désirais emporter. Pas grand-chose, en réalité. Mes peintures, mes dessins, des meubles et plusieurs boîtes de livres. Ces derniers prendraient le plus de place. Je ne conservais rien d'autre.

Le trajet en camion avait été long. Décidément, ça ne valait pas l'avion. Je m'étais payé ce luxe en allant à New York, car je n'étais pas prêt, à ce moment-là, à affronter le trafic new-yorkais avec la camionnette. Je l'avais laissée à l'aéroport de Milwaukee où, depuis, elle avait dû être envoyée à la fourrière. Je souris en me remémorant le décollage. Cette impression de vertige associée au commencement d'une nouvelle vie… J'avais joué les touristes les quatre premiers jours et, pour quelqu'un qui venait de la campagne, je m'étais vite familiarisé avec la ville. Installé dans un hôtel à Manhattan, ma première sortie avait été pour m'acheter des vêtements. Voulant faire bonne impression, j'étais entré dans une boutique de la Cinquième Avenue. Et c'est affublé de vêtements chics — qui me donnaient par manque d'habitude un air un peu guindé — que j'avais été déposer mon argent dans les différentes banques. Le reste, je l'ai raconté.

Il était près de deux heures quand Jay Haskell arriva.

— *Hi ho*[1] *!* me lança-t-il.

— *Hi ho !* lui renvoyai-je.

Sans un mot de plus, nous nous mîmes au travail. D'abord les boîtes de livres, puis les tableaux, les dessins, le matériel de peinture et quelques objets personnels. Trois ou quatre meubles. Tout fut dans le camion en moins d'une heure. Haskell remarqua mes chaussures ordinaires et mes déplacements plus aisés, mais il ne dit rien. C'est ce que j'aimais chez lui, sa discrétion. Quand nous eûmes fini, je cherchai les mots pour lui prouver ma reconnaissance, sachant que c'était la dernière fois que nous nous voyions.

— Ce n'est rien, David, m'arrêta-t-il. C'est très bien payé et le *sung manitu*[2] s'est montré si discret dernièrement que les moutons ont été un vrai charme à guider.

Son travail ne consistait plus qu'à veiller à ce que le chargement du troupeau, vendu par son entremise, se fasse dans les règles, puis à venir de temps en temps jeter un coup d'œil à la propriété. En un peu

1. Salut ! en sioux.

2. Coyote, en sioux.

plus de deux mois, seulement trois acheteurs potentiels s'étaient manifestés. « Ce n'étaient pas des clients sérieux », m'avait assuré McCormick. Peut-être, mais si ça continuait ainsi, je devrais vendre à perte car, avec la distance, la situation deviendrait pénible.

— J'ai quelque chose pour toi, dit Jay.

Il alla à sa camionnette et me remit un « cercle sacré ». Les parties du talisman étaient tenues ensemble par des piquants de porc-épic teints en jaune, qui en faisaient le tour. Il représentait le centre du monde et les quatre points cardinaux au bout desquels pendait une plume d'oiseau retenue par une lanière de cuir. Haskell possédait un cercle semblable que j'avais vu se balancer sur sa poitrine quand nous travaillions ensemble.

— Il t'aidera dans ta nouvelle vie, m'expliqua-t-il. *Hechetu welo*[1] !

Je ne savais que dire devant un cadeau sacré d'une telle valeur. Les plumes, entre autres, provenaient d'un authentique aigle tacheté !

— Je te remercie, dis-je finalement.

— Que *Wambali Galeshka*[2], qui vole plus haut que toutes les créatures et voit tout, te guide et que *Wakan-Tanka*[3], dont il est l'incarnation, soit en permanence avec toi... *Hechetu welo !*

— *Hechetu welo*, répondis-je, les larmes aux yeux.

Haskell me quitta et je restai seul. Je voulais partir, moi aussi, m'envoler comme l'aigle loin d'ici. Mais, pour le moment, le cimetière de l'île me retenait.

1. Qu'il en soit ainsi !
2. L'Aigle tacheté.
3. Le Grand Esprit.

J'avais jonglé longtemps avec ce problème et je savais que je ne pouvais exiger des nouveaux propriétaires la garantie qu'ils n'y touchent pas ou qu'ils en prennent soin. Exhumer les corps et les transférer au cimetière de Falmouth où reposaient déjà mes grands-parents paternels ne m'enchantait pas. Mon chien n'y aurait pas eu sa place et, en agissant ainsi, je ne respectais pas les dernières volontés de mes parents. J'avais cependant une idée. Je rentrai et téléphonai à George Manley.

Il n'était pas chez lui. Je décidai alors d'aller revoir mes moutons et de le rappeler plus tard. Quand j'arrivai sur l'île, le troupeau broutait paisiblement au bord de l'eau et je me recueillis un instant près des tombes de mes parents, leur confiant à quel point je me sentais coupable de les abandonner ici. Passant ensuite sous les saules, j'aperçus Manley qui se tenait de l'autre côté de la rive. J'y vis un coup du sort. Il me fit un signe de la main et je m'approchai de lui en le saluant. Une distance de quelque six mètres, la largeur de la rivière, nous séparait.

— Tu es de retour parmi nous ?

Lui aussi scrutait mes pieds mais, comme Jay Haskell, il ne dit rien.

— Je suis venu reprendre certaines affaires, répondis-je. Je repars ce soir ou demain. Et puis, comme la ferme est toujours à vendre, je voulais m'assurer que tout allait bien… Vous ne seriez pas intéressé ?

— Par la ferme ? Je n'ai pas les moyens, voyons.

Une grosse abeille bourdonna à mes pieds alors que l'eau s'écoulait entre nous, étrangement calme et silencieuse. Une abeille ? Nous étions à la fin d'octobre ! Mais l'herbe était encore verte sur l'île. À tout cela, je vis un bon signe.

— Cette rencontre tombe bien. Je voulais vous parler.

— Ah ? Eh bien, parlons.

— C'est au sujet de l'île.

— Le futur propriétaire sera un sacré veinard !

— Oui, et j'aimerais que ce soit vous.

— Je n'ai pas les moyens, je te l'ai dit, répéta Manley sans saisir le sens de mes paroles.

— Je ne parle pas d'argent. J'aimerais vous en faire don.

Les yeux de Manley doublèrent de volume. Croyant avoir affaire à une plaisanterie de mauvais goût, il me jeta un regard agressif et grommela :

— Pourquoi ferais-tu ça ? Ta propriété va perdre de la valeur. Ce n'est pas sérieux.

— Au contraire, vous ne m'avez pas laissé finir. Au-delà du désir de régler une vieille dispute entre nos familles, j'y mets une condition : que vous preniez soin des tombes de mes parents et de mon chien.

— Celles du petit cimetière près des saules ? Je ne comprends pas.

— C'est simple. Je ne peux exiger des futurs propriétaires qu'ils n'y touchent pas ou qu'ils en prennent soin. En revanche, si je n'inclus pas l'île dans l'acte de vente et que je la donne à quelqu'un, je peux imposer mes conditions à cette donation.

— Je comprends, dit Manley qui ajouta tout bas, voyant enfin que j'étais sérieux : il faudrait mettre ça sur papier.

— Alors, continuai-je comme si je n'avais pas entendu sa dernière remarque, si je vous en faisais don, pourrais-je compter sur vous pour prendre soin du cimetière ? C'est qu'il faut que je sois sûr. Il restera intact ?

— On ne touche pas aux morts, c'est sacré !
— Et je pourrais venir m'y recueillir ?
— Tant que tu voudras.
— Pour être franc, je ne pense pas revenir, mais je tiens à conserver cette possibilité.
— Il faudrait mettre ça sur papier, répéta-t-il enfin d'une voix claire.
— Vous avez raison. Venez chez moi, nous allons préparer ce qu'il faut et, ensuite, j'irai chez Minkowski officialiser la donation. Nous n'aurons pas à nous y rendre ensemble. J'irai signer ce qu'il faut et vous n'aurez qu'à passer plus tard, à votre convenance. C'est que je tiens à partir le plus tôt possible. Qu'en dites-vous ?
— Je ne peux malheureusement pas aller chez toi maintenant, David. J'ai une course urgente à faire en ville.

Cela me surprit. Pour quelqu'un qui brûlait d'envie de posséder l'île depuis si longtemps ! Mais l'homme était fier et il ne voulait sans doute pas montrer qu'il sautait immédiatement sur ce que je lui offrais. Il voulait peut-être aussi réfléchir plus longuement aux implications que sous-entendait mon offre.
— Viens chez moi, toi, proposa-t-il. À dix-neuf heures.

J'allais protester, mais il insista :
— Chez moi, à dix-neuf heures. Je t'attends.

Et il me quitta. J'étais contrarié. J'aurais voulu régler la chose rapidement. De retour à la maison, j'appelai Minkowski et fus doublement contrarié en apprenant qu'il ne pouvait me voir aujourd'hui. J'insistai pour qu'il me rencontre le lendemain matin. Il accepta de me voir à dix heures.

Je regardai ma montre. J'avais du temps à tuer avant de me rendre chez Manley. Je couchai sur papier les termes de la donation et produisis deux copies. La solution n'était pas parfaite, j'en étais conscient : une fois Manley décédé, le cimetière n'aurait plus aucune protection si ses fils vendaient la ferme familiale. Cette solution restait cependant la meilleure et j'ajoutai, pour avoir l'esprit plus tranquille, que les présentes conditions liaient George Manley et « ses descendants ». Mais cet ajout me sembla dérisoire.

Il était dix-huit heures quand je terminai. J'avais encore du temps devant moi et descendis au sous-sol. Je m'y étais refusé depuis mon retour. Je ne sais trop pourquoi, comme si mille et un démons m'y attendaient. Mais là, je n'avais pu résister plus longtemps au désir de voir si mon travail de peintre s'était bonifié avec le passage des semaines. Une fois dans l'atelier, je fus soulagé. Rien n'aurait pu laisser à penser que sur le mur de gauche se trouvaient jadis une porte et un tunnel s'enfonçant dans la terre. L'illusion était parfaite.

Je m'approchai et frappai. Rien ne bougea. Rassuré, je remontais déjà quand je crus entendre un craquement. Mon coup avait-il fissuré le ciment ? Je revins et tâtai la structure. Aucun bruit. Tout paraissait solide. Pour être sûr, je me penchai et collai l'oreille… Alors je crus percevoir dans la cache un petit ricanement ; il traversa le mur et vint mourir dans le creux de mon oreille. Et puis je l'entendis encore, pareil à une aiguille qui s'amusait à percer et repercer mon tympan. Commotionné, le corps parcouru de frissons, je remontai l'escalier.

Je sortis sur la véranda et pris plusieurs inspirations. Voyons, il n'y avait rien de vivant dans cette cache ! Mon imagination me jouait des tours, ou c'était l'angoisse, ou bien la fatigue accumulée. La route depuis New York avait été longue, les arrêts peu fréquents et les nuits courtes. Et puis, de toutes les hallucinations, les auditives sont les plus courantes, me dis-je pour me rassurer. Enfin, qu'est-ce que ça pouvait me faire, hein, que les lieux soient hantés ? Je n'y demeurais plus ! Aux nouveaux propriétaires de se débrouiller avec les prétendus fantômes ! Car je n'allais certainement pas me mettre à croire aux revenants ! C'est juste que quelque chose de malsain habitait désormais la maison, et cela avait plutôt rapport avec les tristes souvenirs qu'elle abritait et les remords d'un être qui avait tout fait pour s'en sortir et y était parvenu. Alors, ce ricanement ? Broutille, hallucination… vague crainte remontée du fin fond de ma mémoire. Comme si, en frappant le mur, j'avais réveillé une bête tapie dans un coin reculé de mon subconscient.

Je m'assis dans l'escalier de la véranda. J'avais retrouvé mon calme quand je fus assailli par l'image de Spider qui bondissait pour saisir ma gorge. Par réflexe, je plaçai les bras devant moi, et l'image disparut, me laissant en proie aux battements affolés de mon cœur. Il n'y avait plus de doute, les lieux étaient hantés ! Je me levai. Je devais partir, sinon j'allais craquer et tout raconter à la police, exactement comme dans ce conte où l'assassin finit par tout avouer en s'imaginant entendre battre le cœur de sa victime qu'il a pourtant découpée en morceaux. Je me réfugiai dans le camion.

Il était encore trop tôt pour me rendre chez Manley, et j'essayai de comprendre ce qui se produisait en moi. On aurait dit que la carapace d'insensibilité que je m'étais bâtie depuis mon escapade à New York s'était fissurée face au sort incertain du petit cimetière, et que tous les vieux fantômes étaient passés par cette brèche pour venir me hanter. Il fallait donc colmater. Et c'est ce que j'allais faire avec la donation de l'île. Un colmatage temporaire, certes, mais qui serait suffisant pour me permettre de quitter les lieux sans commettre la folie de me dénoncer. Une fois à New York, je serais à même de me rebâtir une carapace solide. Je finis par me calmer complètement.

XXIV

La demeure de Manley était une belle maison de style gothique. Elle possédait un toit pointu et, à l'étage, une fenêtre en forme d'ogive qui ressemblait beaucoup à celle de la célèbre peinture de Grant Wood, *American Gothic*. J'imaginai soudain George Manley avec une fourche, posant avec sa femme devant sa maison pour la postérité.

Je sortis du camion et Manley vint à ma rencontre en me serrant la main. Nous entrâmes chez lui par la porte de la cuisine comme il est de coutume à la campagne. Sur le seuil, une espèce de vieille peau noire servait de paillasson. Elle avait des traces de blanc sur les côtés, qui avaient tourné au gris sale avec le temps. Manley s'y essuya copieusement les pieds. Le parquet étant propre, je commençai à retirer mes souliers. Je pouvais marcher sans eux depuis que j'avais ma jambe artificielle et je n'avais pas honte de la montrer.

— Ce n'est pas nécessaire, dit Manley. Essuie seulement tes pieds. Cette vieille peau est très efficace pour enlever la saleté. C'est d'ailleurs pourquoi elle est là.

— C'est une peau de quoi ?

— D'ours noir. Un jeune ours, en fait, que j'ai tué il y a maintenant… attends, dix ans.

Vu l'état de la peau, je le croyais volontiers.

— Je ne la lave jamais, ajouta-t-il, presque avec fierté. Je ne la secoue que de temps en temps. Et, crois-moi, c'est le meilleur paillasson que j'aie eu !

Il semblait de très bonne humeur et pour cause : son haleine empestait l'alcool. Il célébrait déjà, le vilain, et, comme rien n'était encore signé, je trouvais son attitude déplacée. J'avais presque envie de tourner les talons et de m'enfuir en lui disant de tout oublier. Mais je le suivis au salon où je m'assis sur un canapé qui se révéla exceptionnellement confortable.

— Je l'ai rembourré moi-même, souligna-t-il avec des yeux espiègles comme s'il avait deviné mes pensées. La taxidermie est un art qui utilise aussi la technique du rembourrage.

Je ne fis pas de commentaire. Je me contentai de regarder les murs du salon, où je vis, accrochées, des têtes d'animaux : élan, chevreuil, renard, ours noir... Il y avait aussi un lynx. Celui-là était entier et magnifique. Il reposait sur une table à droite du canapé, et une lampe sur pied l'éclairait. Une patte relevée et l'autre s'appuyant sur une branche, il paraissait humer l'air ambiant de ses narines grandes ouvertes, à la recherche d'une proie. Il était si bien empaillé que j'avais eu un léger sursaut en entrant dans le salon, croyant qu'il était vrai.

Je sortis de la poche de ma veste les deux copies du contrat de donation que j'avais rédigées. Manley les regarda en feignant un air détaché.

— Je t'offre quelque chose ? Whisky, bière ?

— Qu'est-ce que vous buvez ?

— Du whisky.

— Eh bien, va pour le whisky.

— Excellent choix.

Il ouvrit une armoire et sortit une bouteille de whisky et deux verres qu'il posa sur une table basse en s'assoyant dans un fauteuil en face de moi. Il versa l'alcool et nous trinquâmes. Il vida son verre d'un trait et s'en servit un autre. Je me contentai de siroter le mien. Je n'avais jamais bu de whisky, et je le trouvai franchement bon. D'une belle couleur ambrée, il avait en bouche une texture un peu huileuse qui roulait sur la langue et nappait les papilles d'une sensuelle onctuosité. Au goût, ça valait cent fois le *moonshine* de la vieille Higgins.

— Il est bon, hein ? m'envoya-t-il avec le même regard espiègle qu'il avait utilisé pour me parler de son canapé.

— Très bon, en effet.

— J'avais mis cette bouteille de côté, décidé à ne la boire que pour une grande occasion. Eh bien, elle est arrivée.

Assurément, mais je m'abstins de tout commentaire.

— Ah, voyons cela, fit-il en ramassant les copies du contrat que j'avais déposées sur la table. Je me suis douté que tu les avais préparées. J'en ai fait deux, moi aussi, au cas où, sauf que je préfère que ce soit toi qui les aies rédigées.

Il sortit des lunettes qu'il plaça sur son nez aquilin et lut. Je réalisai alors que je voyais la tête de Manley nue pour la première fois. Et ses cheveux courts étaient d'une blancheur éclatante. Si ma belle-mère l'avait toujours comparé à un corbeau, Manley, son chapeau retiré, se rapprochait plutôt de l'aigle à tête blanche.

Ses lunettes reposaient sur l'arête du nez, là où commençait une courbure qui se terminait tout près de la lèvre supérieure. Je n'étais pas un expert en phrénologie ou autre science du genre, mais j'aurais juré que c'était là un signe de rapacité. En revanche, les yeux de Manley étaient d'un vert si lumineux qu'ils lui donnaient un air de majesté.

— Tout cela me semble parfait, dit-il finalement.

Je demeurai surpris. Je m'étais attendu à ce qu'il discute certains points. Or, ses yeux verts me fixaient, amusés, et il murmura en souriant :

— « Les clauses du présent contrat lient George Manley et ses descendants. » Tu sais que j'ai deux fils ?

J'acquiesçai d'un signe de tête. Ils étaient plus âgés que moi et je ne les avais jamais vus ou entrevus que de loin.

— Le plus vieux a ouvert un garage à Billings il y a dix ans. Ses affaires vont bien. Il est marié et a déjà deux enfants. Une fille de cinq ans nommée Amy et un garçon de trois ans, Mikael. Ils ne viennent pas souvent ici, c'est plutôt moi qui m'arrête les voir à Billings.

Allais-je devoir écouter les radotages d'un grand-père qui prend plaisir à dresser la liste des qualités de ses petits-enfants dont il est si fier ? Je m'y résignai d'avance.

— Oui, reprit Manley, l'aîné va bien. C'est le plus jeune qui m'inquiète. Il a toujours cherché à imiter son frère. Il a donc suivi des cours de mécanique et, comme le plus vieux, a ouvert un garage, mais à Falmouth. Résultat, il vivote et vient travailler ici de temps en temps pour combler ses fins de mois. Son frère l'a invité à venir travailler pour lui. Il a refusé. Ça s'appelle l'orgueil ou quelque chose du genre. Est-il possible qu'un jour Dany reprenne les affaires de la ferme ? C'est loin d'être sûr. L'autre, inutile d'y penser. Il n'a jamais aimé le travail de fermier.

Je ne m'inquiétais plus de cet aspect. J'étais déjà ailleurs, à New York, dans mon nouvel appartement de Greenwich Village en train de peindre. Je n'avais plus qu'une envie, soit qu'on signe ce contrat au plus vite.

— Enfin, dit Manley, il ne nous reste qu'à signer.

Il sortit un stylo de sa poche et posa sa griffe sur les deux documents. Après une brève hésitation qui dut provoquer chez lui un pincement au cœur, je signai à mon tour. Je glissai l'une des copies dans ma veste tandis que Manley laissait la sienne sur la table basse, jouant les flegmatiques, bien que je fusse certain qu'il brûlât d'envie de la mettre dans un endroit fermé à double tour.

— Eh bien, lança-t-il, ça s'arrose !

Il nous versa de nouveau du whisky et je trinquai avec lui. Il vida son verre d'un trait et, cette fois, je fis de même. Il les remplit aussitôt.

— Maintenant que c'est réglé, j'aimerais te montrer quelque chose. Viens !

Il se leva, emportant verre et bouteille de whisky. Je l'imitai. Nous montâmes à l'étage et entrâmes dans l'ancienne chambre principale qu'il avait transformée en atelier, sans doute après la mort de sa femme. À gauche se trouvait un établi où reposait du matériel de taxidermie : pots de colle, solvants, teintures, aiguilles… Il y avait entre autres une grosse loupe amovible et, dans un vase cristallin, des centaines de billes de couleurs et de grosseurs différentes qui servaient à remplacer les yeux des animaux empaillés. Une marmotte en voie d'être terminée, dont les orbites étaient vides, reposait sur l'établi. En face, la fenêtre en forme d'ogive laissait entrer la fraîcheur du soir en rappelant par sa forme des mains jointes dans la prière. Sur la droite se dressait un bureau en pin blond où s'empilaient des livres sur la taxidermie et des revues sur la nature.

Manley plaça une chaise devant le bureau et m'invita à m'asseoir pendant qu'il prenait place en arrière. En m'assoyant, c'est là que je le vis. La tête était fixée sur un cadre de bois comme celles du salon, bien qu'à une hauteur plus basse. Manley devait s'y accrocher parfois.

— Il n'est pas beau, là ? dit-il avec un clin d'œil.

Je restai sans voix. La tête de Spider avait les yeux éteints et ses oreilles étaient tombantes, Manley lui ayant délibérément donné un aspect de chien battu. De la gueule dépassaient les longues canines inférieures, mais elle était fermée et entourée d'une broche de fer comme pour simuler une muselière et le fait qu'elle ne pouvait plus nuire.

Soudain, je compris. La peau que j'avais vue dans la cuisine et que Manley m'avait présentée comme une peau d'ours était en réalité celle de Spider ! Il me le confirma :

— Je n'allais pas lui faire l'honneur de l'empailler en entier ! Tu peux difficilement t'imaginer la satisfaction que je ressens de m'essuyer les pieds dessus tous les jours. La vengeance n'a de sens que si elle est savourée lentement, à petites doses.

Je pâlis, car alors il savait ! Il avait dû remarquer ce qui était écrit sur le collier !

— Regarde, dit Manley en découvrant un avant-bras où j'aperçus de vilaines cicatrices. Il m'a mordu ici et là, et là encore. J'ai passé un mois avant de pouvoir me resservir de mon bras normalement et il a perdu vingt-cinq pour cent de ses capacités. Et je ne te parle pas des morsures que j'ai subies au genou et à l'aine… Et pendant qu'il me mordait, la vieille folle l'encourageait et riait. Je saignais tellement en arrivant chez Kendall qu'une fois les premiers soins donnés il m'a transporté à l'hôpital. On m'a fait une multitude de piqûres, là-bas : tétanos, rage… J'avais perdu environ deux litres de sang. Je n'ai jamais oublié. Jamais.

Tandis que j'écoutais Manley, abasourdi, une bave blanchâtre s'était formée aux commissures de ses lèvres. J'ignorais que l'attaque avait été aussi sévère.

— Vous n'avez pas porté plainte pour qu'on euthanasie ce maudit chien ? demandai-je en retrouvant la parole.

— J'y ai pensé ! Mais la garce avait Cohard à sa botte, qui m'a encouragé à laisser tomber. « Elle va se venger si tu fais ça », qu'il m'a dit. En vérité, il la couvrait. C'est qu'elle le payait pour qu'il ferme les yeux sur son trafic et il veillait à ses intérêts, le salaud ! C'était assez grave pour que non seulement le cabot soit euthanasié, mais pour que je poursuive cette salope en justice. Finalement, je ne l'ai pas fait, et sais-tu pourquoi ?

Je devinais comme il vidait son verre et s'en versait un autre.

— Parce que je voulais me venger moi-même. Sauf que je ne les ai pas vus souvent par après, ces deux-là. Oh, une fois, elle était en train de creuser la tombe de ton père et il était là, à flâner près de la rive et à renifler comme un cochon qui cherche des truffes. J'avais mon fusil et j'aurais pu l'abattre. Mais il aurait eu une mort trop douce ! Et je voulais qu'il souffre autant que j'avais souffert. Aujourd'hui, je remercie le Seigneur de m'avoir donné cette chance.

Il leva son verre en direction d'un crucifix de bois que je remarquai sur le mur au-dessus de sa table d'atelier. Puis il le vida. Il commençait à s'échauffer franchement.

— C'était un soir de pleine lune, susurra-t-il en prenant le ton de la confidence et en jouissant à l'avance de chacune des paroles qu'il allait prononcer. Il était tard et je ne parvenais pas à dormir. Je souffre d'insomnie, te l'ai-je déjà dit ? Peu importe. Il m'arrive ainsi d'errer la nuit sur ma terre. J'apporte alors mon fusil, car je pourrais faire une rencontre importune ou viser quelque chose d'intéressant. C'est de cette façon que je l'ai eu, lui, là-bas.

Il montra quelque chose derrière mon dos. Je me retournai et vis une tête de coyote sur le mur, juste au-dessus de la porte.

— Toujours est-il que cette nuit-là j'ai marché aux abords de l'île. Elle était splendide sous la pleine lune... C'était plus fort que moi, j'ai franchi la rivière. J'étais déjà de l'autre côté en train de marcher vers le sommet quand j'ai entendu gratter dans le petit cimetière. Je me suis approché et je l'ai vu. Il se déchaînait, creusait des trous partout, attaquait la clôture de ses dents. Il a même levé la patte sur l'une des pierres tombales ! Mais tu le connaissais, ce chien. Il y avait quelque chose chez lui qui rappelait l'humain dans ce qu'il a de plus vicieux. C'était dans le regard, je pense. Enfin, bientôt, il en a eu assez de son manège et il a repassé la clôture. Or, c'était juste pour souffler et évaluer l'ampleur des dégâts. On devinait qu'il allait y retourner pour faire encore plus de ravages. Il cherchait à se venger de quelque chose ou de quelqu'un. Car il était mal en point, le Spider. Du sang ruisselait sur son poil et un œil avait été chassé de son orbite. Un œil fou, qui se balançait mollement sur sa joue pendant que l'autre restait fixe. Et puis une de ses pattes était salement amochée.

Il arrêta son récit pour me regarder droit dans les yeux en ajoutant, alors qu'une bave blanche deux fois plus moussue que tantôt s'étalait aux commissures de ses lèvres :

— Ce n'était pas un animal qui l'avait mis dans cet état.

Je soutins son regard et laissai tomber :

— Il a failli me tuer, cette nuit-là.

— Oh, je n'en doute pas ! Écoute la suite, c'est le plus intéressant. Je me suis approché et il m'a vu. Ah ! cet œil unique qui me fixait était à glacer le sang ! Je me suis immobilisé. Il grognait pendant qu'on se jaugeait, révélant une rangée de dents si étincelantes sous la lune qu'elles semblaient deux fois plus grosses que nature. Il croyait peut-être me voir détaler en souvenir des morsures qu'il m'avait infligées. Je me suis rapproché, au contraire, et c'est là qu'il a sauté. J'ai écrasé la crosse de mon fusil sur sa gueule et il est tombé comme une masse. Et, avant qu'il ait la chance de se relever, je l'ai frappé partout, sauf à la tête. Quand j'ai eu terminé, il ne devait plus avoir un os solide à l'intérieur. Mais il n'était pas mort ! Je voyais son abdomen se soulever à chacune de ses respirations et son œil normal qui bougeait. Il devait souffrir le martyre ! Je l'ai regardé droit dans cet œil unique et je lui ai dit : « Tu te souviens de moi, hein, salaud ? » Puis je lui ai craché en pleine gueule et l'ai regardé crever. Son agonie a duré une bonne quinzaine de minutes. J'ai ensuite donné des coups de pied dans sa carcasse brisée pour être sûr qu'il était bien mort et je l'ai traîné jusque chez moi où j'ai ouvert son ventre et laissé ses entrailles en pâture aux mouches et aux charognards qui en ont fait leurs délices. Ah !

Il s'envoya un coup de whisky.

Le récit était terminé. Quant à moi, je ne savais quelle attitude adopter. Manley ouvrit alors le tiroir central de son bureau et me tendit une grosse enveloppe. Je la décachetai, et le collier de Spider glissa dans mes mains. On voyait nettement le message qui m'incriminait et qui ne s'était nullement détérioré avec le temps. Je levai les yeux vers Manley. Son regard n'était ni bienveillant, ni menaçant.

— Au début, avoua-t-il, j'ai pensé m'en servir pour te faire chanter et récupérer l'île.

— Pourquoi ne pas l'avoir fait ?

— Parce que je ne suis pas un salaud.

Il y eut un silence. Il produisit chez moi une étrange impression, ce silence, après que j'eus entendu Manley parler pendant plusieurs minutes. Je murmurai :

— Ainsi, depuis que vous avez achevé ce maudit chien, vous saviez tout.

— Oh, je savais tout bien avant.

— Pardon ?

— Je te l'ai dit. Je souffre d'insomnie. La nuit où la vieille Higgins a disparu, je me promenais pas loin de l'île quand je t'ai vu. Il était environ quatre heures du matin.

— Avec l'obscurité et la distance, ça aurait pu être un rôdeur, un braconnier… À la rigueur, un campeur égaré !

— Impossible.

— Pourquoi ?

Je regrettai aussitôt ma stupide question.

— À cause de ta claudication ! Enfin, quand j'ai appris le lendemain que la vieille folle et son chien avaient disparu à la suite, racontait-on, d'un rendez-vous qui avait mal tourné, je te savais impliqué. Comment as-tu réussi à emprunter le train de la Nationale pacifique ? Ce n'est pas de mes affaires. Mais tu l'as emprunté, c'est évident.

— Pourquoi n'avoir rien dit à ce moment-là ?

— Pour avoir débarrassé la région d'une vieille folle malfaisante ? Allons ! Si j'avais su m'y prendre pour ne pas être inquiété, je l'aurais fait moi-même ! La seule chose qui m'agaçait, c'est que tu m'avais privé de ma vengeance. Puis j'ai songé que l'humiliation quotidienne que tu devais endurer à cause d'elle pesait plus que la mienne. J'admets toutefois que j'ai pensé dès cet instant à te faire chanter au sujet de l'île. Mais je n'avais alors aucune preuve concrète et c'eût été ma parole contre la tienne. Et cela aurait pu se retourner contre moi en justice.

— Comment cela ?

— Tu aurais pu affirmer que si je prétendais t'avoir vu cette nuit-là, c'était uniquement pour me venger de ta famille au sujet de l'île et tenter de la récupérer. Tout le monde connaît cette vieille discorde. Non, ce n'est que quand j'ai découvert le message sur le collier que j'y ai réfléchi sérieusement. Mais cet élan de cupidité m'a passé… jusqu'à ce que tu partes il y a deux mois sans revenir. Là, j'ai pensé que tu étais parti pour de bon et j'ai failli aller tout dire à la police. Mais comment aurais-je justifié mon silence de plus d'un an ? Ça faisait de moi un complice et j'ai donc laissé tomber... jusqu'à aujourd'hui quand Haskell m'a salué et confié que tu quittais la région définitivement. Ça m'a causé un choc et je me suis senti trahi. Je voyais les futurs propriétaires jouir de l'île et... Ah ! retourne l'enveloppe, David. J'ai fait exprès de te la remettre en t'en présentant le dessous.

Je la retournai. Elle était timbrée et adressée à la police d'État de Billings.

— Je n'ai fait qu'y mettre le collier pour qu'on ne puisse pas m'identifier... J'ai réussi à la récupérer au bureau de poste avant qu'elle parte.

Il semblait penaud.

— C'est pour ça que je ne pouvais pas aller chez toi tout de suite. Je regrette, j'ai agi sur un coup de tête et je ne suis pas fier de moi. Tu m'as donné l'île sans rien savoir de cela. En comparaison, je suis un bel hypocrite.

Était-ce l'intuition du danger qui m'avait poussé à donner l'île à Manley ? Au contact de la sorcellerie de la vieille Higgins, je me demandais si je n'avais pas développé certains pouvoirs sans m'en apercevoir.

— Je vais prendre bien soin du cimetière, dit Manley comme pour s'excuser de son geste. L'île, c'est un cadeau qui vaut plus que mon silence : il t'assure de ma complicité. Dès que tu quitteras cette maison, je brûlerai sa peau et sa tête à lui, là. J'ai amplement consommé ma vengeance. C'est mieux ainsi, d'ailleurs, si jamais la police venait...

— La police ? Pourquoi viendrait-elle ?

— Eh bien, que tu me donnes l'île sans raison apparente, sauf bien sûr pour veiller sur le cimetière, pourra sembler suspect à plusieurs, en particulier à Enright.

Il s'imaginera peut-être que j'ai découvert quelque chose te concernant et que c'est en échange de mon silence que tu m'as fait ce don. Je m'attends à sa visite. Mais ne t'inquiète pas, je saurai le recevoir !

J'avoue que je n'avais pas pensé à cela. Enfin, la rancœur qui avait accompagné les dernières paroles de Manley ne m'avait pas échappé.

— J'ai l'impression que vous n'aimez pas beaucoup notre nouveau shérif.

— Non, et toi non plus je présume. D'ailleurs, qui aime les flics ?

— Il y en a.

— Rassure-toi. J'ai une raison toute personnelle de ne pas l'aimer. Approche ton verre.

Après avoir rempli les verres, il s'exclama :

— Tu connais Catherine White ? Un sacré beau brin de fille, hein ? Eh bien, mon plus jeune sortait avec elle. Je ne prétends pas qu'ils étaient à la veille de se marier, mais c'était prometteur… jusqu'à ce qu'Enright arrive dans notre patelin. J'imagine qu'il a dû l'épater avec son uniforme, le salaud. Mon Dany a eu beaucoup de peine : il était très amoureux d'elle ! Et il l'est encore. Je crois même que c'est la raison principale de ses ennuis aujourd'hui.

Manley parut amer. De mon côté, je commençais à en avoir assez. Il s'en aperçut.

— Je voudrais savoir une chose avant que tu partes. Le corps de cette vieille folle que l'on n'a jamais retrouvé…

— Et qu'on ne retrouvera jamais, soyez sans crainte.

— Ah non ?

Je découvrais soudain un Manley plus curieux qu'il ne l'avait montré au départ. Au fond, c'était une chose qui devait le tracasser, car si on trouvait le cadavre et que je me mettais à table, la donation apparaîtrait d'autant plus suspecte et il pourrait être accusé de complicité. Je lui expliquai donc comment j'avais fait disparaître le cadavre. Puis, comme notre tête-à-tête continuait, je compris que quelque chose d'autre le tracassait. Finalement, il cracha le morceau :

— Et la fille ?

Il connaissait donc l'existence d'Anna. À bien y penser, ce n'était pas étonnant : nous passions beaucoup de temps sur l'île et avec son obsession de l'endroit...

— Elle s'appelait Anna, dis-je en ne voyant pas la nécessité de cacher son prénom ; elle était en vacances dans la région. Nous nous sommes rencontrés par hasard et elle a passé le reste de ses vacances avec moi. Puis elle est repartie. Ce n'était qu'une aventure.

— Vraiment ? dit Manley en me regardant d'un air soupçonneux. Où habite-t-elle ?

— À New York, répondis-je sans y penser davantage.

— N'est-ce pas la raison pour laquelle tu déménages là-bas ?

Je décidai de saisir la perche qu'il me tendait.

— Vous avez raison. C'était plus qu'une aventure. Je m'établis là-bas pour peindre, mais aussi dans l'espoir de la retrouver.

— Comment ? Tu ne sais pas où elle habite ?

— Non, dis-je en prenant un air penaud. Voyez-vous, elle m'avait offert de venir habiter chez elle, prétendant que je gâchais mon talent de peintre en demeurant ici. Mais j'ai refusé. Elle est partie fâchée, sans me laisser son adresse, convaincue que je ne quitterais jamais ma ferme.

— Tu dois bien connaître son nom de famille ?

— Je ne lui ai pas demandé et elle ne l'a jamais mentionné.

— Décidément, tu joues de malchance.

Je me rendais surtout compte que parler d'Anna m'était pénible et je voulais mettre au plus vite un terme à la rencontre. Manley insista :

— Tu n'as pas idée du quartier où se trouve son appartement, sa maison ?

— Aucune.

J'avais les yeux pleins d'eau et la gorge enrouée.

— Je dois partir maintenant, dis-je en me levant.

— Tu devrais le remettre dans l'enveloppe et le brûler dès que possible.

Je regardai mes mains : j'avais tordu le collier de Spider sans m'en apercevoir. Manley ramassa l'enveloppe tombée par terre et je l'y remis. Il me raccompagna à la porte. Sur le seuil, je soufflai la seule chose qui me sembla de circonstance :

— Merci.

— C'est moi, au contraire, qui te remercie.

— Je vois Minkowski à dix heures demain. C'est une pure formalité, mais je tiens à ce que l'acte de donation soit officiel et dans les normes.

— Ça me paraît raisonnable.

— C'est lui qui verra à ce que les dispositions dans l'acte soient respectées. Je signerai tous les papiers qu'il faut. Vous n'aurez qu'à passer plus tard pour apposer votre signature.

— Je te fais confiance.

— Très bien. Alors adieu ou, enfin, au revoir.

— C'est ça. Et bonne chance pour… comment s'appelle-t-elle déjà ?

— Anna.

— C'est ça. Bonne chance pour Anna. Je suis certain que tu vas la retrouver.

Comme j'aurais aimé que ce fût vrai ! Je gagnai le camion et, une fois sur la route, j'éclatai en sanglots.

XXV

En quittant Manley, je poursuivis ma route jusqu'à Falmouth où je louai une chambre dans le seul motel de la ville. De cette façon, j'étais à deux pas du bureau de Minkowski pour le rendez-vous du lendemain et j'évitais la confrontation avec les fantômes de la maison. Mais les fantômes sont parfois persistants et, j'eus beau mettre de la distance, ils me rattrapèrent dans mon sommeil. Je fis entre autres un horrible cauchemar.

J'étais dans mon lit et le loquet de la porte cédait. La vieille Higgins entrait, tenant Sidney en laisse. Elle était nue et sa peau, pâle et luisante, se confondait avec celle du cochon. «*Mein Süßer*, me susurrait-elle en esquissant son fameux sourire en coin. J'ai pensé qu'on aurait plus de plaisir à trois !» Elle enlevait alors la laisse et Sidney se ruait sur moi tandis qu'elle s'écriait: «*Ich liebe dich!*» Et, pendant que le porc m'écrasait de tout son poids et me mordait le visage, la vieille Higgins, Spider et Anna s'approchaient du lit et regardaient la scène en riant. Je me réveillai tout en sueur.

À sept heures, encore tremblant, j'allai me laver à la salle de bains. En revenant, je me sentais mieux. J'ajustai ma prothèse et me mis à sautiller, à faire de rapides mouvements en arrière et en avant, puis de côté, qui me confirmèrent l'aisance que j'avais acquise depuis l'amputation de mon pied bot.

Mes exercices terminés, j'écartai un pan de rideau crasseux et un rayon de soleil atterrit sur le motif brun du tapis en formant une tache qui ressemblait à de l'urine. Cela créa un mélange de couleurs semblable à la palette d'un gribouilleur de paysages sauvages et de cabanes en bois rond. Il y a une clientèle pour ce genre de tableau, pensai-je, comme il y en a une pour les motels minables et les moquettes couleur d'excréments. Cette dernière, d'ailleurs, se voulait épaisse mais, de la porte d'entrée au lit, puis à la salle de bains, on aurait dit qu'un sentier avait été tracé dans de la broussaille sèche. Mon écœurement montait au fur et à mesure que la lumière envahissait les lieux. Je m'habillai et sortis.

J'entrai chez Tony, le seul restaurant à Falmouth où on servait des petits déjeuners du tonnerre. Ce matin-là, jour de semaine, il y avait peu de gens et je m'installai à l'une des nombreuses tables libres. C'est Tony lui-même qui vint me servir.

— Hé ! dit-il en me versant une tasse de café noir brûlant. De la grande visite ! Il paraît que tu déménages pour de bon ?

Dans une petite ville, les nouvelles vont vite. Mais, comme Haskell était un type discret et Manley également, Tony devait tenir son information de Boomhower, le patron du motel. Ce dernier avait dû remarquer sur le camion de location la plaque d'immatriculation de l'État de New York. La moitié de Falmouth devait être au courant maintenant. Tony ne fit aucune allusion à ma jambe artificielle. Je ne sais ce qui les poussait tous à être discrets là-dessus. Enfin, je répondis qu'en effet je déménageais et commandai deux œufs tournés avec accompagnement.

— Et c'est parti ! lança Tony.

Sur la table voisine, j'attrapai *The Falmouth Echos*, le journal local, et commençai à le lire. Peu après, Tony m'apporta une assiette monstrueuse où il y avait quatre tranches de bacon, autant de saucisses et une montagne de pommes de terre rissolées. Les deux œufs se perdaient dans ce paysage gastronomique. J'attaquai mon plat avec appétit. J'en avais dévoré la moitié et Tony venait de me verser un deuxième café quand Enright entra.

— Tiens, tiens ! lança-t-il en relevant son chapeau sur son front. Tu parles d'un hasard ! Le petit David Morisson qui nous revient de voyage !

Ce n'était pas un hasard. Il avait dû apprendre par Boomhower que j'étais en ville. Il s'assit sur la chaise vide en face de moi, puis chuchota, strictement à mon attention :

— Les meurtriers reviennent toujours sur les lieux de leur crime, pas vrai ?

Je le regardai sans broncher, avalai une longue gorgée de café et m'entendis déclarer :

— Il est excellent. Je vous en offre un ?

— Non merci, répondit Enright, j'en ai déjà bu plusieurs. Par contre, je n'ai pas mangé.

Il saisit une saucisse dans mon assiette et en dévora la moitié.

— Pas mauvais du tout, fit-il, la bouche pleine. J'adore les saucisses de Tony.

Puis, se tournant vers le comptoir, il ajouta :

— Pas vrai, Tony, que j'adore tes saucisses ?

— Si tu le dis, marmonna le restaurateur, pas d'humeur à entrer dans son jeu.

— Elles ont un petit quelque chose, ajouta-t-il en reportant son regard vers moi et en dévorant le reste, une sorte d'épice dont seul Tony a le secret.

Je continuai de soutenir son regard.

— Si je n'étais pas de si bonne humeur, je jurerais que c'est du harcèlement.

— Du harcèlement ? souleva Enright en faisant mine d'être offensé. En voilà, un gros mot !

Les autres clients restaient le nez dans leur assiette ou leur journal. Enright prit la fourchette du couvert dressé en face de moi et piqua une pomme de terre rissolée dans mon assiette.

— J'adore aussi les pommes de terre de Tony, dit-il en l'avalant sans cérémonie.

Puis, se tournant une fois de plus vers le comptoir :

— Qu'est-ce que tu mets dans tes pommes de terre, Tony, je ne me rappelle plus ?

— Du paprika, répondit-il avec mauvaise humeur.

— Oui, c'est ça, déclara Enright. Du paprika. Et puis il y a quelque chose d'autre qui leur donne cette teinte un peu jaune à travers tout le rose, là, qu'est-ce que c'est Tony ?

— Un secret.

— C'est vrai, je ne me souvenais plus que c'était un secret. Enfin, tout le monde possède un secret, pas vrai, David ? Parfois il est petit, comme celui de Tony, parfois il est gros…

Il commençait franchement à m'indisposer. Le fait que je quitte la région et qu'il n'ait rien contre moi le frustrait au plus haut point. Je suis sûr qu'il aurait pu m'amener au poste par excès de zèle, mais je n'aurais pas parlé et son instinct de flic le lui disait. Depuis l'entente avec Manley, j'avais retrouvé l'étanchéité de ma carapace.

Enright suçotait sa fourchette en silence. Il la retira de sa bouche et déclara :

— Sais-tu que je t'écrase le pied depuis plusieurs minutes et que tu n'as aucune réaction ?

Je regardai sous la table. Enright écrasait mon pied artificiel. Je le retirai, non sans peine.

— Qu'est-il arrivé à ton pied, David ? Tu en as un nouveau ? Au lieu de tes gros sabots spéciaux, voilà que tu as des souliers minuscules et à la mode. Tu te déplaces, paraît-il, avec l'aisance d'une gazelle. À voir tes jolis pieds, moi, je dirais plutôt que tu évolues avec la légèreté d'une ballerine ! Tu ne voudrais pas me faire un petit numéro de danse, juste pour moi ? Tu peux monter sur la table ou sur le comptoir de Tony, je suis sûr qu'il serait d'accord.

— C'est sur votre tombe que j'irai danser un jour, Enright.

— Très drôle, répliqua-t-il. Comme ça, on s'est payé une petite chirurgie ? Ça coûte cher, les chirurgies. Et les prothèses ! M'est d'avis, ajouta-t-il en se penchant vers moi, que tu as trouvé quelque part un sacré pognon. Les recettes accumulées par le *moonshine* de ta défunte belle-mère ? Tu l'aurais tuée pour ça, au fond. Et puis, pour nous berner tous, tu auras attendu tout ce temps avant de commencer à le dépenser, ce pognon.

Enright profita du fait qu'il était penché vers moi pour piquer une autre pomme de terre dans mon assiette. Il se rejeta en arrière en la dévorant avec un air satisfait.

— Il paraît que ta ferme est à vendre, David, je me trompe ?

— Ce n'est un secret pour personne, alors arrêtez de jouer l'innocent.

— Il paraît également que tu déménages pour de bon ?

— En effet, et je ne reviendrai jamais ici !

— Oh, on revient toujours, dit Enright négligemment. La nostalgie, ce genre de truc.

Puis, s'étant pendant un moment regardé la main, il commença, avec l'une des pointes de sa fourchette, à se curer les ongles. Ce manque de savoir-vivre me donna la nausée. C'était de la pure provocation. Le dégueulasse alla jusqu'à envoyer ses saletés dans mon assiette.

— Mais pour revenir, poursuivit-il, songeur, il faut partir... Et je ne suis pas sûr de vouloir te laisser partir, David. Tu comprends ça ?

— Je comprends que je vais vous manquer, répliquai-je. Mais consolez-vous, je vous enverrai une carte postale.

Tony laissa échapper un gloussement, tandis qu'Enright m'empoigna et riva son visage sur le mien. Du café se répandit sur ma chemise et, d'un coup de poignet, j'envoyai le reste sur lui.

— Saloperie ! jura-t-il en me relâchant et en se levant.

Entre-temps, Tony avait quitté son comptoir et était arrivé à côté de nous.

— Eh là ! Eh là ! s'écria-t-il. Pas de bagarre dans mon restaurant !

— Parce que tu prends la défense de ce petit amputé de merde ? tonna Enright en essuyant sa chemise avec une serviette de table.

Faire référence à mon handicap ne servit pas Enright. Tony le regarda, farouche.

— C'est mon restaurant, insista-t-il. Et je défends l'intérêt de mes clients.

— Tes clients ? Celui-là ne le sera plus pour bien longtemps !

— Je préfère un client occasionnel à un client dans ton genre, Enright. Va-t'en !

À cette remarque, Enright s'empourpra et nous dévisagea l'un après l'autre. Puis il rabaissa son chapeau sur son front et, avant de sortir, il me lança :

— On se reverra, saleté d'unijambiste.

J'étais debout et je serrais les poings. Tony me mit la main sur l'épaule.

— Assois-toi. Je vais te servir un autre café.

Je regardai ma montre. Mon rendez-vous avec Minkowski approchait. Mais il n'eût pas été surprenant qu'Enright m'attende à l'extérieur. J'inspirai profondément et m'assis. Tony revint avec deux cafés.

— Merci d'être intervenu, lui dis-je. J'espère que tu n'auras pas d'ennuis à cause de moi.

— Ne t'inquiète pas. Enright est un zélé qui aime jouer les durs, mais il manque de couilles. Cohard n'était pas un ange, c'est vrai. Au moins, il avait la mentalité des gens d'ici. Ah, je me demande ce que Catherine White a pu trouver à ce type !

On ne pardonnerait sans doute jamais à la jeune femme son mariage avec Enright. Quand vint le temps de payer, Tony ne voulut rien savoir et je n'insistai pas. Au moment de sortir, il m'interpella :

— N'oublie pas la carte postale, hein ?

Je le saluai d'un air entendu et partis. Le bureau de Minkowski était à dix minutes. Je marchai d'un bon pas, lançant des regards furtifs autour de moi. La rencontre avec Enright m'avait rendu nerveux et je craignais de le voir surgir pour me harceler de nouveau. Mes craintes se révélèrent injustifiées et je fus chez Minkowski à l'heure convenue. Il me reçut immédiatement.

— Monsieur Morisson, entrez, assoyez-vous.

Je m'assis dans l'un des sièges de cuir capitonnés en face de son bureau en acajou dont la frise, marquetée, était parsemée de petites rosaces sculptées. La pièce était peinte de tons de vert variés, sorte de camaïeu géant agrémenté de moulures de plâtre vieux rose et de boiseries. Le tout devait ressembler à la décoration d'un pub anglais huppé du dix-neuvième siècle, version Minkowski bien sûr.

L'avocat me lança un regard curieux, les sourcils arqués en signe d'interrogation.

— Que me vaut l'honneur ? demanda-t-il en me découvrant muet. Il semblait y avoir urgence la dernière fois que nous nous sommes parlé.

Il portait un costume noir et son teint était proche de la paraffine, car il se faisait une gloire de ne jamais aller au soleil. On le surnommait Dracula ou le Croque-mort en affirmant qu'il avait manqué sa vraie vocation. L'un et l'autre surnoms se complétaient, et je dois dire qu'en le regardant attentivement, ce matin-là, je l'imaginais bien en train de dormir dans un cercueil à l'abri de toute lumière.

— J'aimerais officialiser ceci, dis-je en lui donnant l'une des copies que Manley et moi avions signées. De plus, j'aimerais que vous vous assuriez que les modalités qui y figurent soient respectées.

— Voyons voir, dit-il en dépliant le document de ses mains manucurées.

Il lut attentivement, et son teint blanchâtre sembla rosir.

— Qu'est-ce que c'est que ça ? fit-il en laissant le document retomber sur son bureau comme si c'était une feuille de chou. Une plaisanterie ? Vous savez que j'ai servi votre père avec fidélité, ainsi que votre grand-père. Alors pourquoi êtes-vous venu exactement ? J'ai appris que votre propriété est à vendre. N'est-ce pas le but réel de votre visite ?

— Nous toucherons à ce sujet dans un instant, répondis-je. Pour le moment, regardez-moi : est-ce que j'ai l'air de plaisanter ? J'arrive de chez Tony où je viens d'être enquiquiné par ce zélé d'Enright et je n'entends pas à rire. Je vous demande donc de transformer ce papier qui repose sur votre bureau en document officiel que j'entends signer ce matin pour quitter la région au plus vite et ne jamais revenir. Maintenant, en ce qui concerne la propriété, Peter McCormick, l'agent immobilier avec qui je fais affaire, vous contactera dès qu'il aura une offre sérieuse. Il m'a proposé un avocat d'office, mais je lui ai dit que j'en avais déjà un en qui j'avais pleine confiance. Ne me décevez donc pas, maître, et ne soyez pas surpris si je vous demande de m'envoyer les documents officiels par la poste, que je signerai et vous renverrai avec vos honoraires. Je vous remets d'ailleurs une avance en liquide, ajoutai-je en lançant sur son bureau une enveloppe remplie de billets.

Je débitai tout cela sans avoir une seule fois repris mon souffle.

Vis-je perler des gouttes de sueur sur le front cireux de Minkowski ? Le masque de paraffine fondrait-il pour me montrer un individu orgueilleux qui me dirait d'aller me faire voir et de prendre un autre avocat ? Eh non. Dracula se leva et partit voir sa secrétaire.

Une demi-heure plus tard, je sortais de son bureau, l'acte de donation officiel signé et ses services assurés pour la vente de la propriété. Il me restait encore deux choses importantes à accomplir avant de partir. Ma minable chambre n'avait pas de téléphone, alors j'entrai dans une cabine de la rue principale et composai le numéro de McCormick. Je l'informai que l'île était dorénavant exclue de la propriété, suggérai de baisser le prix de vente de vingt-cinq pour cent s'il le jugeait nécessaire et je raccrochai. J'atteignis le motel deux minutes plus tard, préparai mes bagages et passai à la réception régler la chambre.

Boomhower n'était pas derrière le comptoir et j'appuyai sur le carillon. Enfin, un homme chauve à la figure grêlée et ayant l'allure d'un crapaud sortit d'une pièce dans laquelle la télévision et la radio jouaient de concert en permanence. Il avait mis plus d'une minute avant de surgir ainsi, tout bondissant, et je me demandais ce qui avait bien pu l'occuper. Puis je réalisai que j'aimais autant ne pas le savoir.

Boomhower représentait ce que l'humain peut faire de mieux pour ressembler à une sphère. Cou absent, épaules tombantes, bras et mains repliés sur un ventre énorme, le tout tenant en équilibre sur des jambes bourrelées de graisse dont la paire de pieds qui émergeaient ressemblait au support d'un globe terrestre.

Un sourire se dessina sur son visage.

— Monsieur Morisson.

La voix, petite et fluette, évoquait le chuintement d'un ballon qui se dégonfle.

— Je viens régler la chambre.

— Bien sûr, monsieur Morisson.

Depuis que j'étais revenu de New York, on me servait du « monsieur » à profusion. Peut-être à cause de ma jambe artificielle qui me donnait une démarche plus assurée que celle à laquelle les gens étaient habitués. Je payai en argent comptant.

— J'espère que vous reviendrez nous voir, dit-il.

— Bien sûr, quand les poules auront des dents.

Je tournai les talons et partis.

XXVI

La demeure avait été belle jadis, mais depuis plusieurs années on l'avait laissée dans un état d'abandon évident. De style Queen Anne, elle possédait un porche qui se terminait à ses extrémités par des toits en tourelle dont les tuiles étaient envahies par une mousse verdâtre. La porte principale était légèrement de guingois et il manquait des barreaux à la balustrade. L'ancien revêtement était partout visible derrière de grands lambeaux de peinture frisottants. La voiture du Dr Kendall était garée dans l'entrée.

J'avais apporté avec moi la dernière bouteille de cuvée spéciale. Durant mon absence, Jay Haskell s'était chargé de lui remettre les autres. C'était mon dernier arrêt avant de quitter définitivement Falmouth et j'aurais bien aimé éviter cette corvée. Or, Jay m'avait dit que Kendall voulait absolument me voir, que c'était une question de vie ou de mort selon le médecin.

Je sortis du camion et suivis l'allée centrale bordée par une haie de cèdres défraîchie. Sur la porte, il y avait un mot: «Cabinet fermé aujourd'hui. En cas d'urgence, adressez-vous à M. L., à Billings.» Je sonnai. Pas de réponse. La sonnette était-elle brisée? Enfin, j'entendis quelqu'un se traîner jusqu'à la porte, qui s'ouvrit brusquement.

— Vous ne savez pas lire ! Je ne fais pas de…

Deux yeux aux paupières lourdes et rougies s'écarquillèrent.

— Ah, c'est toi ?

— Je suis venu vous porter ceci, dis-je en montrant la bouteille.

Il parut surpris.

— C'est la dernière, annonçai-je.

— Ah, bien sûr. Entre !

J'entrai et il m'invita à le suivre dans un long corridor et nous nous retrouvâmes dans sa cuisine. Sur la table, il y avait une bouteille de cuvée spéciale et un verre. Sur le comptoir, une montagne de vaisselle sale et, sous mes pieds, un parquet à carreaux noirs et blancs crasseux qui avait besoin d'un bon coup de lavette.

Le Dr Kendall m'invita à m'asseoir. Je m'assis à contrecœur. J'aurais voulu éviter tout cela.

— Comme ça, tu pars pour de bon ?

— Oui.

— Eh bien… Je t'envie ! Quitter ce bled perdu !

Il regarda la bouteille que j'avais posée sur la table. Puis il regarda la sienne, presque vide.

— Pour être franc, je pensais que Jay m'avait remis la dernière l'autre jour. Bah, ça ne change rien ! J'ai déjà tout pré…

Il s'arrêta, tourna vers moi sa figure léonine et me demanda :

— Je t'offre quelque chose ?

— Non merci.

Il se versa deux doigts de *moonshine.*

— Je suis content que tu sois venu.

Pas moi, et je voulais partir. Pourquoi donc

l'avais-je suivi dans la maison ? Par pitié ? Je ne voyais pas d'autre réponse.

— J'ai quelque chose d'important à te dire…

Il but son verre d'un trait.

— Tu dois faire attention, David. J'en ai vu une, je crois.

— Une ?

— Une initiée.

J'étais totalement perdu.

— De quoi parlez-vous ?

Il sembla surpris.

— Je te parle d'une sorcière, bon sang !

Je compris aussitôt : les amies de la vieille Higgins ! La correspondance que j'avais trouvée dans le coffre-fort, ce qui ressemblait à un réseau de sorcellerie en voie de formation.

— Il n'y a pas de secte comme telle, protestai-je, vous l'avez dit vous-même. Pas de membres…

— Je sais. Mais elles entretiennent visiblement des contacts et certaines doivent se poser des questions au sujet de la disparition de Saras Higgins. Quelques-unes auraient décidé de venir sur place pour enquêter que ça ne m'étonnerait pas. La première femme louche que j'ai vue, c'était il y a six mois environ. Elle serait allée au bureau du shérif. Il y a quelques jours, j'en ai vu une deuxième. Elle n'était pas habillée comme les femmes d'ici, tu comprends ? Remarque, je deviens peut-être paranoïaque.

Ou le *moonshine* le portait à halluciner. Je rétorquai :

— Si certaines de ces femmes se posent des questions au sujet de la disparition de ma belle-mère, pourquoi ne sont-elles pas venues me voir chez moi ?

— Oh, ce n'est pas de cette manière qu'elles opèrent… Elles sont sournoises.

Je réfléchis un instant.

— J'ai toujours eu l'impression, Dr Kendall, que vous en saviez plus que ce que vous m'avez laissé entendre et vous m'en donnez la confirmation.

— Disons que les hommes ne sont pas admis dans leur cercle, reprit-il. Ah, leur cercle, c'est bien le mot ! Mais elles ont besoin d'eux pour… la procréation, entre autres.

— Je m'en serais douté. Y a-t-il plus de choses intéressantes à savoir ?

— Non. Seulement de faire attention.

— Eh bien, personne n'a ma nouvelle adresse, sauf le notaire. Et, une fois ma ferme vendue, je lui demanderai de s'en débarrasser définitivement.

— C'est une bonne idée.

— De toute façon, je vis à New York sous un nouveau nom, un nom d'artiste. Ça m'étonnerait donc qu'on vienne me déranger. Ça ne semble d'ailleurs pas être un groupe ou un réseau très organisé. Et pourquoi m'inquiéterais-je ? Nous le savons, vous et moi, Dr Kendall, je n'ai rien à voir avec la disparition de ma belle-mère.

— Bien sûr. Je t'invitais simplement à la prudence.

Il but encore. Je ne sais pas combien de verres il avait avalés avant, mais j'espérais qu'il n'entre pas en transe comme la dernière fois. Pour le moment, il paraissait très lucide et étrangement silencieux.

— Jay Haskell m'a dit que vous teniez absolument à me voir, que c'était une question de vie ou de mort.

— Oui, il y a des choses que tu ignores et que tu

devrais connaître. Par exemple, c'est durant les vacances qu'il prenait chaque hiver dans les Caraïbes que Cohard a rencontré Saras Higgins, et c'est lui qui l'a invitée à venir s'établir dans notre région pour poursuivre son trafic à cause des problèmes qu'elle avait là-bas.

— Je n'aurais pas pensé cela, admis-je même si quelque chose en moi ne s'en étonnait pas. C'est tout ?

Il sembla réfléchir, hésiter.

— Ah ! J'ai tout gardé en moi depuis tant d'années ! Voilà un bout de temps que je voulais te parler, mais j'en étais incapable.

— Que cherchez-vous à me dire ? demandai-je en sentant un frisson glacé me parcourir le dos.

— Ça concerne Cohard et ta mère…

Je pensai aussitôt à la bousculade évoquée par l'ancien shérif et l'interrompis, hurlant presque :

— Vous voulez me dire que Cohard a violé ma mère ?

Cette idée me trottait dans la tête depuis que Cohard m'avait confié cette histoire. En tant que médecin, Kendall devait savoir ce qui s'était passé. J'insistai :

— Il m'a dit qu'il l'avait « bousculée » ! Il l'a violée ? Dites-moi !

Et, continuai-je de penser en m'emballant, ce serait à la suite de ce viol que ma mère serait tombée enceinte. Elle aurait gardé l'enfant, trop pieuse qu'elle était pour se faire avorter. Ça expliquait pourquoi je ne ressemblais pas à mon père, son ressentiment envers Cohard et mes yeux semblables à ceux…

— Non, non ! me répondit Kendall. Tu n'y es pas. Ce que je cherche à te dire, David, c'est que ta belle-mère était en vérité… ta mère.

Je restai complètement désarçonné par cette affirmation.

— Qu'est-ce que vous racontez là ?

— La vérité.

— Quoi ? Le *moonshine* vous fait délirer, Dr Kendall ! m'écriai-je, hors de moi. Et il est temps pour moi de partir !

Je me levai, mais le vieillard, avec une poigne de fer dont je ne l'aurais pas cru capable, me rassit sur ma chaise.

— Écoute-moi, David !

Son ton était suppliant.

— Ta mère, l'autre, était stérile ! Elle souffrait d'une malformation de l'utérus. J'ai son dossier médical ici si tu veux le voir ! Il n'y avait rien à faire, sauf qu'elle voulait absolument un enfant, comme ton père, et je le leur ai apporté, cet enfant. Toi, un prématuré de sept mois, alors que ta véritable mère projetait de te tuer !

Je restai figé sur ma chaise. Ce que je considérais comme du délire était en train de briser quelque chose en moi et de me plonger dans un état d'hébétude qui me refusait tout réflexe et toute défense. Kendall alla chercher un verre et me versa ce qui était, je crois, du *moonshine* ordinaire, du moins je l'espérais.

— Bois ! m'ordonna-t-il.

Je réussis à attraper le verre et à le porter à mes lèvres. Je sentais que Kendall ne délirait pas, qu'il ne mentait pas. Et la vérité s'installait en moi, contractant mes muscles au point de me donner l'impression que j'allais éclater parce qu'elle était impossible à supporter. Quand enfin le *moonshine* coula dans ma gorge, mon corps se détendit et je m'attachai à la seule chose qui, dans mon esprit, pouvait contredire cette affirmation. Je parvins à articuler :

— La photo.

— Quelle photo ?

— Une photo de maman sur laquelle je possède ses traits, c'est indéniable.

— Une seule ? Et les autres ? Tu lui ressembles sur les autres ?

Je ne répondis pas. Pourquoi n'avais-je jamais osé faire le portrait de ma mère à partir de ses photographies ? N'avais-je pas le sentiment inconscient qu'en la dessinant j'aurais constaté que quelque chose clochait ? À savoir que si mes yeux m'avaient leurré, ma main, elle, ne l'aurait pas fait ?

— Tu t'es attaché à cette photo, car tu as *cru* reconnaître sur elle tes traits. Tu en avais besoin pour te réconforter, tu comprends ? Parce qu'en toi tu devais te douter de quelque chose. J'avais averti tes parents qu'il faudrait un jour te révéler la vérité, mais ils n'auraient pas pu t'aider à retrouver ta mère biologique si tu avais décidé d'entreprendre cette démarche puisque je ne leur ai jamais dit d'où tu venais et, trop heureux d'avoir un enfant, ils ne m'ont jamais posé de questions sur ta provenance. C'était une entente tacite entre nous.

Alors Kendall commença le récit d'une étrange histoire qu'on aurait dit sortie tout droit d'un conte. Saras Higgins s'était mise à sortir avec Cohard après son arrivée ici. Elle était tombée enceinte, une grossesse non désirée qu'elle tenta d'interrompre par elle-même. Car elle possédait des potions, avait-elle un jour confié à Kendall. Pourtant, aucune d'entre elles ne fonctionna. Elle s'obstina malgré tout, et plus elle s'obstinait, plus le fœtus restait en place comme si une sorcellerie plus grande que la sorcière elle-même le protégeait. Elle employa des moyens extrêmes, jusqu'à se frapper le ventre à poings nus, provoquant une hémorragie interne qui faillit l'emporter, elle, et pas seulement le fœtus. Elle aurait pu aller voir Kendall dès le début, sauf qu'elle n'avait pas confiance dans les médecins. Quand enfin elle se décida, elle était enceinte de six mois et Kendall refusa de l'aider, affirmant qu'elle ne trouverait aucun médecin qui accepterait de pratiquer ce qu'il considérait comme un assassinat. Elle réagit très mal, lui cria qu'elle accoucherait seule et se ferait un plaisir d'étouffer l'enfant de ses propres mains. Mais, alors qu'elle attendait son heure pour accomplir son horrible dessein, l'enfant l'avait surprise le septième mois. « Normal que tu aies été prématuré avec tout ce qu'elle avait tenté pour se débarrasser de toi », précisa Kendall. Toutefois, les contractions furent si violentes et sa souffrance si grande qu'elle se traîna jusqu'au téléphone et l'appela à son chevet.

— Quand je suis arrivé, dit Kendall, elle délirait, répétant constamment : « C'est un mâle ! Un mâle ! Une monstrueuse erreur ! » Je lui ai immédiatement fait une péridurale et, pendant que je l'examinais, elle hurlait des choses comme : « Il me déchire les entrailles ! Je dois le tuer ! Il va causer notre perte, notre perte à toutes ! » Elle souffrait beaucoup. Et pour cause : tu te présentais par le siège.

Kendall s'arrêta et but un peu de *moonshine.*

— L'accouchement fut long et très difficile. Et si ce n'avait été de sa force, Saras serait sans doute morte. Quand tu es né, tu n'as pas émis un son, mais tu respirais et tout était normal, sauf ton pied gauche, qui possédait une malformation évidente. Je t'ai enveloppé dans une couverture et placé sur une commode, car il n'y avait rien de prévu pour toi dans la chambre. À ce moment, je n'avais pas de plan, sauf celui de t'écarter de ta mère qui heureusement s'était évanouie. Je t'ai mis de côté, donc, espérant que tu ne pleurerais pas, et j'ai réparé les dégâts. J'avais dû pratiquer une épisiotomie. Pendant que je suturais, Saras s'est réveillée. Elle a demandé à te voir. J'ai prétendu que tu étais mort-né et lui ai préparé un somnifère. « Je veux le voir ! » s'est-elle écriée. J'ai répondu qu'elle devait se reposer. Elle ne voulait rien savoir et s'époumonait. « Il est complètement déformé, ai-je répliqué pour tenter de l'amadouer. Mais c'est bien un mâle, tu avais raison ! » Elle s'est tue. Son regard a fixé la couverture immobile sur la commode. « Rien ne bouge, lui ai-je dit. Il est mort. » Elle a plissé les yeux pour mieux voir ce qui se trouvait emmailloté dans la couverture. Ses cris et ce simple effort de concentration avaient suffi à l'épuiser. Elle s'est de nouveau évanouie. Je n'ai pas hésité une seconde et lui ai administré une forte dose de somnifère par voie intraveineuse. Elle en aurait pour au moins douze heures avant de se réveiller.

« Les sutures terminées, certain que son état était stable, je t'ai amené chez tes futurs parents. La supercherie a été facile à réaliser. Ta mère restant presque toujours à la ferme, j'ai établi un faux suivi médical relatant les étapes de sa grossesse et rempli les papiers comme quoi j'avais procédé à l'accouchement à domicile. Dès le départ et sans qu'ils aient à recourir à aucun service d'adoption, tu es ainsi devenu leur fils légitime. »

Le Dr Kendall se versa encore du *moonshine*.

— Mais il y avait un problème majeur à cet arrangement. Lorsque Saras se réveillerait, elle voudrait te voir et finirait par découvrir ce qui s'était passé. Et je savais qu'elle ferait tout pour te tuer. Or, avant de t'amener aux Morisson, j'avais eu une idée sans laquelle je n'aurais sans doute pas tenté l'aventure. Je connaissais à Billings des médecins avec qui j'avais fraternisé lors de réunions organisées par des compagnies pharmaceutiques. L'un d'eux donnait des cours de biologie à la MSU et se passionnait pour la tératologie. Dans son laboratoire, il possédait de ces monstres humains mort-nés conservés dans des pots de formol, qu'il aimait exhiber à ses étudiants pour les mettre à l'épreuve ou les effrayer. J'avais besoin de l'un d'eux. J'ai foncé à Billings et convaincu le médecin en question de me laisser un de ses spécimens mâles en jurant de le lui rapporter. Je n'en avais aucune intention, et c'était un problème secondaire par rapport à celui de Saras. Quand je suis retourné chez elle, six heures après l'accouchement, elle dormait encore. J'ai enterré le « monstre » dans le jardin après l'avoir extirpé de son bocal. Je pensais que la terre dissimulerait l'aspect décoloré de la peau. Je prétexterais avoir agi ainsi à cause de l'odeur de décomposition. Mais cette précaution s'avéra inutile : avec toutes les potions qu'elle avait prises, quand Saras l'a déterré et examiné, elle trouva naturel que le nouveau-né n'ait pas un aspect normal. J'ai vu la satisfaction se dessiner sur son visage. Elle a demandé à rester seule et je suis parti. J'ai su plus tard qu'elle a brûlé le « monstre » et enfoui ses restes en forêt, ne voulant pas garder quelque chose d'aussi compromettant dans son jardin. Quant à mon ami médecin, lorsque je lui ai avoué que j'avais perdu son précieux spécimen, il ne m'a plus jamais adressé la parole. Quelques mois plus tard, une rumeur a commencé à circuler à Falmouth comme quoi je me livrais à des expériences sur des enfants mort-nés. Les rumeurs ont toujours un fond de vérité, David. C'est sans doute cet ami médecin qui, par dépit, intentionnellement ou non, est à la source de cette histoire.

Il me regarda dans les yeux. J'étais toujours abasourdi et ne prononçais pas un mot.

— L'aventure en valait-elle la peine ? Sûrement, puisque tu as survécu au-delà de toutes les espérances. C'est bizarre, mais les prématurés de sept mois ont une chance de survie plus grande que ceux de huit. Et puis, tu avais déjà survécu à toutes les tentatives de ta mère pour te détruire. Ironiquement, cependant, le hasard a voulu que ton père adoptif rencontre Saras dans une soirée à la foire de Falmouth et qu'elle l'attrape dans ses filets. Elle a toujours eu un penchant pour les veufs. Peter Higgins, Cohard… bien que lui, il fût trop malin pour se faire avoir. Je t'avoue qu'en apprenant leur mariage j'ai eu peur qu'elle te reconnaisse. Heureusement, tu n'as pas ses traits.

« Anna ne les avait pas non plus », pensai-je.

— Un juste retour des choses, poursuivit Kendall. Elle domine le mâle, mais c'est comme si celui-là prenait sa revanche en ayant le dernier mot sur le plan génétique. Tu as son front, tout au plus. Le reste… Eh bien, si tu ne t'es pas aperçu que tes traits ressemblaient à ceux de Cohard, c'est sûrement à cause de l'obésité de son visage et de ses favoris qui attiraient toute l'attention, cette ridicule parodie irlandaise. Enfin, pour en revenir à Saras, comment aurait-elle pu se douter de ton identité, persuadée qu'elle était d'avoir brûlé et enterré les restes de son fils dans la forêt? En revanche, son instinct l'a amenée à te haïr. Contre cela, je ne pouvais pas grand-chose. Traite-moi de lâche si tu veux, sauf qu'intervenir et révéler la vérité eût été pire. Quant à Cohard, il n'a jamais rien su, car Saras a mis un terme à leurs coucheries dès qu'elle a appris sa condition et elle a dissimulé son état avec succès. Elle se bandait le ventre et portait des vêtements très amples. Quand elle est venue me voir à son sixième mois de grossesse, rien ne paraissait avant que je l'examine.

Il me regarda et ajouta sur une note qui se voulait philosophique:

— La nature humaine est étrange. Tes parents biologiques ignoraient complètement ton existence, mais instinctivement Saras te vouait une haine viscérale et Cohard, une affection paternelle.

Il arrêta de parler. J'attendais que le discours se poursuive. Or, cette fois, il en avait fini, et l'arrêt de ses paroles provoqua chez moi un brusque malaise qui se transforma en un urgent besoin de vomir. Kendall le comprit.

— La salle de bains est à droite, au bout du couloir.

J'y courus et vomis dans la cuvette tout mon déjeuner. Après, je continuai de vomir, et c'était comme des restes d'émotions jamais digérées, oubliées et accumulées quelque part en moi. Ça sortait, sortait. Un vide se créait en mon corps dont toutes les terminaisons nerveuses étaient à vif. Je me sentais brisé jusque dans les derniers retranchements de mon être. Ce n'était pas une simple brèche dans la carapace, c'étaient de multiples fissures qui apparaissaient partout, créées par la pression de ce qu'on m'avait révélé trop brusquement. Alors j'*éclatai*. D'abord en sanglots ininterrompus, en cris rauques et bizarres ; ensuite en plaintes, plus animales qu'humaines. Je me sentais damné. Le monstre, ce n'était pas l'autre qu'on avait brûlé et enterré, c'était moi. J'avais tué père et mère, couché avec cette dernière et poussé le raffinement incestueux jusqu'à réserver le même sort à ma demi-sœur. Je m'écroulai sur le parquet, désirant que le néant m'engloutisse. Il me sembla que le seul moyen de calmer ma douleur consistât à m'enlever la vie.

Je ne sais combien de temps je passai ainsi dans la salle de bains du Dr Kendall, en proie aux émotions les plus vives. Au bout d'un moment, je me rendis compte que demeurer là à ne rien faire était pire. L'action permettait tout de même la fuite, bien que je ne fusse pas sûr qu'on pût échapper à soi-même. Je pouvais en tout cas commencer par quitter la salle de bains, la région, puis le Montana. Après, on verrait. Serait-il possible de rebâtir ma carapace ?

Je retournai d'un pas mal assuré vers la cuisine et dus m'appuyer au chambranle d'une porte qui donnait sur une bibliothèque. Au centre de la pièce reposaient un fauteuil victorien, une petite table et une lampe de lecture. Ce qui attira mon attention, ce fut la seringue sur la table, prête à servir, et un dessin géométrique rempli de symboles insolites tracé autour du fauteuil.

J'entrai et m'approchai des rayons de livres, constatant avec un frisson que la très grande majorité d'entre eux traitaient de sorcellerie.

— Je ne la pratique pas, entendis-je soudain dans mon dos.

Je me retournai. Le Dr Kendall était dans le cadre de la porte.

— Vous ne pratiquez pas quoi ? demandai-je.

— La sorcellerie. Mais j'ai beaucoup lu à son sujet. La majorité des livres que tu vois ici sont des études, pas des livres de sorcellerie.

— Et ça ? dis-je en montrant le dessin autour du fauteuil, puis la seringue.

— Je veux m'assurer de me rendre sans encombre auprès de mon créateur… s'il existe. Je souffre beaucoup, David, et le *moonshine* de ta mère ne produit plus l'effet escompté. Je dois partir et j'ai trop lu sur le sujet pour ne pas prendre certaines « précautions ».

— Qu'y a-t-il dans cette seringue ?

— Un puissant cocktail de sédatifs. Je partirai sans souffrir.

Je le dévisageai. Sa figure était pâle et difforme. J'avais eu tort d'attribuer ces ravages à l'alcool, car je m'étais renseigné sur la maladie de Paget dont il disait souffrir et avais découvert qu'elle déformait les os. Peu invalidante, la douleur était néanmoins profonde et permanente, et, quand la tête était touchée, le crâne devenait asymétrique et le visage prenait un aspect léonin.

— Viens, dit-il. Ne restons pas ici.

Nous retournâmes à la cuisine. Allais-je essayer de convaincre Kendall de renoncer à son projet de suicide ? Non, je souffrais trop pour ne pas envisager pour moi-même une telle solution. Je me contentai de murmurer, comme si je cherchais du réconfort auprès de lui :

— J'ai tué ma propre mère.

— Oui, sauf que c'était un chameau de la pire espèce,

lança-t-il en me tendant un verre de *moonshine*.

— J'ai également tué mon père !

— Je m'en doutais… Pourtant, dis-toi que Cohard était un escroc sans scrupule. Bien des gens ont souffert à son contact.

— Et pour cette histoire de bousculade, que s'est-il passé exactement ?

— Quelle importance ? fit Kendall en haussant les épaules. Ce n'était pas ta vraie mère.

Cette remarque me mit hors de moi.

— Pour moi, ça l'était ! C'est elle qui m'a élevé, cajolé… L'*autre*, je ne pourrai jamais l'appeler « mère » ! Elle sera toujours pour moi une usurpatrice et une meurtrière !

— Je comprends. Et je regrette ce que je viens de dire. Tout cela n'est pas facile à accepter, David. Mais écoute. Lors de son accouchement, j'ai entendu Saras prononcer dans son délire le nom d'une certaine Anna. D'après ce que j'ai pu comprendre, ce serait sa fille, qu'elle aurait eue avec un autre homme dans les Antilles. Ainsi, tu aurais de la famille, une demi-sœur qui habiterait…

Je me levai. Puis, sans lui laisser le temps d'en dire davantage ni de m'accompagner, je me précipitai dans le couloir et sortis de la maison sans regarder derrière moi.

XXVII

J'aurais aimé que l'aventure s'arrête ici et que je trouve la force d'envoyer le camion contre un arbre. Mais je ne trouvai de courage que dans la fuite, une fuite éperdue qui m'amena à emprunter un chemin de traverse pour gagner le prochain État.

J'en avais passé la frontière quand la lumière d'un gyrophare scintilla derrière moi et un coup de sirène retentit. Mon instinct m'avertit d'accélérer; je choisis néanmoins la prudence et me rangeai sur l'accotement. Le policier qui s'avança vers moi possédait une démarche dégingandée, celle du flic rempli de lui-même et de la confiance que lui confère son statut de maître de l'autorité. Le chapeau rabaissé sur le front me cachait le visage, mais j'aurais reconnu cette démarche entre toutes ! Quand Enright remonta son chapeau en pensant me surprendre, je ne bronchai pas.

Il arborait son habituelle moue arrogante. Je baissai ma vitre. Enright, qui mesurait plus d'un mètre quatre-vingts, arrivait à ma hauteur, son sourire méprisant semblant vouloir me mordre malgré la distance.

— Tiens, tiens, fit-il. Le petit miraculé de Falmouth ! Je t'avais bien dit qu'on se reverrait.

J'étais las, bouleversé. J'eus pourtant la force de répliquer :

— C'est toujours un plaisir.

Le coup partit sans avertissement. Ma tête s'affaissa avec un bruit sourd sur le banc côté passager. Je me relevai aussitôt, comme si j'avais été une sorte de *punching-bag*.

Je saignais du nez, et de petits morceaux de dents, pareils à du verre, pénétrèrent ma gencive quand je portai la main à l'endroit où Enright m'avait frappé.

— Sors de ce camion ! m'ordonna-t-il.

— Pour ça, articulai-je en sentant les bouts d'émail rouler et percer l'intérieur de ma joue, il faudrait me le demander plus poliment.

Le deuxième coup m'atteignit à la mâchoire inférieure, puis Enright me tira à l'extérieur et referma la porte du camion en me plaquant dessus.

— Tu pensais que tu t'en tirerais à bon compte, hein ? Petit con !

Je reçus un coup de genou dans le ventre et m'écroulai, tentant de reprendre mon souffle.

— Tu as peut-être berné tout le monde, hurla Enright, mais pas moi ! Je sais que tu as tué Saras Higgins et Cohard !

La voix d'Enright résonnait à l'intérieur de ma tête comme un écho multiple. Il semblait parler du seuil d'une caverne dont j'habitais le fond. Il savait, ne cessait-il de me répéter. Le problème, c'est qu'il ne pouvait rien prouver… d'où sa frustration, d'où ses coups.

— Vous n'êtes plus dans votre juridiction, lui dis-je après avoir récupéré mon souffle.

— Un représentant de la loi reste un représentant de la loi où qu'il soit !

— Et un beau dégueulasse ! ajoutai-je.

Cette fois, j'eus droit à une volée de coups dans les côtes, puis un crochet sur l'oreille me jeta sur le sol. J'avalai de la poussière, alors qu'Enright continuait de frapper.

Mon corps s'engourdit tandis que mon esprit se mettait à glisser dans le noir et que je songeais que ce devait être ça, la mort, ce trou obscur qui s'ouvrait sous moi en descendant dans les profondeurs de la terre, là où mes fantômes m'attendaient de pied ferme.

J'allais crever au bord du chemin tel un vulgaire cabot et je le méritais bien, pensai-je, puisque j'étais un bâtard, une ordure, un salaud. Et pourtant, malgré ce que j'avais fait et ce que j'étais, je me rendis compte que je voulais vivre. De désespoir, je saisis le cercle sacré de Jay Haskell que j'avais passé à mon cou et j'entendis une voiture arriver.

Sur cette route peu fréquentée, c'était une sorte de miracle. Elle ralentit à notre hauteur, obligeant Enright à s'arrêter. Elle abritait trois individus qui se ressemblaient comme des gouttes d'eau… Des triplés. Ils tournèrent vers nous des têtes chauves aux yeux ronds, ahuris, avec des bouches grandes ouvertes, si bien qu'on aurait pu croire à d'énormes carpes voyageant à l'intérieur d'un aquarium géant. Leur voiture nous dépassa légèrement avant de stopper. Ils continuaient d'observer, bouche bée, la scène par la vitre arrière de leur véhicule. Leur lèvre inférieure était si bien pendue qu'on l'aurait dit prête à gober un ver. La douleur m'empêchait d'appeler à l'aide.

— Qu'est-ce que vous regardez ? s'écria Enright en marchant vers eux. Dégagez !

Mais ils regardaient toujours, paralysés. Enright sortit son revolver et tira quatre coups en l'air. La voiture décolla dans un crissement de pneus qui dégagea un nuage bleuté dont l'odeur caoutchouteuse parvint à mes narines ensanglantées.

— Ah, ah, ah ! ricana Enright. Tu les as vus détaler, ces gros lards ?

Il revint vers moi en visant ma tête. Je fermai les yeux et le coup partit. Je sursautai et sentis des éclats de verre tomber sur moi.

— Oups ! dit Enright en se pensant drôle. Je n'ai jamais été un bon tireur.

Il arma son revolver et visa de nouveau. Cette fois, je ne fermai pas les yeux et le canon dévia à la dernière seconde. Bang ! Je croyais qu'il visait la roue arrière du camion, mais une onde de choc se propagea de mon genou gauche au reste de mon corps. Enright avait touché ma jambe artificielle qui était partie à la renverse, mais qui était restée attachée à moi.

— Désolé pour ton nouvel attirail, David, j'ai dû le bousiller.

Il s'accroupit en face de moi, ouvrit le barillet de son revolver, en sortit les cartouches vides qu'il glissa dans la poche de sa chemise. Il retira une balle de son ceinturon en prenant soin de me la montrer et il la plaça dans l'une des six chambres du barillet de son Smith & Wesson calibre 38, qu'il fit tourner à toute vitesse.

— Tu connais la roulette russe, David ?

J'acquiesçai d'un signe de tête.

— Bon, quel effet ça fait de savoir que ta chance vient de te quitter et que tu vas mourir ?

— Rien du tout, répondis-je, hors d'haleine. Absolument rien !

Mon cœur battait au contraire à tout rompre.

— Mauvaise réponse, David, dit Enright en mettant le canon du revolver à un centimètre de mon front.

Je baissai les yeux, résigné. J'entendis le bruit sec du chien qui heurte la chambre vide et je frissonnai.

— Pour sûr que ça fait de l'effet ! ricana Enright.

Quand je regardai, le canon du revolver ne pointait plus mon front, mais le bas de mon ventre, juste entre mes deux jambes.

— Tu es chanceux, David, ta virilité est sauve.

Puis Enright reprit son manège.

— Tu n'as plus que quatre chances contre une. Alors je poursuis mon petit questionnaire. Quel effet ça fait, David, d'être un meurtrier et de savoir que l'on va mourir ?

— L'effet que je vais vous revoir en enfer, Enright ! Puisque bientôt vous appartiendrez à la catégorie des meurtriers !

— Mauvaise réponse.

Cette fois, je tentai de voir où se trouvait la balle dans le barillet. Mais mon regard était embrouillé par mes larmes. Le canon se déplaça à la dernière seconde vers ma main, qui reposait sur le sol. J'entendis le bruit sec, une fois de plus.

— Tu es très chanceux, dit Enright. Pas étonnant que tu aies toujours réussi à passer entre les mailles du filet de la police. Maintenant, tes chances diminuent. Bientôt, il n'y en aura plus.

— D'accord, vous avez gagné ! Où voulez-vous en venir, qu'on en finisse avec ce jeu !

— Je veux un simple aveu, David. Avoue que tu as

tué Saras Higgins, son chien et Cohard… Avoue cela et tu auras la vie sauve.

— Oui ! criai-je, exaspéré par ces enfantillages, je l'ai tuée ! Elle, son chien… Et Cohard, bien sûr ! Et la moitié de la ville de Falmouth, tant qu'à y être !

— Mauvaise réponse. Je veux des aveux qui viennent des tripes. Là, tu te moques de moi.

Il dirigea le canon vers ma jambe droite. Une autre voiture arriva à ce moment dans la direction opposée. Elle abritait deux individus qui ressemblaient à des chasseurs en cavale. Ils demandèrent à Enright s'il avait besoin d'aide et la question résonna bizarrement dans ma tête, un peu comme si, en la lui posant à lui seul, ils lui demandaient s'il avait besoin d'aide pour m'achever.

Je ne dis pas un mot. Parce que, stupidement, je craignais pour leur vie et non la mienne. Enright leur répondit qu'il avait les choses en main et qu'une ambulance était en route.

— Qu'est-ce qui s'est passé ? insista l'un d'eux.

— Il a été agressé par des voyous qui ont pris la fuite dans une Pontiac rouge. Ça vient de se produire. Je dois rester jusqu'à l'arrivée de l'ambulance. Si vous voulez être utiles, essayez de rattraper la Pontiac et de relever son numéro d'immatriculation. Mais attention, ne jouez pas les héros, ces individus sont armés.

— Nous aussi, répliqua le conducteur pendant que son copain retirait du banc arrière une carabine qu'on aurait dit destinée à chasser l'éléphant.

Ils partirent en trombe.

— Et voilà, ricana Enright. On trouvera toujours des cons pour jouer les héros.

J'étais d'accord avec lui, sauf que je considérais

qu'il appartenait à cette catégorie des cons qui jouent les héros.

— Bon, poursuivit-il en se penchant sur moi, où en étions-nous avant cette interruption ? Ah oui, je voulais des aveux sincères et tu t'es moqué de moi. Alors…

Il arma le revolver, visa ma cuisse droite et un nouveau bruit sec se fit entendre.

— Ah, ça parle au diable ! s'exclama Enright. Je n'en reviens pas, de ta chance !

Sauf qu'il y a une limite à la chance. Et je compris qu'il me leurrait depuis le début : il n'y avait pas de balle dans le barillet ! Il devait l'avoir retirée à mon insu.

— Cessez de me prendre pour un imbécile, lui dis-je. Vous avez enlevé la balle !

Il ouvrit le barillet. Or, il y en avait bel et bien une. Et elle était la prochaine à s'engager devant le chien !

— Alors, je reprends où nous en étions, David.

Il arma le revolver et remit le canon sur mon front. Cette fois-ci, il ne bougerait pas, j'en avais l'intuition. J'avouai donc tout en débitant des détails, pour moi sans importance, car ils concernaient des preuves détruites, mais elles devraient avoir du sens pour Enright et rendre mes aveux plus plausibles. Je ne parlai pas d'Anna. Il ignorait de toute évidence son existence. Finalement, je me tus, attendant le jugement de mon bourreau.

— Voilà des aveux sincères, dit Enright qui retira son revolver et le laissa balancer entre ses jambes, donnant l'impression qu'il laissait pendre hors de son pantalon ses parties intimes.

— Maintenant, que devient la justice dans tout ça ?

— Je ne crois pas à la justice.

— Ah ? Ainsi tu trouves ça juste qu'un assassin comme toi revienne sur les lieux de ses crimes, boucle ses affaires et reparte mener une existence peinarde à New York ?

— Il est évident que *vous* ne trouvez pas ça juste.

— En effet. Et maintenant que tu as fait des aveux sincères, je te pose cette question : comment va-t-elle s'exercer, cette justice ? Tu le sais ? Non ? Eh bien moi, je le sais. Et sais-tu pourquoi ?

J'en eus soudain la réponse, mais demeurai muet.

— Parce que *JE* suis la justice et qu'elle a déjà commencé à s'exercer.

C'était grotesque et tout à fait ce à quoi je m'attendais.

— Je vois, dis-je. Vous êtes le genre justicier masqué. Un mélange de bonnet pointu et de Daredevil.

J'étais cynique, car je ne pouvais me résoudre à être lâche devant ce type.

— Très drôle, David. Mais tu vas bientôt cesser d'être drôle.

Il me gifla du revers de la main. Cela sembla le conforter dans son bon droit. Je voulus répliquer, mais je ne parvins qu'à empoigner le haut de sa chemise et à river son visage sur le mien, surpris par la force qui me restait.

— S'il y a une justice, lui soufflai-je à la figure, nous nous retrouverons vous savez où !

Il me repoussa et ma tête cogna la roue du camion. Comme je l'agrippais toujours, une partie de sa chemise se déchira et un bouton me resta dans la main. Il m'attrapa à son tour par le col et planta son revolver sous mon menton. Le coup serait sûrement parti, sauf qu'il crut entendre un bruit et il se leva, regardant de gauche à droite pour vérifier si une voiture arrivait, prêt sans doute à reprendre l'un des scénarios qu'il avait déjà utilisés. Mais la route était affreusement déserte. Rassuré, il se pencha de nouveau sur moi.

— Où en étions-nous ? dit-il innocemment comme s'il ne s'en souvenait plus. Ah oui ! Maintenant que tu as fait des aveux sincères, la justice te reconnaît coupable et te condamne à la peine capitale. Fais tes prières, David.

Il pointa son arme droit sur mon cœur. Je ne respirais plus mais, d'un autre côté, j'étais étrangement calme. Après les révélations du Dr Kendall, il m'apparaissait presque normal de finir ainsi. Toutefois, je ne pouvais m'empêcher de trouver la situation ironique : être revenu dans mon patelin pour récupérer mes affaires semblait m'avoir remis dans le rôle du mouton ; un mouton qui, attrapé par le loup justicier, convaincu de son bon droit, attendait sa fin avec résignation.

— Espèce de salaud, cria Enright en appuyant lentement sur la détente. Crève !

Il n'y eut pas de « bang », seulement un autre bruit sec suivi du rire tonitruant d'Enright alors que je retrouvais ma respiration et que d'horribles tremblements me parcouraient. J'avais souillé mon pantalon. Mais j'étais vivant ! Comment était-ce possible ? J'avais vu la position de la balle et j'étais sûr qu'à aucun moment Enright ne l'avait retirée.

Enright devina le cours de ma pensée. Il ouvrit le barillet et me le montra. La balle était bien là. Quand il la retira, je vis que c'était une cartouche vide !

— Eh oui, David, je t'ai infligé une mort symbolique ! Incroyable, hein ? Tu dois te dire : « Ce type est capable de symbole ! » C'est que je tiens à la vie, à mon travail, à ma femme… Mais ne t'y trompe pas :

pour moi, tu es mort et justice a été rendue ! Donc, ne reviens plus à Falmouth, car, tout fantôme que tu es à mes yeux, je ne te laisserai pas hanter les lieux bien longtemps et te trouerai la peau avec de vraies balles, cette fois.

Il se leva.

— Dis donc, David. Tu pues ! C'est vrai que les assassins font toujours dans leur froc quand on les exécute ! Et pourtant, j'avoue que tu as l'air plus en forme que lorsque je t'ai vu chez Tony !

— C'est grâce à vous, Enright. Vous m'avez insufflé la justice et j'en suis tout revigoré !

Je reçus un violent coup de pied entre les jambes. Pendant que je gémissais en tenant ma virilité à deux mains, Enright attrapa ce qui restait de ma jambe artificielle et tira si fort qu'il parvint à rompre le dispositif de fixation. Je poussai un cri de douleur, comme si c'était une jambe de chair et de sang qu'on m'arrachait.

— Voilà, dit-il en brandissant par la cheville ma prothèse tandis que pendaient mes attaches qui ressemblaient à un tas de nerfs et de ligaments déchirés. Un type dans ton genre n'a pas besoin de ça pour courir et échapper à la police.

Il envoya la prothèse au milieu de la route comme si c'était une guenille sale. Et, sans un autre mot, il regagna son véhicule de cette démarche nonchalante de flic satisfait d'avoir accompli son devoir. Dans sa voiture, il mit ses lunettes métallisées qui brillèrent un instant à travers le pare-prise. Puis il quitta le remblai et passa à ma hauteur en prenant soin d'écraser lentement de ses roues ma prothèse qui craqua telle une coquille de noix. À ce moment, je vis, ou enfin je crus voir… une femme assise sur la banquette arrière ! C'était comme une apparition qui s'évanouit aussitôt, Enright ayant accéléré trop vite pour que je puisse regarder plus attentivement. Et là, hagard, la vue brouillée par les larmes et la douleur, je n'étais plus sûr de rien.

ÉCLIPSE

XXVIII

Je passai un mois à l'hôpital, habité par un sérieux désir de vengeance. Mais je ne portai pas plainte. Je n'avais rien à espérer de la justice et j'éprouvais une souffrance beaucoup plus profonde ailleurs. De toute façon, tôt ou tard, les événements, si ce n'est la destinée, se chargent de rééquilibrer les choses. N'était-ce pas ce qui m'était arrivé ? N'avais-je pas payé pour mon inconscience et pour les meurtres que j'avais commis ? À l'hôpital, en tout cas, on me le rappela en dressant la nomenclature de mes blessures : commotion cérébrale, côtes fracturées, nez cassé, mâchoire fêlée, dents brisées et quarante-trois ecchymoses. Cela n'incluait pas les séquelles psychologiques, celle, entre autres, d'avoir à endurer le visage arrogant d'Enright dans mes cauchemars, alors que lui dormait du sommeil du juste.

Une fois installé dans mon appartement de Greenwich Village, je retrouvai néanmoins la paix et mon équilibre. Je réfléchis sur ma part de responsabilité dans les drames de ma vie, ce qu'on m'avait caché, ce que j'avais refusé de voir, et ainsi débuta, par la compréhension et l'assimilation de certains détails, la reconstruction de ma « carapace », dans laquelle l'exercice de la peinture joua un rôle majeur. Puis arriva de

Billings une bonne nouvelle : une offre sérieuse avait été faite pour la ferme et, trois semaines plus tard, tout était réglé par l'intermédiaire de Minkowski et de la poste. Cette entrée d'argent me conforta dans la voie que j'avais donnée à ma vie.

N'ayant plus de soucis financiers pour un bon moment, je me mis à peindre fébrilement. De pastoral, le sujet de mes peintures devint citadin et franchement new-yorkais. Ayant tout laissé derrière moi, je repartis à neuf, décidé à ne pas me servir de ce que j'avais réalisé avant pour promouvoir mon talent. Ainsi, la peinture devint la réponse à l'erreur de ma naissance et le remède au suicide, entrevu auparavant comme inévitable.

Après un an de travail acharné où je produisis plus d'une centaine de toiles, j'entrepris une tournée des galeries new-yorkaises. On me reçut soit avec courtoisie, soit avec snobisme. Si quelques-unes se montrèrent intéressées et d'autres intriguées, nulle part je ne soulevai l'enthousiasme. Finalement, deux galeries acceptèrent d'exposer mes toiles et de me faire un peu de publicité. Dans les mois qui suivirent, j'en vendis quatre ou cinq, mais il n'était toujours pas question d'une exposition. Or, sans vernissage, aucun critique d'art n'écrirait ne serait-ce qu'un entrefilet sur l'une de mes œuvres. Les choses en seraient sans doute restées là n'eût été du directeur d'une des galeries, Lucius Hubert, surnommé Lux, qui voulut savoir un jour si je n'avais rien de plus ancien à lui proposer. Je lui demandai aussitôt ce qu'il entendait par là.

— Voyez-vous, je serais intéressé à faire une exposition à condition que nous puissions présenter aussi vos premières œuvres. Car quelque chose manque dans tout cela. Vous avez sûrement peint des toiles que vous ne m'avez pas montrées jusqu'à maintenant.

Je lui apportai le lendemain plusieurs de mes cahiers de dessins et des peintures faites avant mon arrivée à New York. Il trouva très intéressante la peinture de l'île où j'apparaissais sous les saules. Mais il fut impressionné par celles qui avaient Anna pour sujet.

— Qui est-ce ? demanda-t-il.

— Une ancienne amie.

— C'est très beau et très particulier. Vous en avez plusieurs qui représentent cette amie ?

— Près d'une cinquantaine.

— Et elles ont toutes cette élégance du trait, ce bleu particulier, ces couleurs, cette profondeur de champ, cette... folle énergie ?

Je le sentais fébrile.

— Je dirais, oui.

— Alors c'est merveilleux ! Tout simplement merveilleux ! Apportez-les-moi toutes ! Et le reste, bien sûr, je veux tout voir ce que vous avez peint ou dessiné là-bas !

Ainsi commença mon ascension dans le monde artistique new-yorkais. L'exposition, appelée « Exode rural : de la pastorale au béton », fut un succès. J'eus droit au gratin de la ville et à des critiques élogieuses. Les toiles de la section intitulée « Portraits d'Anna » se vendirent si bien que j'accrochai à celle que je préférais l'étiquette « Collection personnelle de l'artiste » de peur de la voir partir. Elle représentait Anna couchée sur le dos, dans une pose qui rappelait étrangement *Olympia* d'Édouard Manet. La partie intitulée « Pastorale » comprenait mes dessins au fusain, des toiles de l'île, des bâtiments de la ferme, de la maison, des moutons, parfois peints en groupe ou seuls, auquel cas je leur donnais un nom de peintre célèbre en cachant dans la toile un détail qui rappelait cet artiste. Je refusai de vendre la peinture de l'île où j'apparaissais sous les saules. Lux Hubert prétendit avoir eu de nombreuses offres pour elle. Je les repoussai toutes. J'expérimentai la fièvre artistique new-yorkaise dans ce qu'elle a de plus snob, de plus fortuné et, paradoxalement, de plus moche. Lux Hubert me présenta à toutes sortes d'olibrius le soir du vernissage. À un moment, une dame que je ne connaissais pas me prit par le bras et m'entraîna vers une de mes toiles.

— Ce bleu, me dit-elle devant une peinture qui représentait Anna. Ce bleu aux tons de cobalt qui marque l'ombre, là… Il est tout simplement divin, divin ! Nous sommes devant un grand artiste, un très grand artiste. Qu'en pensez-vous ?

Au début, je croyais qu'elle se moquait de moi mais il fut bientôt clair qu'elle avait trop bu et ignorait que j'étais l'auteur de la toile.

— Si vous le dites, chère madame, répondis-je, gêné.

— Bien sûr que je le dis ! reprit-elle avec plus de force. Savez-vous qui je suis ? Helena Meetmyhart, de *Art Review*. Et vous êtes, jeune homme ?

— L'auteur de ce bleu divin, soufflai-je.

— Ce n'est pas vrai ? fit-elle, abasourdie.

Et elle fut secouée d'un grand rire nerveux. Je m'échappai. Plus tard, je fus apostrophé par un autre personnage. Celui-ci m'attrapa par la taille et nous fraya un passage parmi les invités, tournant à gauche, à droite, se penchant ici, se penchant là. On aurait dit un tango.

— L'ombre bleue ! déclara-t-il en arrivant devant une de mes peintures. Vous avez inventé l'ombre bleue ! Avant vous, je pensais que l'ombre était grise, beige ou brune, mais c'est faux ! Elle est bleue, bleue, c'est l'évidence !

— Je n'ai rien inventé, protestai-je. Les impressionnistes ont déjà démontré que l'ombre était bleue.

— Et modeste avec ça, le chéri !

— L'ombre bleue existe dans la nature même, insistai-je. Regardez attentivement l'ombre qui s'étale sur la neige, vous verrez qu'elle est bleue !

Je perdais mon temps avec cet abruti quand une voix rugit dans mon dos.

— Tout à fait ! s'exclama un personnage à moustaches de phoque qui avait des allures slaves. Notre artiste a raison ! Nous avons dépassé depuis longtemps l'ombre aux tons ocre du Caravage et de Rembrandt, ce qu'on appelait autrefois la couleur « terre d'ombre brûlée ».

On l'appelle toujours ainsi, eus-je envie de rétorquer à ce personnage dont la main tenait sa coupe comme une arme de poing. Il s'approcha de l'homme qui m'avait entraîné jusqu'à la peinture, un grand mince qui, je le remarquais maintenant, avait des allures de folle. Il le prit par l'épaule et le pressa contre lui à le broyer.

— Mais mon ami Ritchard, ici, a parfaitement raison ! ajouta-t-il. Vous êtes trop modeste ! Car votre bleu, cher ami, votre bleu… Eh bien, c'est le bleu des bleus !

On aurait juré qu'il parlait d'un fromage et je commençai à ressentir une vague nausée.

— Votre bleu, continua-t-il, c'est l'ombre divine !

Il était sur la même longueur d'onde qu'Helena Meetmyhart de *Art Review.* Pas étonnant. Comme elle, il était beurré.

— C'est Dieu qui se profile sur toute chose, osa-t-il affirmer avec le plus grand sérieux en regardant ma toile. C'est Dieu, vous dis-je ! C'est le ciel, l'azur, le firmament, l'empyrée !

Ça empirait, oui. Et quand je réussis à m'échapper, ce fut pour aller vomir dans les toilettes. Plus tard, je demandai à Lux Hubert :

— C'est toujours comme ça ?

— Vous vous y ferez, me rassura-t-il. On en prend vite l'habitude.

— Je n'en suis pas certain.

— Vous avez beaucoup vendu, ce soir, le saviez-vous ? Cette effervescence exprimait la fièvre de l'argent. Vous êtes en train de monter dans les enchères !

Il retira de sa veste un petit calepin. Je l'avais vu à plusieurs reprises le manipuler en parlant à certaines personnes avec lesquelles, parfois, il disparaissait dans une pièce.

— Il ne reste plus beaucoup de portraits d'Anna, dit-il en le consultant. Et les peintures et les fusains représentant votre ancienne propriété se vendent aussi très bien. Ce qui est moins populaire, ce sont les toiles de la vie new-yorkaise. Mais il ne faut pas s'en étonner parce que ça n'a rien d'exotique et il y avait peu de touristes ce soir.

— Que voulez-vous dire ?

— Eh bien, ce ne sont pas des représentations de New York qui vont intéresser les New-Yorkais, et ce, même s'ils sont chauvins et appartiennent au gratin de cette ville.

— Vous voulez dire que le phénomène des « cabanes en bois rond » joue dans ce marché de haut niveau ?

J'appelais ainsi les gribouilleurs de paysages et de cabanes sauvages, ceux que l'on voit dans tous les coins touristiques de l'Amérique du Nord en train de vendre leurs inestimables « chefs-d'œuvre ». Certains ploucs, qui croient y voir du grand art, en ont parfois les larmes aux yeux en les achetant.

— Malheureusement oui, répondit-il. Voyez-vous… Ah, comment vous expliquer cela ? Je voulais vous en parler plus tôt, mais j'avais peur de vous alarmer avant l'exposition.

— Qu'y a-t-il ?

— Rien de grave au fond. Il y a chez tout artiste, même jeune, une évolution, alors que chez vous il y a… Attendez, laissez-moi trouver le mot. Ce n'est pas de l'immobilité, ni de la stabilité, ni encore de la fixité… Chez vous, il y a une… *dévolution*, faute de meilleur terme. C'est la première fois que j'assiste à ce phénomène. Oh, chaque artiste a ses mauvaises périodes ou ses moments de stagnation. Mais on est toujours en mesure de voir quelque part une évolution… serait-elle légère. Mais rassurez-vous ! Votre nom est fait. Quoi que vous peigniez maintenant, cela va se vendre.

Il resta songeur un instant, puis ajouta :

— Toutefois, il serait heureux que vous retrouviez cette magie qui anime… les portraits d'Anna. Dites-moi, vous étiez amoureux de cette fille ?

Je l'étais encore. Anna avait beau être ma demi-sœur, elle restait l'amour de ma vie. Je ne voulais pas l'avouer à Lux Hubert, mais ce passé que j'avais voulu effacer en repartant à neuf me rattrapait, malgré moi.

— Oui, confessai-je finalement.

— Eh bien, voilà. Il faudrait que vous retrouviez cette effervescence. Il faudrait que vous retombiez amoureux !

— Retomber amoureux ?

— Oui ! Attention ! Je ne vous parle pas de retomber amoureux d'une personne, mais de votre art.

Je crus comprendre ce qu'il voulait dire.

Quelques mois plus tard, comme me le confiait Lux Hubert, j'avais un nom. Et, quoi que je fisse à partir de là, à moins que ce ne fût très mauvais, ça valait de l'argent. Hubert me suggéra de prendre un agent et de refuser les offres des autres galeries, affirmant qu'il les égalerait toutes, avec prime. Peu de temps après, il se proposait lui-même comme agent. Alors je connus les affres du succès, le fait d'avoir un nom, les exigences de ceux qui vivent de ce nom, les invitations, les conférences… Tout allait trop vite ! Ce succès semblait anormal, irréel. Et à travers tout cela, j'essayais de continuer à peindre mais, au bout de huit mois de ce train de vie, je m'arrêtai. J'avais épuisé mes sujets d'inspiration et j'étais en train de tomber dans l'abstrait. J'y vis aussitôt un signe de lassitude et peut-être celui d'une future dépression. Je partageai mes inquiétudes avec Hubert. Il me suggéra de voyager, histoire de me retrouver. Mais où ? Je me plaisais bien à New York, moi qui n'avais jamais connu que la campagne.

— Allez à la mer ! me proposa-t-il.

— Elle est juste en face.

— Je veux dire, aller dans le Maine, là où il y a de longues plages et de jolis bateaux.

— Vous voulez me condamner à faire de la peinture à numéros ? lui rétorquai-je.

— Pas du tout. N'allez pas peindre. Allez vous reposer, simplement.

Plutôt que de partir en voyage, j'entrepris une tournée des musées new-yorkais pour m'inspirer. C'est là que je redécouvris Edward Hopper, qui me montra à quel point il manquait quelque chose dans mes toiles urbaines. Je décidai alors de tenter dans ma peinture un rapprochement entre urbanité et campagne, convaincu que cela arrêterait ce que Hubert appelait ma *dévolution*… Mes premières ébauches furent prometteuses. Mes toiles prenaient forme lentement et commençaient à avoir du sens. Mais je n'étais pas satisfait. Je repris ma tournée des musées afin de m'inspirer davantage. Et là, je découvris, dans une section consacrée aux peintres flamands, une peinture de Peter Van Braken, un autoportrait intitulé *Portentum**, et deux de ses éléments provoquèrent chez moi une forte réaction. D'abord, l'artiste portait à son cou le fameux médaillon du *Sator.* Ensuite, son visage se perdait dans un flot de détails qui rappelaient le trompe-l'œil du baroque, mais avec au moins trente ans d'avance ! On aurait dit les « têtes composées » d'Arcimboldo. Quoique, non, ce fût plus complexe. Si on regardait vers la droite apparaissait un très beau visage de femme, tandis que si on se déplaçait vers la gauche, cette féminité s'effaçait pour faire place à la masculinité. Il fallait se tenir au centre et se balancer légèrement pour voir naître le vrai visage de l'artiste qui réconciliait ses parties féminine et masculine en une étrange et bouleversante harmonie. L'ensemble relevait du prodige et aucun doute n'était permis : Van Braken était

* Mot latin qui veut dire signe ou prodige. Il signifie aussi monstre ou difformité.

un hermaphrodite… un hermaphrodite dans lequel je reconnus de mes traits et certains de ceux d'Anna. Bouleversé, je quittai le musée en courant.

Quand je revins dans mon atelier, je regardai ce que j'avais peint avec un œil nouveau et détruisis toutes mes toiles en les crevant de mon poing. Après, je pris un billet d'avion ouvert et partis pour l'Europe sans destination précise.

XXIX

Je ne suis jamais retourné à Falmouth ni à l'île, mais j'ai eu des nouvelles de là-bas. J'avais envoyé à Tony la carte postale qu'il m'avait demandée à la blague à la suite de ma réponse cynique à Enright. Je lui avais laissé mon adresse new-yorkaise et il m'a écrit. Ensuite, Manley m'a fait parvenir une lettre par l'entremise de Minkowski. Il est entré un jour chez l'avocat et a déclaré: «Tenez, c'est pour David Morisson. Je sais que vous pouvez le joindre et que je peux compter sur votre discrétion.» C'est par lui que j'ai appris la mort d'Enright.

Pas très loin d'où j'habitais, sur la route entre Falmouth et Billings, un garçon de cinq ans s'était fait happer par une voiture qui allait trop vite. L'accident avait développé chez Enright l'obsession d'arrêter tous les automobilistes qui, dans la zone en question, dépassaient la limite permise. Cette obsession maladive venait de l'état de sa femme, Catherine White, qui était sur le point d'accoucher d'un garçon. Or, un beau jour, il était parti à la poursuite d'une de ses nombreuses «victimes». Le contrevenant s'était immobilisé dans une courbe et avait laissé sa voiture empiéter sur le macadam. Enright, pressé de plumer son pigeon, était à la fenêtre du conducteur quand un camion surgit en sens inverse et qu'une voiture arriva juste derrière lui. Selon le témoignage du contrevenant, il y avait un policier à sa fenêtre et, le temps qu'il allonge la main pour chercher ses papiers dans sa boîte à gants et se retourne, il avait disparu ! Enright, fauché par le véhicule qui arrivait par l'arrière, en avait déjà défoncé le pare-brise, et sa tête s'agitait sur le tableau de bord, le cou brisé, quand le conducteur avait finalement mis les freins. Tout le monde s'accorda à dire que la collision avec le représentant de la loi était inévitable.

Le destin est parfois railleur. Ma prédiction s'est réalisée : le corps d'Enright ayant été rapatrié dans le New Jersey, d'où il était originaire, j'ai désormais la possibilité d'aller danser sur sa tombe, bien que je n'aie pas la vengeance butée d'un Manley, ni la persévérance d'un Cohard et encore moins l'acharnement obtus de ce pauvre Enright.

La morale de cette mort accidentelle tient sans doute dans le fait que Catherine White, la future maman, a finalement trouvé réconfort dans les bras de Dany, le fils de Manley, et qu'ils se sont mariés. J'ai aussi appris que le pont de mon grand-père avait été détruit et qu'un nouveau enjambe la rivière. Dany a participé à cette construction et l'île semblait être ce quelque chose dont Manley disait avoir besoin pour ramener son fils à la ferme, car il a abandonné son garage et a emménagé dans la maison familiale avec sa femme et le bébé. Manley lui a confié la gestion de la ferme et se consacre désormais à temps plein à la taxidermie.

Pour en revenir à Enright, j'avoue ma faute. Afin de calmer mon sentiment de vengeance, j'avais formé après mon emménagement définitif à Greenwich

Village une *dagyde* à son effigie. Un bouton de sa chemise m'était resté dans la main après notre altercation. En le plaçant à la hauteur du cœur, j'y avais enfoncé des épingles et m'étais acharné sur le reste de la statuette pendant plusieurs jours. Je ne sais si Enright a souffert de quoi que ce soit, mais cela contribua au recouvrement de mon équilibre. Apaisé, j'avais fini par l'envelopper dans un papier journal et la ranger. En apprenant sa mort, j'ai ressorti l'objet pour m'en débarrasser. Et là, sur la page du journal dans laquelle je l'avais enveloppé, j'ai remarqué un article relatant la mort d'un policier new-yorkais dans des circonstances similaires à celles d'Enright... Ainsi, la morale de cet accident ne s'arrêtait pas à Catherine White, et semblait plutôt se rediriger vers moi. Non, je ne veux toujours pas croire à la sorcellerie, mais disons que cette « coïncidence » m'a amené à voir les choses sous un autre angle. Et je ne suis pas sûr d'aimer l'angle sous lequel je les vois désormais.

J'ai appris la mort d'Enright au retour de mon voyage vers une destination inconnue. Je ne sais ce que j'y cherchais... L'inspiration ? En tout cas, je suis revenu la tête remplie d'images, de saveurs, d'odeurs, de sons... Et ce qu'il y avait à voir, je l'ai vu ; à entendre, je l'ai entendu ; à sentir, je l'ai senti ; à goûter, je l'ai goûté ; à toucher, je l'ai touché... la mer, la terre, le vent, les arbres, les objets de toute sorte et, bien sûr, l'art. Pourtant, je suis entré en contact avec peu de gens, ma nature taciturne ne me portant pas à socialiser. J'ai bien rencontré quelques femmes. L'amour, non. Je ne le cherchais pas, il faut dire, et je me suis aperçu que j'étais presque devenu impuissant. Non, cela n'était pas dû aux séquelles du violent coup de pied que m'avait donné Enright, mais plutôt au fait qu'Anna me hantait encore... au niveau des cinq sens. Il y avait là un blocage qui m'empêchait de passer à autre chose.

Durant mon voyage, j'ai été surpris en découvrant la grandeur réelle du *Radeau de la « Méduse »* de Géricault, déçu par la « petitesse » de plusieurs peintures de Dali... Je n'avais vu la plupart de ces œuvres que dans des livres et je n'étais aucunement au courant de leurs réelles dimensions. Un jour, je me suis retrouvé devant des peintures de Peter Van Braken, dont un portrait de sa mère intitulé *Le Divin monstre*. Je n'ai pas été étonné de constater à qui elle ressemblait, ni par le fait que, pour la première fois, je remarquais que le peintre ajoutait dans sa signature une sorte d'appendice ou de coup de pinceau très pâle qui transformait le « P » de Peter en « R » pour créer de façon subtile « Reter » et former ainsi avec son prénom un palindrome. Je n'ai pas été étonné, ai-je dit, car je commençais à ce moment-là à ressentir une espèce de désabusement face à tout ce que je découvrais. Puis cette errance a brusquement pris fin le jour où je me suis retrouvé dans la chapelle Sixtine devant la fresque du *Jugement dernier*. J'en ai été complètement retourné. Je suis demeuré devant des heures et des heures, et j'ai beaucoup pleuré. Je ne me lassais pas de la contempler. Je retrouvais là soudainement une partie de moi-même — et quelle partie ! Le bleu que j'employais dans mes peintures ! On croit inventer, puis on se rend compte qu'on ne fait que reproduire ce qui est grand. Je suis allé voir la fresque une semaine entière, transporté par l'impression de mouvement qui se dégageait de l'œuvre, une impression qui rappelait le tableau de l'étrange secrétaire, mais qui le dépassait en amplitude et en majesté. Et j'ai su alors que j'étais parvenu au terme de mon voyage, moi qui, en arrivant en Italie, désirais avant tout visiter Pompéi où, sur un certain mur de la cité engloutie, est censé se trouver gravé le carré magique du *Sator*.

Je n'ai pas peint à la suite de mon voyage. Il me manque cette étincelle capable de ranimer le feu sacré qui me mènerait au-delà des apparences. Au retour, j'étais une véritable âme en peine. Je ne savais plus à quel saint me vouer ni quel sens donner à ma vie, et je ressentais en moi un vide si grand que j'en avais le vertige. Et, en arpentant mon logement, les nerfs à vif, il s'est produit un phénomène bizarre. J'ai fait un faux pas et je suis tombé. Je ne me suis pas blessé sauf que, dans ma chute, et jusqu'à ce que je touche le sol, j'ai eu l'impression de me retourner comme un gant et de sentir mon corps mis à nu. Non dans sa nudité académique, mais dans celle faite de chair et de sang… C'est à ce moment-là qu'il y a eu cette étincelle, que je me suis dit qu'il était temps de donner un coup de barre à ma vie dans le sens où… J'ai gardé tout ce qu'il y avait dans le coffre-fort. Et le médaillon, le livre des poisons, la bouteille « satanisée ». J'ai aussi conservé l'étrange secrétaire. Il faisait partie des deux ou trois meubles que j'avais rapportés avec moi dans le camion. Tout cela est au sous-sol de l'immeuble où j'habite, dans un compartiment dont la porte est cadenassée. Et maintenant, je me dis : si la peinture n'a plus de sens pour moi, si le *salut* n'est pas de ce côté-là, pourquoi ne pas… combattre ces gens ? Je parle de ceux nommés sur la liste découverte dans le coffre-fort.

David Morisson, justicier masqué qui se cache

derrière un artiste peintre ? Pourquoi pas. Et si c'était le message que la mort d'Enright me faisait parvenir et la leçon à retenir de mon affrontement avec lui ? Et si c'était celui que m'envoyait la fresque de Michel-Ange ? Si c'est cela, je dois agir. Mais au nom de qui, de quoi, de quelle morale ? Au nom de la seule qui veut que je me rachète et fasse quelque chose de bien au moins une fois dans ma vie.

Au nom d'Anna.

Remerciements

Un livre s'écrit seul, mais ne se réalise jamais seul. Je tiens à remercier personnellement toutes les personnes qui ont contribué, de près ou de loin, à ce roman. D'abord, Ralph, l'ami de toujours et le critique intraitable de tout ce que j'écris. Ensuite, ma femme, Suzi. Grâce à sa connaissance des États-Unis, son pays natal, elle m'a permis d'éviter plusieurs impairs. C'est elle qui, d'ailleurs, m'a remis sur la voie du Montana, alors que j'étais parti me perdre Dieu sait pourquoi au Texas. Je remercie aussi notre amie Jody de m'avoir donné involontairement le titre de cet ouvrage ; Michel, pour son enthousiasme constant, Serge et Denis, pour leur soutien ; mon père, pour ses précieux conseils sur la peinture ; Paulette Alberts, pour la correction de l'allemand.

Finalement, un merci tout spécial à la courte échelle, et particulièrement à Hélène Derome qui a cru dès le départ à ce roman, puis à Sophie Sainte-Marie et à son sens du mot juste.

Parus à la courte échelle :

Romans :

Valérie Banville
Canons

Patrick Bouvier
Des nouvelles de la ville

Chrystine Brouillet
Le Collectionneur
C'est pour mieux t'aimer, mon enfant
Les fiancées de l'enfer
Soins intensifs
Indésirables
Sans pardon

Marie-Danielle Croteau
Le grand détour

Hélène Desjardins
Suspects
Le dernier roman

Sylvie Desrosiers
Voyage à Lointainville
Retour à Lointainville

Annie Dufour
Les enfants de Doodletown

Andrée Laberge
Les oiseaux de verre
L'aguayo

François Landry
Moonshine

Anne Legault
Détail de la mort

Jean Lemieux
La lune rouge
La marche du Fou
On finit toujours par payer

Nathalie Loignon
La corde à danser

André Marois
Accidents de parcours
Les effets sont secondaires

Judith Messier
Dernier souffle à Boston

Sylvain Meunier
Lovelie D'Haïti
Le temps des déchirures
La saison des trahisons

André Noël
Le seigneur des rutabagas

Stanley Péan
Zombi Blues
Le tumulte de mon sang

Maryse Pelletier
L'odeur des pivoines
La duchesse des Bois-Francs

Raymond Plante
Projections privées
Le nomade
Novembre, la nuit
Baisers voyous
Les veilleuses

Jacques Savoie
Le cirque bleu
Les ruelles de Caresso
Un train de glace

Alain Ulysse Tremblay
Ma paye contre une meilleure idée que la mienne
La langue de Stanley dans le vinaigre

Nouvelles :

André Marois
Du cyan plein les mains

Récits :

Sylvie Desrosiers
Le jeu de l'oie. Petite histoire vraie d'un cancer

Guide pratique :

Yves Bernard et Nathalie Fredette
Guide des musiques du monde. Une sélection de 100 CD

Format de poche :

Chrystine Brouillet
Le Collectionneur
C'est pour mieux t'aimer, mon enfant
Les fiancées de l'enfer
Soins intensifs

André Marois
Accidents de parcours

Raymond Plante
Projections privées
Le nomade
Novembre, la nuit

Achevé d'imprimer en janvier 2007 chez Gauvin, Gatineau, Québec